日本近代文学中的女佣书写研究

张萱萱◎著

文化发展出版社

图书在版编目（CIP）数据

日本近代文学中的女佣书写研究 / 张萱萱著 .—
北京 ：文化发展出版社，2024. 9. -- ISBN 978-7-5142-4462-5
Ⅰ. I313.094
中国国家版本馆 CIP 数据核字第 202490L6R3 号

日本近代文学中的女佣书写研究

著　者 张萱萱

责任编辑：袁兆英　　责任校对：岳智勇
责任印制：邓辉明　　封面设计：金熙腾达
出版发行：文化发展出版社（北京市翠微路 2 号 邮编：100036）
发行电话：010-88275993　010-88275711
网　址：www.wenhuafazhan.com
经　销：全国新华书店
印　刷：北京四海锦诚印刷技术有限公司

开　本：710mm × 1000mm　1/16
印　张：12
字　数：195 千字
版　次：2025 年 3 月第 1 版
印　次：2025 年 3 月第 1 次印刷

定　价：78.00 元
I S B N：978-7-5142-4462-5

◆如有印装质量问题，请联系电话：010-51712734

摘 要

日本近代文学作品中，描写20世纪初都市新中产阶级家庭生活的作品数量众多，女佣这一通常被忽略的文学形象具有丰富的内涵。这类作品中的女佣正处于由封建的家父长制大家庭向资本主义制度下的近代化小家庭转变过程中的家庭内部空间。因此，女佣的存在完整地反映了日本近代家族制度的演变及日本社会形态从封建主从关系到近代雇佣关系的变化过程。作为当时中产阶级家庭中不可或缺的一员，女佣不仅仅是家务劳动的从事者，她们与家庭内部的事件、情感、道德观念、伦理意识息息相关，是没有血缘关系的他者、家庭空间中的边缘群体。以女佣作为切入点对明治后期至昭和中期的日本近代家庭小说进行考察，从女佣的视角解读家庭内部的伦理矛盾、新旧冲突以及道德观念的变化，能够为日本近代文学作品提供新的解读视角与阐释空间。

在日本近代历史中，对从事家务劳动的底层女性的称呼从“下女”“下婢”到“女中”，昭和时期演变为了“お手伝いさん”家政妇，这不仅体现出社会中女佣的地位随着时代的变化而变化，女佣本身也经历了从奉公人到职业人的主体意识转变。本书选取了明治后期至昭和中期日本文学作品中值得研究的女佣形象，结合当时的新闻报道、妇女杂志、社会调查等数据资料，对作品中的叙述视角、家庭构造、两性关系、阶级意识、雇佣形态的变化等进行分析研究。本书通过研究女佣这类处于特殊历史时期、数量庞大却默默无闻，被忽视、被淹没的底层劳动女性群体在文学作品中如何被塑造、被书写，来探究日本近代家庭小说中的性别策略与阶级策略；同时，通过对女佣的处境、主体性的建构及身份认同的研究，挖掘出女佣这个文学符号背后丰富的内涵，揭示出女佣这类社会边缘群体如何利用“模拟家人”的伦理策略和“寻求认同”的情感策略改变家庭中的权力结构，挑战日本近代女性所面临的“结构与主体”的困境，从乡村走向城市、从家庭空间走向公共空间，最终成功实现了从传统奉公人到现代家政妇的身份转变。

第一章选取了明治中后期的两个文本——樋口一叶的《大年夜》(1894)及岛崎藤村的《旧东家》(1902)。《大年夜》是日本女作家樋口一叶笔下唯一一部以资本家家中年轻女佣为主角的非恋爱小说，作者摒弃了一贯的古典浪漫主义写作手法，刻画了明治资本主义高速发展的繁华表象背后底层劳动女性在封建道德压迫与资产阶级剥削的夹缝中求生存的悲惨处境。小说的女主人公阿峰在“忠”与“孝”的伦理困境中艰难求生，最终通过扬弃传统奉公人的封建道德观念、重建自己内心的伦理道德秩序而重获新生。《旧东家》是岛崎藤村的小说处女作，小说以女佣阿定的视线作为叙述视角，以第一人称回顾性叙述的形式讲述了自己年轻时在主家的帮佣经历和太太的出轨事件。本章通过对女佣的身份特征、叙述特点，以及女佣与太太二元对立的人物关系的解读，指出了作品中隐藏的性别与阶级的双重关系，揭示了在家父长制与资本主义制度双重压迫下的底层女性的悲惨命运。

第二章则聚焦了明治末期日本文豪夏目漱石的三篇作品——《哥儿》(1906)、《春分之后》(1912)及《行人》(1912—1913)。《哥儿》是夏目漱石的早期作品，本章从女佣阿清的角度切入，用精神分析和疾病叙事的方法对哥儿和阿清这对主仆的关系进行分析。哥儿所欲求的人生是映射在阿清这个他者所构筑的幻想上的一生。哥儿通过与之认同，受到了镜像的蒙蔽，将他者的自我误认为自己的自我，陷入了终身不得不与其争夺自身主体性的悲惨境地。哥儿的神经症就是他无法摆脱他者的幻想，获得真正的自我同一性与身份认同的隐喻。因此，只有通过对女佣阿清的主体性和欲望进行剖析，才能发现这部温馨的作品背后隐藏着哥儿注定不能以自己本身来度过一生的悲剧。《春分之后》和《行人》中的两位男主人公具有夏目漱石笔下典型的明治知识分子的性格特征，他们虽然能够将女性的自我作为他者的自我来认识，但却没有直面女性自我的勇气，比起拥有强烈自我主张的新女性，他们不约而同地将家中沉默的女佣当作恋人或妻子的对立面，试图从这些温顺的奉公女性身上获得心灵上的抚慰与精神上的救赎。但是，他们与女佣之间无法产生一种近代的恋爱关系，因为近代的自由恋爱只能发生在两个主体之间，因此女佣只能作为一种前近代的乡愁存在于男主人公的幻想之中，最终他们只能通过宗教救赎和哲学思想来解决婚姻与恋爱的苦恼。

第三章将目光投向了白桦派代表作家志贺直哉笔下的女佣书写，本章选取了志贺直哉的三篇早期作品——《浑浊的头脑》(1911)、《大津顺吉》(1912)及《佐佐木的遭遇》(1917)。志贺直哉虽然出身贵族阶级却受到俄罗斯文学的影响、具有人道主义精神，与和自己不同阶层的女性恋爱成为他反抗自己封建原生家庭的有力武器；志贺在青年时期受到基督教思想的强烈感化，基督教最严厉的戒律之一就是“勿奸淫”，家中年轻女佣的存在对这位憧憬自由恋爱的青年来说无疑是巨大的诱惑。基督教教义中的“性恶”色彩和“原罪”意识给他带来了无尽的苦恼和伦理的课题，基督教对性欲的彻底否定也使他的创作中带有强烈的“性压抑”和“性苦闷”的色彩。最终，志贺通过将自己与女佣失败的恋爱经历升华为文学创作的动力，在书写宗教与欲望的矛盾、违背教义的罪恶感中发现了自我，确立了自己的作品在日本近代文学史中的位置。

第四章则关注了志贺直哉中期作品中的女佣书写，志贺与父亲和解后进入了第二次的创作活跃期，与康子夫人的结合也为他的精神生活注入了新的活力，此时志贺不再将女佣视为婚恋的对象，而是站在一家之主的立场探讨家庭中他者的存在对家庭关系和夫妻关系的影响。本章选取了三个较为典型的文本——《好人物夫妇》(1917)、《流行感冒》(1919) 与《邦子》(1927)，《好人物夫妇》中女佣阿泷年轻的肉体吸引了风流的男主人的注意，却因意外怀孕打消了男主人的幻想，避免了一场家庭危机；《流行感冒》中的女佣阿石由于说谎使家庭内部产生了不透明的空间，女主人和孩子对女佣的同情动摇了男主人的权威，最终男主人通过揭穿女佣的谎言重新巩固了自己一家之主的地位；《邦子》中从社会底层的女佣、女招待晋升为中产家庭的女主人，却又再次被家中女佣威胁其家庭地位的主妇邦子，最终因对近代家庭幸福梦想的破碎而自杀。志贺直哉家庭小说中的男主人往往将女佣视作家庭中的“他者”，认为她们缺乏智慧、只懂体力劳动、不诚实、爱占便宜、容易惹麻烦，身为主人必须对她们进行“身体—行为—思想”上的绝对控制，完全消除家庭中不透明、暧昧的空间，这样才能令他们获得身为家长的权力满足感。但小说中的女佣却通过和家中的太太、孩子产生情感连接来获得庇护和安全感，以一种“弱者的抵抗方式”构建了自己的生存空间，消解了男主人的绝对权威性。

第五章中结合了对日本二战后社会结构和时代背景的调查，选取了获得1948年第21届芥川奖的女作家由起茂子的《女佣之子》(1954) 和日本唯美派文学代表作家谷崎润一郎的《厨房太平记》(1962) 这两部作品。《女佣之子》如实地描述了20世纪50年代日本社会对女佣作为一种职业的看法和女佣在主人家中的艰难处境；《厨房太平记》则通过老作家精妙的笔触展现了一个个鲜活的年轻女佣形象，但其背后隐藏的却是作家对日本旧式大家庭中“模拟家人”般的主仆关系的怀念。这两部作品展现了日本近代文学作品中女佣从传统奉公人到现代家政妇的形象逐渐转变的过程。本章通过分析女佣在生活工作中如何一步步争取自己的权利、建构自己的身份、在规训与偏见下与主家斗智斗勇，揭示了女佣利用“模拟家人”的伦理策略和“寻求认同”的情感策略改变了家庭中的权力结构，在实现自我身份和社会身份的同时，甚至使雇主的家庭内部出现了“关系倒置”和“权力反转”的现象。这两部作品中女佣形象的变迁及住家女佣逐渐消亡的现象背后，隐喻了日本近代家庭结构的变化和日本女性性别意识的觉醒。

综上所述，尽管女佣在日本近代文学作品中频繁登场，但主要作为配角，人物造型容易平面化、脸谱化，甚至寂寂无名，女佣在作品中往往起到衬托主人公或是使小说情节合理化的作用，因此经常被评论家忽视，对其系统性的研究数量较少。本书通过对日本近代文学作品中的女佣书写进行梳理、分类，找出其中具有代表性的女佣形象，通过叙事学理论、文本细读、精神分析、女性主义理论、文学伦理学批评等多种研究方法对文本进行分析，开辟了新的文本解读视角与阐释空间，探讨了社会结构性的压迫与个人主体性之间的矛盾。此外，本书还结合社会学研究视角，从当时日本社会的历史语境、政治制度、法律文化、道德伦理等层面对女佣的生存处境、生活状态进行剖析。通过将女佣雇佣制度的变化放到日本推行军国主义、大背景下进行考察，揭示出日本通过对底层劳动女性在家庭劳动中剩余价值的剥削，推动了资本主义经济的高速发展，加快了从几代同堂的家父长制大家族向以年轻夫妻为核心的都市小家庭的家庭结构的转变。

日本在战败后进入了经济高速发展时期，社会阶层差距的缩小和年轻人自我意识的觉醒使得住家女佣成为一道旧日的风景线。原本只能通过做女佣谋生的底层女性群体从乡村走向了城市、从家庭空间走向了公共空间、从被凝视的客体转变为凝视的主体，勇敢地挑战了“结构与主体”的困境。女佣形象的演变对于女性独立人格的发展、主体意识的觉醒，以及通过将家务劳动市场化来保障女性的生存环境、提高女性的生活质量等方面都有着积极的意义。

关键词：日本近代文学，女佣，边缘群体，他者，女性主义，精神分析

目 录

引　言

第一节　研究对象及研究意义

在近代日本的文学作品中经常能够发现女佣的身影。森鸥外、夏目漱石、志贺直哉、谷崎润一郎、芥川龙之介等著名作家的作品中或多或少都对女佣进行过描写。日本在明治后期至昭和中期将女佣称为“女中”，在日语词典中释义如下：1. 女用人，女仆、老妈子。受雇于家庭、旅馆、饭馆等从事做饭、打扫卫生等劳动的妇女。2. 女官、侍女、女佣。在宫中或将军家、大名家等服侍的女性。3. 对女性的敬称。本书中所提到的“女佣”主要指第一条释义中的内容。女中这一称呼起源于江户时代，当时在将军家的后院中奉公的女性被分为“上女中”、“中女中”及“下女中”，明治时期文学作品中出现的女佣从工作内容来看对应的是江户时代的“下女中”。然而，“女中”这个称呼并不是自江户时代起就一脉相承的，在明治前期及中期，从事家务及体力劳动的女性被称为“下婢”或“下女”，直到明治后期，才开始采用“女中”这个称呼。在第二次世界大战结束后，由于日本经济进入高速发展时期、城乡差距缩小、家用电器普及等原因，再加上女性平等意识的提高，在日本从事家政劳动的女性不再被称为女佣(女中)，而改称家政妇（お手伝いさん)，工作形式也改为派遣制，住家女佣渐渐退出了历史舞台。

正如女佣在日本历史上被称作“女中奉公”，奉公（在封建社会当伙计，佣工，为主家效力）在江户时代是非常普遍的。年轻的女性们能够超越自己所属的阶层，去到上一个阶层的家庭中奉公，学习上流社会的礼仪及家务管理，是当时下级武士、商人、地主家庭的梦想。直到明治中期，选择做女佣比起经济上的原因，更普遍的是以提升个人修养、学习婚前的礼节规矩、家务做法等作为目标。特别在日本广大的农村地区，尽管明治初年就普及了女子教育，但比起上学，父母更愿意通过让女儿去大户人家做女佣来接受教育，某些地区甚至出现了没有做过女佣的女孩子嫁不出去的风俗。到了明治后期，经过中日甲午战争及日俄战争，日本经济快速发展，都市新中产阶级人数迅速扩大，对女佣的需求也日益提升。在当时的劳动市场中，女佣的人数仅次于务农和女工，在女性职业中排在第三位，在女性总人口中也占据了相当的比例。

女佣作为明治、大正、昭和前期日本家庭中一道随处可见的风景线，在当时描写中产阶级家庭生活的文学作品中频繁登场。比如在夏目漱石的《我是猫》中，最早发现主人公猫的就是教师家的女佣；《哥儿》中哥儿和女佣阿清的关系体现了明治时期非常典型的带有封建主从性质的主仆关系；后期三部曲《行人》中，女佣阿贞的婚事贯穿了整部作品，对主家安排的婚事言听计从的阿贞作为新女性的对立面，在作品中起到了相当重要的作用。进入大正时期，女佣在白桦派代表作家志贺直哉笔下不仅作为配角登场，更是在数部作品中晋升到了女主人公的位置。在自传体小说《大津顺吉》中，通过和女佣千代的恋爱，主人公获得了挣脱基督教教义束缚及反抗家父长制传统大家族的勇气；在中期小说《佐佐木的遭遇》中，作者描写了看孩子的女佣和寄宿在主人家中的书生之间的恋爱，以当时处于社会下层的奉公人之间的恋爱作为创作素材，充分体现了白桦派作家人道主义的立场；进入昭和时期，作家们的眼光不仅局限于家庭空间内部的女佣叙事，对旅馆、咖啡店这类都市公共空间中的女佣形象也进行了丰富的描绘，志贺直哉的《邦子》及谷崎润一郎的《厨房太平记》便是其中典型的代表之作。这两位作家笔下的女佣们都经历了都市空间和家庭空间的转换，曾经做过酒店女招待的邦子，婚后生儿育女努力打造温暖的家庭空间，却因被丈夫视作艺术创作的障碍而遭到了冷酷的对待；谷崎润一郎笔下不愿被家庭空间束缚的女佣们却通过个人的努力登上了都市空间的舞台，成为了掌握自己命运主导权的新女性。

日本近代文学作品中，描写20世纪初都市新中产阶级家庭生活的作品数量众多，女佣这一通常被忽略的文学形象具有丰富的内涵及有待挖掘的研究价值。这类作品中的女佣正处于由封建的家父长制大家庭向资本主义制度下的近代化小家庭转变过程中的家庭内部空间。因此，女佣的存在完整地反映了日本近代家族制度的演变及日本社会形态从封建主从关系到近代雇佣关系的变化过程。作为当时中产阶级家庭中不可或缺的一员，女佣不仅仅是家务劳动的从事者，她们与家庭内部的事件、情感、道德观念、伦理意识息息相关，是没有血缘关系的他者和家庭空间中的边缘群体。以女佣作为切入点对明治后期至昭和中期的日本近代家庭小说进行考察，从女佣的视角解读家庭内部的伦理矛盾、新旧冲突以及道德观念的变化，能够为日本近代文学作品提供新的解读视角与阐释空间。

第二节　先行研究综述

日本关于女佣的先行研究主要集中在社会学领域，其中作为先驱的村上信彦[1]通过亲自对曾经的女佣亲历者进行采访，记录下了当时在恶劣条件下工作的女佣的实际情况，并指出从明治到大正，女佣的工作性质经历了从奉公到职业化的转变。奥田晓子[2]在《近代女性史再考》中对女佣的历史进行了考察。她提供了翔实的数据，从女佣的诞生史、各时期的从业人口的属性、工资收入、被性侵害的情况以及将明治到昭和时期日本女佣的处境和 18～19 世纪西欧女佣的处境相比较，考察了女佣的生态和都市产业化发展之间的关联。尾高煌之助[3]从日本资本主义经营模式与中小规模家族共同体经营模式这样的双重构造的视点切入，将女佣市场的供需关系变化用统计数据的形式进行了分析。滨名笃[4]从社会阶级研究的角度，将女佣的雇佣作为指标，对明治、大正时期日本中产阶级的形成及其文化进行了考察。野本京子[5]围绕家务劳动中主妇和女佣的关系对二战前日本女性劳动市场进行了调研，她对农村女性进城务工者的情况、女佣雇佣形态的变化，及战后住家女佣逐渐减少后对家庭主妇产生的实际影响等几个方面进行了研究。牛岛千寻[6]则指出了战时日本新中产阶层的扩大与雇佣女佣之间的关联。此外，清水美知子[7]以明治、大正时期的妇人杂志为线索，关注日本家庭中的女佣、成为社会问题的女佣、女佣相关的社会产业、战后复兴期的女佣与经济高度成长期的女佣等问题，从女佣的角度出发，对日本近现代的家庭文化史进行了再

① 村上信彦．『明治女性史中卷后编』［M］．东京：理论社，1971：66-85

② 奥田暁子．「女中の历史」．『女と男の时空——日本女性史再考 V』［M］．东京：藤原書店，1995：376-410

③ 中村隆英，尾高煌之助编．《日本经济史（6）——双重结构》［M］．许向东等译．北京：生活·读书·新知三联出版社，1997（9）：149-161

④ 滨名笃．「阶级としての女中」．『近代日本文化论』第五卷［M］．东京：岩波书店，1999：174-188

⑤ 野本京子解说．近代妇人问题名著选集第 3 卷［M］．东京：日本图书センター，1982

⑥ 牛岛千寻．「战间期の东京における新中间层と『女中』——もう一つの郊外化」［J］．社会学评论第五二卷第二号，2001：266-282

⑦ 清水美知子．『<女中>イメージの家庭文化史』［M］．京都：世界思想社，2004

研究。小泉和子①以昭和时代为中心，从住宅空间的角度切入，对二战前的女佣房间、战后消失的女佣房间、美军驻军家庭空间中的女佣情况、日本人在朝鲜殖民地雇佣的朝鲜人女佣及赴日打工的朝鲜人女佣的生存状况等问题进行了细致的研究。

日本文学领域的先行研究主要有奥野健男②的《女佣的消失——戏剧家庭论》，他将女佣存在的家庭空间比作剧场空间，将家庭活动比作戏剧活动，对当代日本家庭中女佣的消失表达了个人的追忆和无比惋惜的心情。他考察了文学家与女佣的关系，例如夏目漱石的生母曾有过在领主的后院中奉公的经历，可能是受此影响，在创作《哥儿》时，漱石将关怀哥儿的女佣阿清塑造成出身高贵、曾在封建领主家奉公、气度不凡的女性。志贺直哉在青年时期希望与家中的女佣结婚却遭到了父亲的反对，他不仅将当时的情景详细地记录在日记中，并且根据这段经历创作了《浑浊的头脑》、《大津顺吉》和《过去》等一系列作品。同样身为白桦派作家的里见弴，在十九岁时与同母亲年龄相当的女佣发生性关系并使其怀孕，以此为题材创作了《善心恶心》《君与我》等作品，此后的一生在两性关系中经历了多不可数的女佣、艺伎，直到八十岁仍以与家中年幼的女佣发生肉体关系为豪。

唯美派作家谷崎润一郎在书生时代曾与主家的女佣恋爱，在当时，奉公人之间的爱情不为伦理法度所容，因此被主家发现后遭到逐出家门的下场。后年，谷崎不但在《幼少时代》中回忆自己童年时与家中女佣相处的趣事，在《死火山》中记述了自己青年时代与女佣的恋爱经历，更在《痴人之爱》《盲目物语》《春琴抄》《厨房太平记》等多部作品中对与男仆、女佣、乳母、养女等主仆间的关系进行了描写。室生犀星是父亲与女佣所生的孩子，并且其母亲早亡，因此备受家中正室子女的欺凌。受到童年经历的影响，他创作了《兄妹》《女之图》《战斗的女人》等多部以女佣向男性复仇为主题的作品。此外、永井荷风的《女佣的故事》、芥川龙之介的《玄鹤山房》，太宰治的《回忆》《津轻》，北原武夫的《浅黑色的肌肤》、中勘助的《银之匙》、坂口安吾的《石的回忆》、三岛由纪夫的《椅子》、武田泰淳的《快乐》、岛尾敏雄的《格子之眼》、北杜夫的《榆家的人们》、矢代静一的《阿清》、円地文子的《女坂》、平林泰子的《沙漠之花》、高见顺的《讨厌的感觉》等作品中不仅出现了女佣的身影，并且能感受到作家

① 小泉和子．『女中がいた昭和』[M]．东京：河出书房新社，2012

② 奥野健男．『ねえやが消えて——演剧的家庭论』[M]．东京：河出书房新社，1991

对女佣群体抱有的关心及女佣对作家们产生的影响。

幸田露伴曾将有女佣存在的家庭称为“恶魔的幼儿园”，对幼儿受到无知识无教养的女佣的影响，成长在不健全、不善良的环境中的危害性提出了警告和批判，这种看法在明治时期一部分受到西欧先进教育理念影响的知识分子群体中具有一定的代表性。对此，奥野健男却流露出对从家中消失的女佣身影的怀念之情，他认为女佣对男主人及少爷来说是家庭中的他者、游戏的伙伴、母亲的替代者，是恋人、佣人、教师，是圣女也是魔女。对文学家来说，女佣作为家庭中他者的视线，既为私小说的创作带来了客观性，也使二战前的日本文学拥有了趣味性。

清水美知子①除了在社会学领域开展女佣研究外，还援引了明治、大正、昭和时期的报刊、妇女杂志，对当时文学家作品中的女佣形象从社会学的角度进行了剖析。例如对明治时期夏目漱石等作家的作品，对大正、昭和时期吉屋信子、松本清张等大众小说家的作品从都市空间、大众传媒等角度做了解读。

谷川裕佳②在研究志贺直哉的中期作品时，以家庭空间中各个成员之间的紧张关系作为课题，对女佣在文本中起到的作用进行了分析。她将志贺描写女佣的作品分为早期作品和中期作品两类，早期作品以《大津顺吉》为代表，中期作品有《好人物夫妇》《流行感冒》等。她将作品中的女佣定位为家族与家庭边界线上的存在，与男主人公处于同一个家庭内部空间却没有血缘关系，因此具备了恋爱的可能性，为家庭小说带来了悬疑性与戏剧性。此外，古川裕佳还指出，志贺在尝试由同人志创作转向商业期刊的时期，有意识地选择了和女佣的恋爱事件作为素材，并且在中期作品中仍然积极地运用女佣这个文学符号，从家庭中男主人的立场对女佣的存在进行描写，因此有必要从志贺的作家意识这个角度重新审视其作品中女佣所起到的作用。

通过对先行研究的梳理可以发现，迄今为止有关女佣的先行研究多集中于社会学领域，或对单个作家、单篇作品中的女佣形象进行解读。本书则选取了明治后期至昭和中期日本文学作品中值得研究的女佣形象，结合当时的新闻报道、妇女杂志、社会调查等数据资料，对作品中的叙述视角、家庭构造、两性关系、阶级意识、雇佣形态的变化等进行分析研究。本书通过研究女佣这类处于特殊历史时期，数量庞大却默默无闻，被忽视、被淹没的底层劳动女性群体在文学作

---

① 清水美知子同注 7

② 古川裕佳．『志賀直哉の<家庭>：女中・不良・主婦』[M]．东京：森话社，2011

品中是如何被塑造的、被书写的，来探究日本近代家庭小说中的性别策略与阶级策略；同时，通过对女佣的处境、主体性的建构及身份认同的研究，挖掘出女佣这个文学符号背后丰富的内涵，揭示出女佣这类社会边缘群体如何利用“模拟家人”的伦理策略和“寻求认同”的情感策略改变家庭中的权力结构，挑战日本近代女性所面临的“结构与主体”的困境。最终，她们从乡村走向城市、从家庭空间走向公共空间，成功实现了从传统奉公人到现代家政妇的身份转变。

第三节　研究方法与研究范围

日本近代文学中的女佣形象在日本及国内学界尚未有人进行过系统性的梳理，因此，本书计划从基础着手，在原典实证、文本细读及理论阐发上开展研究工作。

主要研究方法如下。

1. 文献学方法

运用归纳、概括、思辨、推理、比较等方法，对明治至昭和时期的新闻报刊、杂志、出版物中的女佣言说进行考据，包括对统计文献的整理与分析，理论文献的阐释，为研究作家笔下的女佣形象提供历史文献资料上的支撑。

2. 社会学方法

由于本书的研究对象在时间和空间上都距研究者有一定的距离，因此主要采取以下三种方法。（1）间接研究，即收集历史文献资料等第二手资料，对其中的数据及文字资料进行分析。（2）个案研究，对女佣个人、群体的生活史、发展史的考察，对其行为动机和社会文化背景的理解及对社会单位与整个社会环境之间的复杂联系的分析。（3）比较法、构造类型法及结构分析、功能分析、阶级分析、角色分析等定性分析方法。

3. 现代文艺批评方法

用叙事学、符号学、精神分析、空间理论、女性主义理论、文学伦理学批评等方法，对作品中的女佣进行分析，考察其形象背后丰富的内涵。

本书选取了明治中期（19 世纪 90 年代）至昭和中期（20 世纪 60 年代）日本作家笔下具有代表性的对女佣进行刻画和书写的作品进行研究，具体分为五个章节。

第一章选取了明治中后期两篇具有代表性的文本——樋口一叶的《大年夜》（1894）及岛崎藤村的《旧东家》（1902）展开具体论述。《大年夜》是日本女作家樋口一叶笔下唯一一部以女佣作为主人公的非恋爱小说，也是她从拟古典的浪漫主义向批判现实主义转变的转向之作；《旧东家》是岛崎藤村的小说处女作，当时岛崎受到乡村生活的感染，在思想上产生了写实主义倾向，在创作上经历了由浪漫主义向自然主义的转变，小说以女佣阿定的视线作为叙述视角，以第一人称回顾性叙述的形式讲述了自己年轻时的帮佣经历和太太的出轨事件。这两篇小说都用写实主义的手法描绘了女佣这样的社会底层女性在封建道德压迫与资本主义金钱诱惑的夹缝中痛苦挣扎的悲催命运，揭露了日本明治时期现实社会的矛盾和资产阶级的剥削本质，具有深刻的社会意义。

第二章则聚焦了明治末期日本文豪夏目漱石的三篇作品——《哥儿》（1906）、《春分之后》（1912）及《行人》（1912—1913）。《哥儿》是夏目漱石的早期作品，本书从女佣阿清的角度切入，用精神分析和疾病叙事的方法对哥儿和阿清这对主仆的关系进行分析。哥儿所欲求的人生是映射在阿清这个他者所构筑的幻想上的一生，哥儿通过与之认同，受到了镜像的蒙蔽，将他者的自我误认为自己的自我，陷入了终身不得不与其争夺自身主体性的悲惨境地。哥儿的神经症就是他无法摆脱他者的幻想，获得真正的自我同一性与身份认同的隐喻。因此只有通过对女佣阿清的主体性和欲望进行剖析，才能发现这部温情的作品背后隐藏着哥儿注定不能以自己本身来度过一生的悲剧。《春分之后》和《行人》中的两位男主人公具有夏目漱石笔下典型的明治知识分子的性格特征，他们虽然能够将女性的自我作为他者的自我来认识，但却没有直面女性自我的勇气，只能通过宗教、哲学思想来解决婚姻与恋爱的苦恼。比起拥有强烈自我主张的新女性，他们不约而同地将家中沉默的女佣当作恋人或妻子的对立面，试图从这些温顺的奉公女性身上获得心灵上的抚慰与精神上的救赎。

第三章将目光投向了明治末期至大正时期白桦派代表作家志贺直哉初期作品中的女佣书写，选取了《浑浊的头脑》（1911）、《大津顺吉》（1912）及《佐佐木的遭遇》（1917）这三个文本展开了具体研究。鹤见俊辅[①]曾在《日本的观念性——白桦派》一文中指出："对白桦派的许多人来说，他们与女佣的肉体关系

① 鶴见俊輔．『现代日本の思想』［M］．东京：岩波书店，1978：22

就是最初的深刻的人生问题，如武者小路实笃、里见弴、志贺直哉、有岛生马等。他们一方面抱有人道主义的理想，另一方面又抱有小少爷的实感，不能不无懊恼地就抛弃对方，也不能继续地对对方负责。”本多秋五①也曾提到，日本不知从何时起有了“白桦派小间使②小说”的说法，主要指的是武者小路实笃的《一个男人》、里见弴的《君与我》、志贺直哉的《大津顺吉》等一系列男主人公与自家女佣发生性关系后内心产生了矛盾与纠葛，并以此为主题进行创作的私小说。这些出身贵族阶级却抱着人道主义思想的青年男作家将自己与女佣失败的恋爱经历升华为文学创作的动力，在书写宗教与欲望的矛盾、违背教义的罪恶感中发现了自我，确立了自己的作品在日本近代文学史中的位置。

第四章则继续关注志贺直哉中期作品中的女佣书写，志贺在与父亲和解后进入了第二次的创作活跃期，与康子夫人的结合也为他的精神生活注入了新的活力，此时志贺不再将女佣视为婚恋的对象，而是站在一家之主的立场探讨家庭中没有血缘关系的他者的存在对家庭关系和夫妻关系的影响。本章选取了大正至昭和初期的三个文本《好人物夫妇》（1917）、《流行感冒》（1919）与《邦子》（1927），《好人物夫妇》中女佣阿泷的肉体吸引了风流的男主人，却因意外怀孕打消了男主人的幻想，避免了一场家庭危机；《流行感冒》中的女佣阿石由于说谎使家庭内部产生了不透明的空间，女主人和孩子对女佣的同情动摇了男主人的权威，最终男主人通过揭穿女佣的谎言重新巩固了自己一家之主的地位；《邦子》中的女主人公从社会底层的女佣、女招待晋升为中产家庭的主妇，却又因家中的女佣事件受到丈夫的冷酷对待，最终因对近代家庭的幸福梦想破碎而自杀。

第五章中结合了对日本二战后社会结构和时代背景的调查，选取了获得1948年第21届芥川奖的女作家由起茂子的《女佣之子》（1954）和日本唯美派文学代表作家谷崎润一郎的《厨房太平记》（1962）这两部作品。《女佣之子》如实地描述了20世纪50年代日本社会对女佣作为一种职业的看法和女佣在主人家中的艰难处境；《厨房太平记》则通过老作家精妙的笔触展现了一个个鲜活的年轻女佣形象，但其背后隐藏的却是作家对日本旧式大家庭中“模拟家人”般的主仆关系的怀念。这两部作品展现了日本近代文学作品中女佣从传统奉公人到现代家政妇的形象逐渐转变的过程。本书通过分析女佣在生活工作中如何一步步争取

① 本多秋五．『志賀直哉』（上）［M］．东京：岩波书店，1990：56

② 小间使在日语中表示女佣、侍女、婢女

自己的权利、建构自己的身份、在规训与偏见下与主家斗智斗勇，揭示了女佣利用“模拟家人”的伦理策略和“寻求认同”的情感策略改变了家庭中的权力结构，在实现自我身份和社会身份认同的同时，甚至使雇主的家庭内部出现了“关系倒置”和“权利反转”的现象。这两部作品中女佣形象的变迁及住家女佣逐渐消亡的现象背后，隐喻了日本战败后近代家庭结构的变化和日本女性性别意识的觉醒。

第一章　女佣的困境

1896年，受邀赴日担任贵族女子学校教师的爱丽丝·培根（Bacon，Alice Mabel）根据自己在日本一年多的生活经历及对日本中产阶级家庭中女性的观察，撰写了《日本女性的生活》（*Japanese Girls and Woman*，1896）一书。在书中她写道："刚来日本的外国人首先就会对干家务的用人感到疑惑。在美国，用人与雇主仅仅是工作上的契约关系，除工作外并不会投入感情，佣人最关心的是如何高效地完成工作以便有更多的自由时间。并且，她们最终都渴望辞去这份工作，从事社会地位更高、更独立的职业。但日本的用人却认为对雇主忠诚、为其奉献一生具有极高的价值。用人们绝不认为自己在从事低贱的工作，反而觉得自己比农民、商人、手工艺者这些职业更高尚。"①

日本自江户时代起就有"女中奉公"的传统，当时将女孩送去做女佣被称为「奉公に上がる」。农村或城市平民家庭将女儿送到门第更高的家庭中奉公，一方面是为了学习家务知识、礼仪传统，为出嫁做准备，另一方面也是为了减轻家中人口负担，通过奉公的报酬积攒一些嫁妆。这样的奉公传统到了日本明治时期仍然存在，女佣与主家的关系并非近代意义上的雇佣关系，而是带有封建性质的主仆关系，甚至可以说是一种模拟家庭成员的拟血缘关系。日本在明治时期刚刚踏上近代化的道路，社会与家庭中仍旧保留着诸多江户时期的风俗习惯，因此，培根书中描写的日本用人仍旧保留着江户奉公人的传统思想，将主家的身份地位与自己的身份地位视为一体、对主家抱有绝对的忠诚之心。

明治时期是日本从封建主义社会向资本主义社会转变的重要时期，同样也是日本女佣们从"奉公"向"雇佣"转变的关键时期，具有重要的研究价值。本书在第一章选取了樋口一叶的《大年夜》与岛崎藤村的《旧东家》这两个明治中后期的文本。首先，这两部作品皆被评价为两位作家的创作风格从浪漫主义向

① Bacon A. M. Japanese Girls and Women. Boston and New York：Houghton. Mifflin and company，1896：303

现实主义转变的转向之作；其次，两位作家不约而同地选择了女佣作为小说的视点人物和主人公。必须指出的是，樋口一叶与岛崎藤村并没有让自己笔下的年轻女佣陷入传统的恋爱关系，或是将其塑造成等待被男主人公救赎的女性角色；相反，他们充分地利用了女佣作为传统奉公人和底层劳动女性的身份特征，向读者展现了日本明治时期资本主义经济高速发展的繁华表象背后隐藏的社会阶级矛盾，以及揭露了军国主义体制下受到封建伦理道德迫害的穷苦女性的悲惨命运。

第一节　忠与孝的困境——樋口一叶《大年夜》论

樋口一叶被誉为日本文坛的“明治紫式部”，是日本近代文坛享有最高声誉的女作家。樋口一叶的一生虽然只有短短的24年，却创作了22篇脍炙人口的短篇小说，还留下了大量的日记、随笔、杂记、书信和3500余首和歌。其中，发表在1894年12月30日《文学界》第24号上的短篇小说《大年夜》被评价为作家从拟古典的浪漫主义向批判现实主义转变的转向之作，并且是其创作生涯巅峰——被后世文学评论家们称为“一叶的奇迹十四月”的开篇之作，具有极高的研究价值。

《大年夜》将小说的高潮设定在一年的总结算之日，通过全知叙述者的视线和话语逐步引出了主人公女佣阿峰不得已的“偷盗”行为和无意中被“救赎”的过程，可以说，这是一部讲述明治时期底层劳动女性在“忠”与“孝”的夹缝中艰难求生的作品。小说描绘了善良且孝顺的女佣阿峰为了替对她有养育之恩的病重的舅舅一家还上两日元的高利贷利息，迫不得已犯下了盗窃的罪行，事发之后，正当她准备独揽罪行、以死谢罪之际，却无意间被主家的不肖子石之助所救，保住了名誉和工作。作者通过巧妙的设定使原本忠诚的奉公人成为了偷盗的罪人，使原本不孝的浪荡子成为了穷人的救世主，小说的结尾充满了戏剧性却又戛然而止，百年来引发了读者与评论家的诸多讨论。

《大年夜》的先行研究多集中于对小说结尾的争论以及对小说的构造、创作手法的探讨。小说的结尾停在了阿峰发现石之助将她抽走两张的二十日元整沓取走，并留下一张字条表示是自己借用的。叙述者道：“她孝顺舅父的余德，竟叫石之助顶下那罪吗？不，不，说不定是他知道了故意替她顶下来的。然则，石之助可成了阿峰的守护神哩。真想知道以后他们俩的事儿呢。”[①]对于这样的结尾，一部分评论家认为作者受到了以井原西鹤为代表的日本古典小说的影响，这是一部传统的劝善惩恶、英雄救美的浪漫主义作品。如和田芳惠[②]指出，（作者）将一篇优秀的社会小说素材写成了一部人情小说。前田爱[③]则认为石之助的行为是给阿峰的“贤者的礼物”，《大年夜》是一出围绕金钱的压抑和解放的戏剧。除此之外，大井田义彰[④]等评论家将石之助的行为评价为锄强扶弱的“侠客”之道，同样将这部作品划入了前近代小说的范畴。

与此相对，另一部分评论家则认为这是一部反映社会的不合理性以及穷苦人民的悲惨境遇的具有现代性的作品。如盐田良平[⑤]指出，樋口一叶曾从户川残花处借阅陀思妥耶夫斯基的《罪与罚》（内田鲁庵译）并反复阅读，当时陀思妥耶夫斯基等俄国作家的作品在日本引起了极大的反响，这些作品中描绘的社会矛盾和底层小人物的悲惨命运对日本作家的创作意识造成了巨大的冲击。又如高田知波[⑥]指出，父兄去世后陷入贫困生活的一叶对社会的矛盾和不公正感到愤怒的同时也抱有无法与之对抗的女性意识，因此，他认为《大年夜》的结局暗示了阿峰想要继续对亲人尽孝，唯有将自己的肉体商品化，走上卖身的道路。小林祐子、木村真佐幸、北田幸惠等女性评论家同样认为这是一部反映残酷社会现实的作品。小林祐子[⑦]指出，《大年夜》描写了一个贫穷的少女虽然抱着想要凭借自己的努力正当谋生的愿望，终究敌不过冷酷的现实，作家早已看穿，即使她得到了一时的救济，也无法获得最终的救赎。木村真佐幸[⑧]则认为叙述者看似乐观的叙述无法掩盖安兵卫（阿峰的舅舅）一家三个月后将再次面临同样的苦境（高

---

① 樋口一叶．《十三夜》[M]．林文月译．南京：译林出版社．2011：54-74，本书中《大年夜》原文均引自此书。

② 和田芳惠.「本文および作品鉴赏」の「大つごもり」一和田芳惠编『近代文学鉴赏讲座 3　樋口一叶』[M]. 东京：角川書店，1958：34

③ 前田愛.「『大つごもり』の構造」.『樋口一叶の世界』[M]. 东京：平凡社，1976：192

④ 大井田义彰．「『文学界』の中の一叶一『大つごもり』と<侠>」[J]．樋口一叶研究会编『论集　樋口一叶Ⅲ』. おうふう，2002：25-46

⑤ 盐田良平.『樋口一叶研究』[M]. 东京：中央公论社，1986：565-566

⑥ 高田知波.「距离の物語一『大つごもり』への一視点」.『樋口一叶への射程』[M]. 东京：双文社，1997：17

⑦ 小林祐子.「反転するモラル一『大つごもり论」[J]. 新・フェミニズム批评の会编『樋口一叶を読みなおす』. 东京：学艺书林，1994：123

⑧ 木村真佐幸．「『大つごもり』成立の背景：『后の事知りたや』一視点」[J].『札幌大学教養部・札幌大学女子短期大学部纪要七』. 札幌大学，1975：17-28

利贷)，而石之助的行为不过是富家子的一时兴起罢了。北田幸惠[①]更是毫不留情地断言这部作品描写了一个距离卖身、做妾一步之遥的女佣的大年夜。

除此之外，还有一部分评论家围绕小说的创作手法和结构设计展开研究，如山田有策[②]指出，作家的巧妙构思使原本生活在完全不同的两个世界的年轻人有了一瞬间的交会，并且留下了“真想知道他们今后的事呀”这样开放性的结尾来引起读者的兴趣，这是《大年夜》的独到之处。小林祐子[③]指出，阿峰的孝行和正直的美德被偷盗的“恶”反转，而石之助的浪荡和不孝却被救济贫民的“善”反转，这是一部“善中有恶，恶中有善”的作品。朝野洋[④]则从空间论的角度做了分析，他认为小说将石之助的继母置于远景、阿峰置于近景、石之助置于中景进行描写，通过叙述的远近法构造了小说的空间，展现了小说的现代性。

综上所述，先行研究从《大年夜》的创作内容和创作手法等方面展开了丰富多彩的研究，本书试图在先行研究的基础上进一步聚焦女佣阿峰，通过对日本明治时期社会背景和道德观念的考察，结合文本细读及文学伦理学的研究方法，探究小说主人公在“忠”与“孝”的伦理困境中如何一步步走上了犯罪的道路。山本欣司[⑤]曾指出，女佣阿峰内心和精神上的变化过程是这部小说的骨骼。笔者将参考劳伦斯·科尔伯格的道德发展阶段论来探讨阿峰的道德判断能力的发展过程，以及结合作家的实际生活和创作背景来挖掘小说中伦理观念的深层内涵，力争拓展这部经典文本的阐释空间。

一、阿峰的忠孝观

通过文本细读可以发现，“忠”和“孝”是整部小说的关键词，也是主人公阿峰的行为动机和行为准则。阿峰 7 岁丧父、9 岁丧母，由唯一的亲人舅舅安兵卫抚养至 18 岁，她将安兵卫一家视为自己的至亲，将尽孝视为自己的义务；当得知舅舅生病后，她即便冒着得罪主家的风险，也要千方百计地请假外出探望；

① 北田幸惠.「大つごもり」论一もう一つの<暗夜>［J］.（樋口一叶一新たな一叶像へ向けて<特集>）『国文学解釈と鉴赏』. 至文堂，1995：43

② 山田有策.「『大つごもり』の演剧性」［J］.『国文学解释と鉴赏　特集樋口一叶第六八卷五号』. 至文堂，2003：89

③ 小林祐子. 同注 7，第 120 页。

④ 朝野洋.「『大つごもり』の远近法」［J］.『国文学解釈と鉴赏 60』. 至文堂，1995：32-38

⑤ 山本欣司.「『正直は我身の守り』一大つごもりを読む」.『樋口一叶　豊穣なる世界へ』［M］. 大阪：和泉书院，2009：1-20

当看到舅舅家家徒四壁的窘境和表弟三之助衣不蔽体的惨状后，阿峰热泪盈眶，激动地表示要立刻辞工回家照顾舅舅，替舅母和表弟挑起家中的重担。然而，阿峰对尽孝的执念却不得不受制于现实的经济因素——她在主家提前支取了工资，并且为了帮助舅舅一家渡过年关的困境，还需再向主家借取两日元。为此，无论山村家对待下人多么的苛刻，阿峰都必须咬牙努力工作来讨取主家的欢心，因为她唯有对主家“尽忠”，才能真正地对舅舅“尽孝”。本章将围绕阿峰在“忠”和“孝”之间的逻辑关系和矛盾冲突来探讨她的伦理困境以及道德观念转变的原因。

《大年夜》发表于明治二十七（1894）年，根据时代背景的考察，日本的教育政策在明治十三（1880）年左右发生过较大的转变，政府一改明治初年的欧化思潮，将基于儒教思想的立德修身教育置于了首位，当时颁布的《教育令》及《教育敕语》中明确了日本国民道德和国民教育的基本理念，对当时的小学教育和师范教育产生了极大的影响。日本政府在明治二十三（1890）年颁布的《小学校令》中要求学校启培儿童的良心、涵养儿童的德性，必须在教育中强调孝悌、友爱、仁慈、信实、礼敬、义勇、恭俭等德育思想。明治十六（1883）年出版的《小学修身书》共6卷，收入了摘自《孝经》《诗经》《孟子》《论语》《古今集》《礼记》《中庸》《小学》《大学》《左传》《女小学》《女孝经》等儒教伦理书目中的文章，并要求一到三年级的小学生理解背诵。翻阅这套小学教材可以发现各卷的章节主题基本统一，第一章强调如何对父母长辈尽孝，第二章突出如何对兄弟姐妹敬爱，第三章以下则是宣扬必须对君主尽忠。当时作为明治政府富国强兵、对外侵略政策中的一环，把家族制度确定为国家基本单位的近代家族国家观已经深植进了日本国民教育的各个环节中。《大年夜》中主人公阿峰的年龄设定为18岁，对照明治十三年颁布的教育令与十六年出版的小学教科书来看，阿峰无疑深受日本国民道德教育的影响，成为了对长辈尽孝、对弟妹友爱的家庭伦理观念的践行者。

其次，明治政府推崇的日本皇国思想中另一个支配性的伦理观念就是要对君主“尽忠”。日本自幕府时代起素来有“轻血缘”而“重家名”的武士道传统思想，武士道重视的是君臣戒律，即使“君不君”，也不可“臣不臣”，强调：义、勇、仁、礼、诚、名誉、忠义和克己，武士作为奉公人即家仆要抱有随时为主人献出生命的觉悟。阿峰初到山村家帮佣时，明显受到传统的奉公人思想的影响，无论酷暑寒冬都起早贪黑勤勤恳恳地干活，即便被主家斥责打骂也绝不想着辞工逃跑，凡事谨慎小心、同样的错误绝不犯第二遍，抱着“只要自己做事卖力，便不会不讨人喜欢”的想法，凭借着惊人的意志力在频繁更换女佣的山村家生存了下来。这样的奉公思想与阿峰从小在学校接受的立德修身教育以及将她抚养长大的舅舅对她“凡事忍耐、忍耐”的教导是分不开的。

上野千鹤子①曾指出，明治政府在《教育敕语》中将儒家修身齐家治国平天下中“家”在“国”先，即“孝”在“忠”先的观点颠倒为“忠”在“孝”先，也就是以明治天皇的意志为绝对主导的“忠君爱国”的“忠孝”思想。在这样的社会主流意识形态中，为何阿峰最终会选择将“孝”摆在“忠”之前，为了救舅舅一家的燃眉之急而犯下对主家不忠的盗窃之罪呢？下文将对阿峰的伦理困境及伦理选择进行解读和分析。

二、阿峰的伦理困境与伦理选择

前文中提到，阿峰初到山村家时，是抱着“只要做事卖力，便不会不讨人喜欢”的想法来侍奉主家的。日本自江户时代起就有“女中奉公”的传统，农村或城市平民家庭将女儿送到门第更高的家庭中奉公，一方面是为了学习家务知识、礼仪传统，为出嫁做准备，另一方面也是为了减轻家中人口负担，通过奉公的报酬积攒一些嫁妆。这样的奉公传统到了明治时期仍然存在，女佣与主家的关系并非近代意义上的雇佣关系，而是带有封建性质的主仆关系，甚至可以说是一种模拟家庭成员的拟血缘关系。女佣尽管从事一般意义上的家务劳动，但仅向主家要求零花钱程度的工资，甚至主动提出将工资交由主家的女主人保管，作为自己出嫁的嫁妆；同样，主家也有教导女佣家务技能、礼仪知识的责任，以及替代女佣的原生家庭支付其生活开销、吃穿用度，甚至为其置办嫁妆的义务。因此，当安兵卫还不出高利贷的利息时，第一个想到的便是让阿峰向主家开口求援：“你跟他们也相熟一年了。得宠的佣人稍微拜托一下也不碍事吧。你去向他们哭诉一下，说是舅舅月底得加倍还人家的利息一块五毛；那就又可以拖欠三个月。……这话，舅舅也真不好意思说出口来的。大年夜前，能不能想办法弄到两块钱啊。”阿峰想到自己在主家辛苦做工，没有功劳也有苦劳，“好在也不是太大的数目，只要能够解决眼前的问题，他们大概也不至于不肯罢。”阿峰将借钱的事一口答应下来，舅舅一家能否安稳过年，便要仰仗她主家的善心了。

---

① 上野千鶴子.『近代家族の成立と终焉』[M]. 东京：岩波书店，1994：72-73

《大年夜》发表的前一年，与作者樋口一叶同在荻之舍门下的国分操子出版了被誉为明治新“女大学”的以中产阶级家庭主妇为对象的《妇女指南：日用宝鉴》①。这本书的目标是为当时已经走上文明开化道路的日本培育与近代国家需求相匹配的贤妻良母，书中的思想具有一定的代表性，在当时的日本中上流阶级家庭中广为流传。书的第四章中著有《继母的心得》与《对待奉公人的心得》两节，《继母的心得》中写道：一定要以赤诚之心对待继子，继母要时刻不忘继子是丈夫的孩子，继子也要牢记继母是父亲的妻子，这样就不会有矛盾了。《对待奉公人的心得》中写道：“古有陶渊明给自己的儿子送童子时告诫道，这个孩子也是别人的子女，受到父母的疼爱，只因家中贫困才送给别人做下人，因此我们要把他当作自己的孩子一般善待。……对待下人不能动则打骂，要告知其道理，主人要以身作则。……奉公人也能感受到寒暑，增减衣服、饮食用度应当一视同仁。……奉公人若是不小心损坏了器物，喋喋不休地指责只能显示出主人气量狭小。”

与当时日本主流社会提倡的主妇形象相比，山村家的太太又是如何呢？小说中提到山村家“财富是城里第一把，可吝啬小气也不下第二”，太太新造不但苛待下人，更是视继子为眼中钉，一嫁入山村家就要求丈夫废嫡，将长子送出去给别人做养子，立自己的女儿为继承人。山村家虽然家财万贯，奈何当家太太早已将山村家的家产视为自己的私产：“世间雇使下女的不少，可没见过像山村家那样勤换下女的。一个月换两个人算是平常事，有的三四天就请辞回去，更有住了一夜就逃走的哩。开天辟地来追寻起来，屈指数数，恐怕那位太太的袖口都会磨损呢。”“太太命令在服侍小姐晨浴时准备妥当。霜露结冰的清早，她人在暖和的被窝里，大声敲打烟灰缸，这样那样地吩咐，简直比闹钟还刺耳。……木桶子打翻了，一个还算完好，另一个却脱了底部。也不知道那木桶子一个值多少钱？伺候早餐时，只见太太的额际青筋浮凸，仿佛家财就会因此损减似的怒目相瞪，一天都不讲话。隔天，举箸放筷都要叨唠：‘这家里的东西可不是平白得来的。别以为主人家的就粗心大意，要遭天罚的啊。’一天念到晚，还逢人便告。”

当面对阿峰区区两日元的请求时，女主人露出一副大吃一惊的表情：“什么？你在讲什么？关于你舅舅生病的事情，还有借钱的事情，是听说过，可我并没有答应过替你周转什么的。你弄错了吧？我可是一点儿都不记得有这回事。”面对

① 国分操子编.『贵女の利：日用宝鉴』[M]. 东京：大仓书店，1984：12

太太出尔反尔的态度，背负着舅舅全家期望的阿峰无疑陷入了伦理上的困境——若是选择谨守下人的本分，遵从主人的意志，那么舅舅一家就会被高利贷逼上绝路；若是想要救亲人，那么就不得不自寻生路，背弃奉公人的道德准则，甚至做出对主人不忠之事。对阿峰来说，若是为了自己的前途着想，原本不必为了舅舅赌上自己的名誉，背负上盗窃的罪名；但阿峰所受到的教育注定了她不会将自我摆在忠孝之前，当“忠”与“孝”互相对立之时，面对吝啬又毫无同情心的主人，阿峰明白了她的“忠”注定不会得到任何回报；相比之下舅舅对她有十年的养育之恩，阿峰早已将舅舅一家视为自己的至亲，将对舅舅尽孝视为自己的责任，此时毫无退路的阿峰会如何选择已是一目了然了。

三、阿峰的道德发展阶段

阿峰在面对“忠”与“孝”的伦理困境时舍“忠”而取“孝”，最终走上了盗窃的犯罪之路。然而，阿峰从一个谨小慎微的女佣转变为一个为了求生敢于铤而走险的女性，并非一蹴而就。本章将参考劳伦斯·科尔伯格的道德发展阶段论来具体分析阿峰的道德判断能力的发展过程，进一步解读她的行为逻辑、挖掘她的心理动机。

道德发展阶段论是由美国心理学家劳伦斯·科尔伯格在儿童心理学家皮亚杰的道德发展理论的基础上提出的，他将人的道德判断能力的发展分为三种水平、六个阶段，分别是前习俗水平、习俗水平、以及后习俗水平；其中每个水平又分为两个阶段、共六个阶段，分别是：惩罚与服从的定向阶段、手段性的相对主义定向阶段、人与人之间的定向阶段、维护权威或秩序的道德定向阶段、社会契约的定向阶段以及普遍的道德原则的定向阶段。科尔伯格认为，道德水平处于前习俗水平的人没有道德观念，凡事只会看中个人利益，只为满足自己的欲望而行事，他们单纯为了免于处罚而服从规范，或是为了得到赞赏而遵守规范；处于习俗水平的人的道德观念则是以他人的标准作为判断，并以此作为发展自我道德观念的方向，他们强烈地希望得到别人的认同，认为满足大众期望的行为便是好的行为，因此会有较强的从众表现，同时认可法律具有至高无上的权威，愿意服从道德戒律和法规条文；处于后习俗水平的人的道德观念已经超越了一般人及社会规范，具体表现在他们相信法律是为了维护社会和大众的最大共同利益而制定的，但仍有不足之处，若是为了践行自己的道德观念或是维护大众的利益，纵使违法也在所不惜，处于这个阶段的人倾听内在自我，凭自己的本心行事。

在深入解读女佣阿峰的道德发展阶段之前，本书先以山村家其他主要人物的道德水平作为参照，如山村家的老爷、太太，以及少东家石之助等进行对比分析。前文中提到，山村家的太太新造不但吝啬小气、苛待下人，更是从进门后就一心想让丈夫将长子送去别家做养子，好使自己的女儿继承家产。小说中聚焦新造内心活动和具体言行的描写有以下几处，首先是新造看到继子后的心理活动："心里对他虽是恨透，可终究是前妻之子难伺候，只好藏起背地里的毒舌，表面叮咛别着凉了，又是小棉袄又是什么的，末了还添加枕头。"第二处描写了新造对亲生女儿和继子截然不同的态度："看着女儿们打扮得花枝招展，一会儿整整衣领，一会儿又修修裙摆，看了又看，喜不自胜。就是讨厌那眼中钉的哥哥在场。快走，还不快走！山村家这位太太，嘴里虽然没说出来，心中可是早已经耐不住。这若是教高僧看在眼中，恐怕是一幅身被火熏、心绪狂乱的景象吧。"第三处则描写了新造渴望废嫡将家产留给自己女儿的具体言行："'要他继承产业，等于往油库里投火。咱们必定会一无所有。你也得替几个小的着想才是。'继母不停地在父亲耳边进谗言。'像这样的放荡，也不可能有人肯认领他做养子的罢。倒不如分些财产给他，让他另外设籍，年纪轻轻就退隐算了。'"

从上述这些言行和心理活动可以看出，新造虽然对继子维持着表面上的客套和礼节，内心却只在意自己亲生女儿的幸福和利益，将长子视为眼中钉、肉中刺。日本明治时期推行家父长制，没有正当理由的废嫡是违法的，继母和其子女想要继承家业往往要与长子进行激烈的斗争，并且受到世俗眼光的指责，当时的日本文坛如夏目漱石的《虞美人草》等作品也反映了类似的家庭斗争。从新造的思想和行为来看，她的道德水平处于科尔伯格界定的前习俗水平，即凡事只会看中个人利益，只为满足自己的欲望而行事，她对丈夫和继子做的那些表面功夫也仅仅是为了避免落人口实、遭人非议，确保自己能够坐稳山村家女主人之位的手段罢了。

山村家的老爷不理家务，爱好与友人相约外出钓鱼，他极其重视家风名誉，虽然对长子亲情淡薄，但仍供其开销，没有如妻子所愿将他逐出家门，归根到底是为了山村家的脸面："这不是为了你而给的。你那些还没嫁人的妹妹们可怜，还有，你姐夫的面子也得顾到。咱们山村家，可是代代规规矩矩，正正直直的，从来也没有让人谣传过什么坏事儿。你这小子，是恶魔替身吗？短了点钱就不分青红皂白去贪别人荷包的话，耻辱才不止一代哩！家风要紧，可别给你家人添耻才好。跟你讲也没用，可若是寻常的话，做个山村家的少东，不教世间批评，多少也代我担起拜年的责任什么的；你却只会教这近六十的老头子掉眼泪，真是罪过啊！呶，拿走。回去吧。管你回哪里。别再给家添耻辱了。”从这段话中可以看出，山村家的老爷具有习俗水平的道德观念，他在意的并非长子的人格本身，而是长子的行为丢了家族的脸面，他以世人的眼光作为评价的标准，渴望自己的子女成为别人眼中光宗耀祖的存在，却从来没有发自内心地关心过孩子，思考过导致其叛逆行径的根本原因。

那么，被山村家视为不孝子的石之助又如何呢？小说中提到石之助自从得知了家里打算把他送做养子后，从十五岁起就为所欲为地游荡，根本不把父母放在眼里。他长得一表人才，人也聪明伶俐，却并不沉迷女色，也不同家境相当的少爷们来往，反倒喜欢找贫民窟的兄弟们一起饮酒作乐，将父亲从穷苦人身上搜刮来的钱财如同散财童子一般供他们花销。石之助并没有因继母的挑拨就与父亲闹翻，做出离家出走的决定，相反，他认为：“钱财分一万，另外每月有退休金，丝毫不影响游兴。一旦父亲不在了，长兄如父，妹妹们终究不得不像供灶神一般烧香听话的吧。与其别立门户，本家的事情一概不管，还不如维持现在这样子也没什么不好啊。”他不在意家人与世人的眼光，既不放弃家长之位，又将父亲与继母最看重的金钱挥霍在被他们压榨的穷苦百姓身上，石之助的做法可以看作是对漠视他的父亲与觊觎他家长之位的继母的报复，同样也证明了他践行着自我独特的道德观念，处于后习俗阶段的道德水平。因此，当他发现女佣阿峰私拿了抽屉里的两日元后，并没有无视或者揭发她的罪行，反而通过将抽屉里的钱整沓拿走，并且留字条证明是自己取用的来掩盖女佣的过失。石之助选择用自己的方式帮助弱势群体对抗资本和阶级的压迫，这种行为被先行研究评价为“侠客之道”。

最后，让我们聚焦小说主人公女佣阿峰的道德水平及道德发展过程。通过文本细读可以发现，阿峰的道德发展阶段经历了三个比较明显的改变过程：阿峰初到山村家时，是一个抱着“只要做事卖力，便不会不讨人欢喜”、“凡事谨慎小心，绝不犯同样错误”的勤勤恳恳的奉公人，将她抚养长大的舅舅同样抱着“初次工作经验最是要紧，千万不能吃点儿苦就想辞职”“凡事都要忍耐、忍耐”的思想来教育阿峰的。阿峰听说舅舅病了，内心焦急如焚，虽然住在同一个地域，但“在这等严苛的主人家做差事，薪水既然先拿了，就如同卖了身一样，想去探望探望也不成”；“再不然，快跑溜回去一下，怕只怕‘恶事传千里’，好不容易积累的辛勤都泡了汤”，只能“一天天拖延着，靠寄信身不由己地度日”。此时的阿峰很明显处于维护权威和秩序的道德定向阶段，虽然内心想要对舅舅尽孝，但受到女佣身份的约束，一步也不敢离开山村家，做出逾矩的行为；并且时刻顾忌着主家对自己的看法，以主人的好恶作为自己行事的准则。

等到年末小姐们外出看戏的空当，阿峰终于征得了女主人的同意可以回家探亲，当她看到住在贫民窟后巷的舅舅一家“五斗柜和衣箱都无”，寒冬腊月“连长火盆都不见踪影”，家中“连个米缸都没有”，重病的舅舅身上盖着“棉絮已结成硬饼一般的薄被子”，八岁的表弟“脚上穿着草鞋”，每天下课后“挑着扁担叫卖”补贴家用，“肩头的衣服都破了，露出粗粗的针线痕迹来”；而住在白金台的主家却“有着上百来房屋出租，出入衣着光鲜亮丽，阔绰得很”，主家的小姐们整日“打扮得花枝招展”，挑选着“锦罗绫缎的华服”到处游玩。阿峰开始深刻地认识到了阶级贫富的差距，对不平等的社会现象投射了批判的眼光，当女主人出尔反尔、冷酷地拒绝了她仅仅两日元的请求时，阿峰气愤地想：“咳，又不是什么大数目，才不过两块钱而已，并且明明亲口答应的，不到十天工夫，也不至于老糊涂了罢。呶，就在那收笔墨砚台的抽屉下面，正放着没动用过的钞票一叠，十张，二十张。用不着全部，只要两张，就能让舅舅高兴、舅母欢笑，三之助也能吃到年糕的啊。多么想要拿到那钱！可恨的女主人！”

眼看着约定的时间即将到来，舅舅一家能否度过年关就看自己是否能借到这两日元，走投无路的阿峰犯下了作为仆人绝不该犯的过错——私自取走了抽屉中的两张纸币。此时的阿峰虽然在行为上破了戒，内心却无法原谅自己的过失，她恐惧至深，以至于“怀疑前一刻的作为不辨究竟那是自己做的？还是别人干的？恍恍惚惚。”“如果查问起来该怎么办？该怎么回答？撒谎强辩，罪更深。坦承的话，连舅舅都要牵扯上。自己犯的罪自是无所逃遁，可怎能叫舅舅蒙冤呢？都说穷人穿湿衣不遑晾干，别人会不会说他偷窃呢？啊，可悲。到底怎么办才好。有没有办法不伤到舅舅？自己死掉算了。”最后，当太太要求她取来那一沓钱时，阿峰只能横下一条心，“干脆当着老爷面前，把事情的始末讲明白，太太她若是不同情，那就法也没了术也没了，只得凭着老老实实的本分，逃不得躲不得，坦白承认不是自己要的可也偷了。舅舅是不知情的，这一点定要说清楚。人家不肯相信的话，只好当场咬舌死掉。用一条命来证实，大概不会认为是骗人的吧。”

从阿峰上述的心理活动中可以看出，她虽然在行为上突破了道德的约束，但内心依旧被世俗的法规戒律深深束缚着，以至于为了仅仅两日元就做好了赴死的准备，同时，她在思想上仍然寄希望于老爷和太太能够同情她的遭遇、理解她的处境、原宥她的罪过，可见此时的阿峰虽然具备了一定的独立思考能力和批判性的眼光，但仍旧处于服从权威和秩序的道德阶段，甚至愿意将自己宝贵的生命交付给主家判断处置。但当她发现摆放钞票的抽屉并非仅仅少了两张纸币，而是被石之助整沓取走，并且还留下纸条替她揽下了盗窃的罪名时，阿峰感叹道："她孝顺舅父的罪名，竟教那石之助顶下来那罪吗？不，不，说不定是他知道了故意替她顶下来的。然则，石之助可成了阿峰的守护神哩。"阿峰将石之助视为守护神的想法，在先行研究中往往被解读为阿峰对石之助产生了男女间的好感，小说结尾那一句："真想知道以后他们俩的事儿呢。"更是为读者留下了暧昧的解读空间，但笔者认为，阿峰选择善意解读石之助的举动，将他视作自己的守护神，并非是期望他能成为自己在山村家的庇佑，或是把他看作自己余生的依靠，而是通过石之助的行为给予自己一种心理上的暗示：她对舅舅的孝行是正当的，即便犯下了一点罪过，也是可以被原谅的。阿峰对自己行为的自我合理化预示着她的道德发展水平进入了新的阶段，即后习俗阶段。她通过践行自己的道德观念——将"孝"放在"忠"之前，拯救了舅舅一家的困境，即使违法也在所不惜。至此，阿峰经历了从"他律"到"自律"的道德发展过程，通过"守护神"这个心理暗示完成了自我拯救，赋予了自己活下去的勇气和力量。

四、小说的创作背景与深层内涵

《大年夜》的作者樋口一叶本名夏子，1872 年 5 月 2 日出生于东京都千代田区，父母本为农家，因恋爱受阻私奔上京，父亲中年后通过买官成为小康士族之家，一叶也接受了小学及私塾的文化教育，显露了文学创作上的才能。然而好景不长，一叶 17 岁时，父亲与长兄接连病故，家境一落千丈，一叶与母亲、妹妹只能靠代人洗衣缝纫为生。为了继续学业，一叶不得不以学徒的形式借住在私塾萩之舍的老师中岛歌子家中，这一段"奉公体验"和求学期间发生的"二円风波"成为《大年夜》的创作素材。一叶的妹妹邦子在谈到姐姐的这段寄宿经历时说："虽然只在中岛家住了五个月，但姐姐在这期间完全不能学习，老师只让她干些杂活，就像个女佣。"① 一叶的同门师姐三宅花圃也曾说过："感觉当时一叶并不算老师家的女佣，也不算住家弟子，可能类似半工半读招进来的学徒吧。"② 此外，小说中女佣阿峰的"二円偷盗事件"与一叶求学期间的经历也有

① 樋口邦子.「かきあつめ」[J].「明治大正文学研究」. 东京堂，1956（4）
② 三宅花圃.「女文豪が活跃の面影」[J].「女学世界」. 博文馆，1908（7）

所重合，三宅花圃曾在文章中回忆过这段经历："在中岛老师处曾丢失过学生们集资的笔费二円，一叶遭到了大家的怀疑，哭着说：'贫穷太痛苦了'。我劝她：'你不记得的话就别哭了，为了这么点小事犯不着'，口气比起安慰更像是斥责。"[①] 当时在中岛歌子门下求学的多为贵族名门之女，一叶虽然才华出众，可惜出身小康之家，父兄去世后更是家道中落，只能以半工半读的形式寄宿在老师家中，不仅如此，还遭遇同门名誉上的诋毁，内心痛苦可想而知。

一叶自发表处女作《暗樱》之后在明治文坛崭露头角，一年间发表了 8 篇小说，然而，根据当时的日记记载，她所获的稿费虽能补贴一部分家用，一家人的生计仍然需要依赖母亲和妹妹替人做工及典当衣物来维持。1893 年夏季，21 岁的一叶与家人搬至东京的庶民街居住，母女三人共同经营杂货铺维生，一叶决心放弃职业写作，只在看店的间隙凭兴趣执笔，未料周遭底层民众的生活百态却极大地丰富了她的创作内涵、滋养了其文学生命。与早期的古典物语式写作相比，此时一叶的小说逐渐开始具有平民特色、都市趣味，对庶民生活细致入微的观察充分体现在了以转型之作《大年夜》为代表的后续一系列作品中。此时虽然《甲阳新闻》《文学界》等报刊的同人编辑经常上门求稿，但一叶仍旧没有摆脱经济上窘迫的处境，在《大年夜》发表的前一个月，她向《文学界》的创刊人星野天知借了 20 日元，并约定为下一期刊物撰稿。1894 年 12 月 30 日，《大年夜》如约刊登在第 24 期《文学界》的新年刊物上，小说中为了让亲人渡过年关而不惜犯下偷盗罪行的女佣阿峰，或许在某种程度上正是作者本人窘迫心境的真实写照。

在《文学界》发表作品的三年间，一叶与《文学界》的同人来往频繁，思想上也深受影响。当时，北村透谷在《文学界》上发表了《内部生命论》[②]，他认为江户时代的文学作品中也宣扬忠孝，但当时的作家是基于道德伦理来劝善惩恶、伸张正义，如今的评论家们却并非基于人伦和本心，而是为了附和《教育敕语》才宣扬忠孝，这种流于形式主义的忠孝观应该予以批判。星野天知[③]则引用江户时期思想家柳里恭的观点指出：何为仁义？何为忠孝？应先谈温情主义，后论仁义忠孝，否则仁义将沦为伪君子的遮羞布，忠孝也不过是维护社会体面的纸

---

① 同注 31

② 北村透谷. 内部生命论［J］.『文学界』. 文学界杂志社，1893（5）：9-15

③ 星野天知.「嫖蕩児を愍れみて　柳里恭を喚ぶ」［J］.『文学界』. 文学界杂志社，1893（9）：1-8

上谈兵罢了。一叶在《大年夜》的创作中同样受到了上述实质主义伦理观的影响，她通过巧妙地刻画主家太太新造的利己主义和冷酷无情，使继子石之助的不孝和奉公人阿峰的不忠具备了合理性；通过展现父母之爱与主人之恩的另一面，揭露了《教育敕语》中明治政府要求日本国民践行的伦理道德观念的形式主义和伪善；并且通过选择阿峰这样的底层劳动女性作为小说的主人公，来展现资本主义经济高速发展的繁华表象背后隐藏的社会矛盾和资产阶级的剥削本质。小说中对资本主义阶级矛盾的刻画和对军国主义体制下受到封建道德压迫的奉公人的形象塑造隐喻了作者对当时的社会现象和伦理规范的批判，具有深刻的内涵。

五、小结

樋口一叶短暂的一生历经坎坷，饱受穷困之苦，但她却从未放弃文学写作的志向。1893 年 6 月，一叶在日记中写道："在艰难度日这一点上，无论是写作还是经商都是一样的，今后要走的路只会更加崎岖不平。但我们姐妹却不在乎世人的褒贬，只朝着自己认为正确的道路前进。倒下了，就再站起来！"① 一叶将渴望自立自强的愿望同样投射在了《大年夜》中被生活逼到走投无路的女佣阿峰身上，她用写实主义的手法成功地塑造了一位在"忠"与"孝"的伦理困境中艰难求生、最终通过扬弃传统奉公人的封建道德观念、重建自己内心的伦理道德秩序而获得新生的底层劳动女性形象。《大年夜》作为樋口一叶笔下唯一一部以资本家家中年轻女佣为主角的非恋爱小说，作者摒弃了一贯的古典浪漫主义写作手法，刻画了明治资本主义高速发展的繁华表象背后底层劳动女性在封建道德压迫与资产阶级剥削的夹缝中求生存的悲惨处境。这种创作风格的转变预示着樋口一叶的女性主体意识和近代小说创作意识的觉醒，也揭开了其创作生涯巅峰"奇迹的十四个月"的序幕。

第二节　性别与阶级的隐喻——岛崎藤村《旧东家》论

岛崎藤村在明治三十二（1899）年四月来到信州北部的小诸义塾担任乡村教师。受到乡村生活的感染，他在思想上产生了写实主义倾向，在创作上经历了由浪漫主义向自然主义的转变。《旧东家》发表于 1902 年，是岛崎藤村的小说处女

① 和田芳惠．『一叶の日记』［M］．东京：讲谈社，1995：207-208

作。小说以女佣阿定的视线作为叙述视角，以第一人称回顾性叙述的形式讲述了自己年轻时在荒井家的帮佣经历和太太阿绫的出轨事件。由于小说中对偷情场面的露骨描写，并将其与歌颂天皇的场景并峙的反讽设定，以及对原型人物木村熊二/华子夫妇造成的名誉损害，该作品在发表一个月后，以败坏风俗罪遭到了明治政府的查禁。

《旧东家》的先行研究在考察作品中的女性角色时多集中于对原型人物的考证，或是从人的性本能——情欲和嫉妒的角度进行分析。作者在塑造女性角色时结合了自然主义的手法和浪漫主义的风格，在人物细节的刻画上尤为精妙，然而在描写作品的高潮部分——女佣终于下定决心向太太复仇的心理活动时，仅仅以一句“我终于露出了女人的本性”来刻画其心理动机，不免给人一种基于性别的刻板印象，以及隐隐流露出的经验主义和本质主义倾向。

岛崎藤村曾在大正二年一月发表的小说《突贯》中谈到《旧东家》是自己“写实主义倾向孕育出的最初的产物”，选择一位与自己思想、阅历、社会地位相距甚远的女佣的眼光作为叙述视角，确实能反映作家对客观创作的追求。但不可否认作家局限于自己的身份立场，在刻画不同性别阶层的人物时会产生视线的盲点，导致一种基于性别和阶级的刻板印象。因此笔者通过对作品中女性角色主体性的挖掘，分析男性作者在塑造女性形象时的固定模式，揭示出其背后的权力机制是如何运作的。本书将在先行研究的基础上从女佣阿定的身份特征、叙述特点，以及女佣与太太二元对立的人物关系来解读作者的写作策略与作品中性别与阶级的隐喻。

一、阿定的身份特征

我娘带我离开家是三月初二——山村里都选定这一天外出。那天刮着风，微微地扬起地上的尘土。我们踏着夹杂着干沙粒的灰色泥土，朝着小诸走去。我娘头上包着一块新手巾，脚上穿着麻草鞋，我提着一个淡绿色的布包袱，跟在娘的后面。为什么只有在这样的日子，我们娘儿俩才能这么走在一起呢?! 我心里感到又是害臊，又是难过。当我们从青郁郁的麦地旁经过时，那些脸色同地里的泥土一样的庄稼人，停下手中的锄头，好似故意地瞅着我们。一条宽阔的北国大路直通小诸。走上大路心里才感到轻松些。许多过路的行商围聚在像过去驿站似的茶亭里休息。当时正好在砍伐大路两旁的名贵的落叶松，大树倒地的声音，树枝折断的响声，搬运工人的吵闹声，弄得大路上好似在打仗一样。①

这是作品中阿定回忆自己从柏木村来到小诸的主家帮佣时沿路看到的风景。这一路上由农村风景到城镇风景的切换，预示着这位农村少女从“农民”的世界来到了“商人”的世界，并且从道路两边正在进行的工事和对小学校这样的近代建筑物的描写中可以看到当时的小诸正向着近代商业都市快速地发展。

阿定帮佣的主家荒井家同样是一个商人家庭，荒井家的老爷是银行家，盖新式房屋、娶东京女子做太太，并且立志要将东京的风气移植到小诸来，从服装打扮到言谈举止，革除一切旧弊。许多先行研究中提到作者将小诸作为小说舞台背景时特别着重描绘其商业特征，如中山弘明②指出：小说将小诸作为金钱和物资流通的据点，描绘其“商人道”，有着美化近代金融资本运作的隐蔽作用。作品中荒井家的老爷被誉为“动一动小指头就能调动小诸商业”的人，托老爷的福，小诸的商人们腰包鼓鼓的，银行甚至打造了一座光辉夺目的金杯来表彰老爷的功勋。荒井家来往的客人也都是“镇议会议员、大地主、商店老板、新闻记者”这些小诸的头面人物。可以说作者在创作时充分展现了明治时期资本主义的发展对日本城镇及农村生活带来的影响。

从荒井家的家庭结构来看，一对夫妇加上一个女佣、一个看门的老爷子，是典型的资产阶级新式小家庭。主家与阿定签订的同样是雇佣式的契约，当时女佣人的工钱每年 18 元左右，但阿定只要求主家赏赐一点太太的旧衣服，另外给做几身合适的好衣服，因为阿定的娘担心拿工钱的话会被阿定的爹拿去喝酒挥霍。

阿定在作品中经常回忆自己在农村时的艰苦生活：

柏木一带的女人要在佐久的山岗子上生活，跟恶劣的天气打交道，一辈子要帮着男人干沉重的活儿。就因为干这种沉重的活儿吧，我娘、我婶娘姨妈，都有一副倔强急躁的脾性。我打十三岁那年就跟我娘下地干活。和我差不多年岁的姑娘还在拖着鼻涕，跳猴皮筋，而我已经开始懂得人世间的悲欢苦乐了。我家里孩子多，做小买卖又不在行，我爹游手好闲，根本指望不

---

① 岛崎藤村．《旧东家》．卞立强译．《日本文学》［M］．长春：吉林人民出版社，1983：181，本书中《旧东家》原文均引自此书。

② 中山弘明．「<小諸>という场所---島崎藤村における金钱と言说」［J］．日本文学，1993：54-66

上，我娘虽比男人稍胜一筹，但靠她一双手还是维持不下去，只好让我到人家帮工糊口。(P180)

从阿定的叙述中可以看到，当地的农村妇女承担了相当重的体力劳动，并且不只在农村，在小诸这样的城镇上，也是类似的情况。作品中提到小诸是养蚕的地方，家家户户几乎没有不养蚕的，可以说养蚕的收入是当地人家的主要收入来源之一，到了春蚕的季节，老宅子的女佣们“胸前挂着灰色的麻袋，出外去摘桑叶”的情景在作者的散文集《千曲川风情》中也有着同样的记载：“腰上插着秤、背着麻袋的人们，从诹访、松本等地向这座镇上涌来。客栈里一时挤满了买茧子的人。这伙人背着蚕茧向各个客栈走去，给各条街道平添了不少活气。”①

然而，无论是在小说还是散文中，小诸商业繁盛的背后，是当地妇女“就好似松井川河谷里的水车，每天都那么转个不停。男人可以在长长的冬天游手好闲，女人还得不停地干活”的严峻现实。也就是说，无论是在小诸这样以养蚕收入作为支柱产业的商业城市，还是周边以农耕收入作为生活来源的广大农村，妇女都是主要的劳动力，正是她们勤勤恳恳节食缩衣日夜不停地劳作，才支撑起了小诸繁华商业都市的表象。她们不仅在家庭中承担了生育及家务劳动这样的再生产，为明治时期资本主义的发展提供了剩余价值，还参与了社会劳动，却不掌握生产资料、不参与收入分配。不仅如此，阿定的娘还要担心阿定帮佣的收入被丈夫喝酒胡乱挥霍掉，在与丈夫争吵时哭喊着：“打死我吧！要打就打死吧！”阿定的爹在作品中唯一一次登场是喝醉之后登门向阿定的主家讨烟，边抽边显摆自己要去花柳街送艺妓，称自己清醒时也是个“好样的”体面人。

作家虽然竭力秉持“按照事物本来的样子去摹写”的自然主义创作理念，但在描写小诸近代化和商业化的时代新面貌的同时却暴露出当地妇女在父权制及资本主义制度的双重压迫下艰辛的生活状态。这可以说是作品以女佣作为叙述视角，从底层劳动女性的身份立场进行观察和叙述时呈现出的特殊效果。

二、婚外恋的隐喻

《旧东家》是通过女佣阿定的回顾性叙述，以太太阿绫的出轨事件作为小说

① 岛崎藤村.《千曲川风情：岛崎藤村散文集》[M]. 陈德文译. 北京：北京联合出版公司，2020：36

的主线来展开的。这位来自东京的太太给小诸当地保守的风气带来了一片“开化、奢侈”的新风潮：小诸一带的女性将沉重的农活和家务视为自己的义务，“天没亮就起身”“天空刚发白就下地”，阿绫却“把家里当作玩乐的温泉旅馆，白天不做活，夜晚不休息”；当地的妇女崇尚艰苦朴素的生活——“连年轻的姑娘也要让她们满足于穿土布衣裳”，阿绫却“早打扮，晚化妆”“头发要由相生街的阿仙来梳，刮脸指定由冈源的老娘来刮，选料子的是大利的掌柜，做衣服的是马场后街的良助——真是豪华讲究到家了”；以及当地女性坚守着男尊女卑的传统思想，“从来没有夫妻俩一块儿去赏过花，头一次看到老爷太太手拉着手，亲亲热热地在屋子外面走路，简直把她们吓坏了”，相比之下阿绫每天在家中睡到日上三竿，家务全交给女佣做，丈夫回家从不到门口迎接，还经常在丈夫面前随意发脾气甩脸子，甚至在贞操观念上也没有受到严厉的约束——婚后不久便和东京来的牙医发生了婚外情。

作者究竟为什么要塑造这样一位东京太太的形象呢？一方面，从当时的散文和日记的记载中可以发现岛崎藤村阅读了托尔斯泰的《安娜·卡列尼娜》和福楼拜的《包法利夫人》等作品，思想上受到了西方现实主义文学强烈的冲击和影响；另一方面，虽然三年的小诸生活使藤村在创作上经历了由浪漫主义诗歌到自然主义散文的转变，并最终将小说确立为“表达自己思想的最合适的形式”，但不可否认的是在其作品中仍然能够感受到浓厚的浪漫主义色彩。例如他在描写阿绫的不伦恋情时采用了大量的梦的意象，阿绫在作品中被塑造成分不清梦境与现实，“一辈子跟梦儿作了伴了”的女人，由于担心自己和牙医的恋情被丈夫发现，阿绫做了这样一个噩梦：

> 在一个好像是苹果园的地方，老爷在默默地散步，一个人好像影子似的悄悄走到他的身边，附在他的耳边说了些什么话。于是老爷大怒，张开两只手猛追太太。据说太太有两三次几乎就要被抓住了，最后把身上的衣服脱下扔掉，光着身子才逃脱了。(P205)

从这个梦境来看，无论是苹果园、告密者（蛇）、还是赤裸的身躯都隐喻了圣经伊甸园的场景。岛崎藤村曾在明治二十一年至二十六年加入基督教，基督教的教义和《圣经》中的故事对他的创作产生了深刻的影响。例如伊甸园的意象曾被他融入第一部诗集《嫩菜集》的《初恋》这首诗中。

やさしく白き手をのべて	你温柔地伸出白皙的手
林檎をわれにあてへしは	将苹果娇羞相赠
薄紅の秋の実に	这秋日里成熟的硕果
人こひ初めしはじめなり	恰似我最初的爱情①

从句中可以看到藤村把恋爱的觉醒和亚当夏娃偷吃禁果的场景联系在一起，并把恋爱的觉醒看作是人性的觉醒予以歌颂。在同册的最后一篇诗歌《逃水》中，他写道：

こひこそつみなれ	恋爱正是原罪
つみこそこひ	原罪也是恋爱②

这首诗在描写恋爱觉醒的同时，鲜明地体现出了罪的意识，暗示了藤村在恋爱思想上的转变。而彻底将恋爱的觉醒和原罪意识等同起来的则是在他出版的最后一部诗集《落梅集》中，诗名就叫作《噩梦》：

いつまでか骨に刻みて	不知何时
时しらず活くる罪かも	罪恶已深入骨髓
(……)	
わが命戏の台	在我生命的舞台上
その悪を舞ふにやあらん③	也会上演那样的罪吗？

诗句描述了人骨子里刻着罪恶，以及生命中注定背负罪恶，这里的罪恶指的应该是人与生俱来的原罪：好色、贪婪、说谎以及对金钱权力的追求等。那么在

① 島村藤村．「若菜集」[M]．东京：春阳堂，1900（8）：140
② 同注 40. 第 155 页
③ 島村藤村．「落梅集」[M]．东京：春阳堂，1901（8）：36

《旧东家》中，作者又希望通过阿绫的婚外恋表达一种什么样的思想呢？

水田宗子在考察婚外恋题材的小说时曾指出："当一个对社会没有用的人靠自身来充实自己的时候，失落的自我便显出全貌，恋爱、通奸便成为充实自我的手段和自我审视的镜子。"① 她指出了婚外恋的反社会性和排他性。19 世纪是西欧传统婚姻观、家庭观动摇的时期，婚外恋意味着对传统的性关系、婚姻、恋爱、家庭观的批判和挑战。《安娜·卡列尼娜》《包法利夫人》等小说批判了传统婚姻制度的伪善性。

水田宗子在分析男性作者创作婚外恋小说的意图时进一步指出："婚外恋夫人是冒着身败名裂的危险来寻求性的满足的。换句话说，正因为婚外恋行为反制度，所以当事人认为这种行为既可以满足恋爱和性欲的需求，还可以满足自我，提供自我意识的根据"②，于是作者就在婚外恋的太太身上找到了自己的影子。无论在西方社会还是当时的日本，男性都是被社会化的，很难脱离社会体制自由自在地生活，并且婚姻制度给男性开了绿灯：即使明治民法中禁止了重婚，男子纳妾却并不违法，相反妻子若和丈夫之外的男性发生关系，则以通奸罪论处。因此作家只能通过刻画婚外恋的太太来体现一种超越制度道德标准的根源性道德，以及寻找到自我的存在。

> 太太是想到外面去散散心的，可是小诸是个勤俭朴实的小地方，茶道的先生搬到上田去了，谣曲的师傅改行到处去叫卖糖果点心，可看的可听的东西很少，仅靠家庭中有限的一点乐趣，当然一想起来就觉得腻烦。以至连绸子手绢擤过一次鼻子就扔掉；在卧室里到处乱洒香水；梳得好好的头发，只要不中意，马上就毁掉，让人重梳两次三次；自从吃惯了夜宵以来，在吃过咸糠腌的小菜加木鱼末的茶泡饭之后，还问"有什么更好吃的东西吗？"从新醉月餐厅叫来的饭菜，尝了两三口就喂狗了。女人的爱好简直是瞬息万变。太太对一切乐趣都厌倦了，整天嚷着烦死了。
>
> "每天每天都是一个样啊！"太太靠在柱子上这么自言自语地说。轻浮的乐趣给太太的只是这么一句话。(P186、P187)

---

① 水田宗子．《女性的自我与表现：近代女性文学的历程》［M］．叶渭渠译．北京：中国文联出版社，2000：83

② 同注 43，第 85 页

从上文可以看出，阿绫的出轨是一种对小城镇单调枯燥的生活的反抗，阿绫认为自己“被人世的锁链锁住，身不由己地被人拖着走，天天过着梦一般的生活”。婚外恋的行为是不道德的，所以给日常生活带来一种刺激性，而阿绫只有在这种刺激中才能感受到生活的意义，找到自我的存在。岛崎藤村通过描写这样的女主人公，展现了人的情欲本能与社会体制的对抗，这一方面体现出作者主张个人自由、赞美恋爱、肯定人性的浪漫主义思想，但另一方面同样反映出作家在塑造女性角色时的固定观念。阿绫确实是封建制度的受害者，但她的精神世界里没有任何高尚的东西——缺乏道德、贪图享乐、沉溺于官能、不能深入思考问题。作家没有赋予她思想和伦理上的高度，以便她能够超越精神和感官上的匮乏，最终只能陷入婚外恋的官能刺激中无法自拔，走向毁灭。与此相对，在《破戒》中同样受到制度迫害的男主人公丑松却通过告白的方式获得了新生。

三、阿定的叙述视角

作者采用一位农村出身的女佣的叙述眼光和声音来讲述主家的故事，最显而易见的效果就是凸显来自东京的太太阿绫与小诸当地女性在价值观念和生活方式上的巨大差异，以及由此产生的一系列二元对立与戏剧冲突。例如农村出身的阿定在叙述中对节气的变化、农耕的时节和各种祭祀活动特别敏感，经常通过对季节转换的描述来刻画时间的流逝、推进情节的发展；东京出身的阿绫却“有时连日子也忘了，问我说：‘阿定，今天是几号呀？’有时看到墙上的日历，连声惊呼日子过得真快。”又如作品中描写小诸是养蚕的胜地，阿绫却“闻到蚕儿的味儿心里就恶心”，对当地女性日复一日的辛勤劳作“付之一笑”。

《旧东家》虽然以太太阿绫的出轨事件作为主线展开，但女佣阿定却不仅仅是事件的旁观者，更是参与者，甚至可以说是推动事件发展的关键人物。由于女佣身份的特殊性，作品中阿定可以相对自由地穿梭于农村与城市，主家的新宅与旧宅，家庭的内部空间与外部空间，对各个登场人物进行观察和描述，极大地扩展了作品的叙事空间。小说是以阿定的第一人称进行回顾性叙述的，但作者却没有将阿定塑造成一个客观的叙述者，而是利用她的身份立场向读者展现了一个女佣主观的、带有阶级地域色彩的叙述声音。通过文本细读我们能够发现，阿定的叙述立场并不是固定不变的，而是随着小说情节的推进发生了明显的转变。本章将通过阿定的叙述特征和叙述立场的几次转变来分析作者的叙述策略和写作意图。

阿定初次见到太太阿绫时被其苗条的身段、姣好的容貌、精致的打扮所吸引，并且迅速从她漂亮的口音和白嫩的双手判断出她不是小诸本地的女人。阿定在太太面前对自己穷酸的打扮和娘又大又粗的手感到自卑，既羡慕阿绫年轻时髦的打扮，也羡慕老爷与太太和睦亲热的夫妻关系。随着在主家帮佣时日的增加，阿定慢慢对荒井夫妇的关系有了新的认识，她注意到老爷和太太的婚姻并非表面上那么相称：太太阿绫很年轻，老爷却已经到了戴假牙和老花眼镜的年纪；太太的美貌连身为女人的阿定都感到心动魄摇，老爷却长着一副似哭非哭似笑非笑、满是皱纹的怪脸；再加上老宅的女佣们嫉妒太太的美貌，造了许多关于太太的谣言，阿定朴素的正义感使她在情感上渐渐偏向了被本地人孤立的外乡人太太："我一听这些关于太太的谣言，真把我气坏了"。

如果说上述这些心理活动的描写还没有超出一般女佣的身份立场和观察范围，那么阿定第一次明显的立场转变是从太太和她分享了自己的秘密开始的：

"因为是对你，我才说啊。"说到这里，又吞吞吐吐不说了。

"今天晚上我跟你说的话，你要答应我跟谁也不说，就等于没听见。……不过，恐怕只有跟你我才能说出这样的话。"

太太叮咛又叮咛，还好像有点儿说不出口的样子；一到好像要说的时候，脸蛋儿一下子红到耳根子。

太太终于放低了声音，跟我说了她的心里话。这时我才知道她跟牙科医生以前的关系。我的手被太太紧紧地攥在手心里，我的脸不觉火辣辣地发起烧来。再没有比人家跟我袒露心里话而使我心软了。太太跟我一说她憋在心里的苦恼，我终于对她感到可怜起来。我深深地同情她的处境，给她说了一些安慰的话。太太一听我的话，像孩子似的啜泣起来。

我只好答应帮助她和牙科医生约会，这时我才意识到太太像火一般热的手放开了我的手。

……

有时候我也安慰安慰自己这种自我责备的心。太太的恋爱确实是不正当的，可她也确实太可怜了；她深更半夜背着人把眼泪流在床上，也没有个可以推心置腹谈心的女朋友。我一个人这么想想，也觉得宽慰起来。（P190、P191）

从阿定的叙述中可以发现，她对太太的同情源于一种年轻女性间的共情，为此她无视了山里人保守的风气，克服了自己背叛老爷的恐惧，与同她身份地位差距甚远的太太建立起了同性间的“姐妹情谊”。

世上的老爷们多么需要体谅跟他们一块儿生活的太太啊！——女人的命运就是这样吧！尽管说是缘分，可是太太背井离乡，等于是出外的游人，却没有一个真正同情她的人。光凭这一点，一个女人也会活不下去的。太太真是不幸啊！(P191)

但必须指出的是，促使阿定下定决心帮助太太与牙医偷情的关键因素并非仅仅出于这种女性间的“姐妹情谊”，其中还夹杂着无法忽视的经济上的原因：

他（樱井先生）是东京人，说他一看到这带格子门窗的新式房子就想起了首都。要说从东京来的医生我也见过，服装打扮都像演员似的，仪表堂堂的却不多。不过，唯有这位牙科医生我觉得还长得不错。

他来的时候总要给我带点东西，他回去之后，看门的老爷子的手中肯定要攥着一枚铜币。

……

“前些时候我就想把这个送给你。”太太一边这么说，一边往我手里塞。因为是晚上，那条紫绉绸的衬领看成好似豆沙色的。我吃惊地睁大了眼睛，不知道是要好还是不要好，一个劲地推辞。

“你要说不要，可叫我为难了。这也不是什么了不起的东西。你为我们干活很勤快，很合我的心意。……好啦，你收起来吧。”(P188-190)

以及阿定在自述中意识到的自己在外貌和心态上的转变：

我确实是变了。我一路上边走边想着自己，连我自己也深深地感到出来帮工以后的我和当年的我已经像换了一个人了。我在阔气的生活环境中住惯了，不知不觉地也学起太太的样儿来了。看起来我已经自然地形成了一种习惯了。当年我垂着发鬓儿，还有点孩子气，现在脑袋后面拖个雀尾巴，前发留得很宽，有空也对着镜子瞅瞅，偷偷地用剃刀刮脸，在澡盆里泡上很长的时间也没人说我，尽情地洗涤身子，连指甲缝里的污垢也要洗剔干净，有点儿爱美起来了。穿上太太赏我的那件漂亮的旧外褂，一定要衬上毛丝缎的领子，穿上短外褂时很注意领子上有没有脏；系好衣带去买豆腐时，如果不盖上一块小包袱皮，就会觉得丢人；醋瓶要藏在袖子里，走起路来轻飘飘的，嘴里还吹响着酸浆果。当我觉得柏木的朋友有点土气时，往往就把娘也忘记了。哎呀！我对自己的变化也感到大为吃惊。出外帮工、辛劳艰苦似乎都已成为过去的事情。(P207、P208)

从阿定的自述中可以看出她的自我意识在帮佣后发生了巨大的转变，她在太太的影响下不知不觉习惯了舒适的生活，忘记了原本干农活时的艰辛，逐渐开始有了爱美的意识，学着太太打扮起来。她的眼光也不再是原来朴素的农村妇女的眼光了，而是无意识地将自己与太太放到了同样的位置，将资产阶级奢侈的生活方式内化了，外出买菜时会在意路人投向自己的眼光，不打扮一下就觉得丢人。阿定说自己“把娘忘了”，暗示着她忘记了自己原有的身份立场，而是站在时髦的东京人的角度看待自己的家乡，因此才会觉得“柏木的朋友有点土气”。

然而这种脆弱的“姐妹情谊”和虚假的“身份认同”随着太太同牙医艳闻的传开，很快就破灭了。太太对能够自由出入家庭内部空间与外部空间和老宅的女佣们沟通交流的阿定起了疑心，决心将她赶走，在老爷面前编造了许多阿定的坏话。在亲耳听到了太太对自己恶毒的污蔑，又目睹了与自己同样从柏木到小诸帮佣的阿继由于遭到主家的迫害而投水自杀之后，阿定终于清醒过来，意识到了自己真实的处境，导致了其叙述立场发生了又一次的转变：

这件事使我太震动了。我们同样都是给人家帮佣的人，不能眼看着而没有任何同情啊！我心中的气愤、委屈都消失了，只觉得心头十分凄凉。

……

最初来帮工的时候，尽管白天干了一天活，晚上头一落枕头，一定习惯地想起柏木，在被子里喊着“娘！娘！”地睡去。后来我渐渐地把柏木忘了，只是偶尔才梦见娘。而这天夜里我的心又飞向了柏木。我从来没有像这天夜里这么想念过我的娘。……我的心里对东家家里的阔气的生活再也不感到羡慕了。我想的尽是柏木的事情。……我想着想着，热泪流出了眼眶，自己可怜自己地哭了起来。(P208)

此刻阿定才终于意识到自己同太太并非处于同一立场，即使同样身为女性，她们的阶级也是对立的。无论阿定如何憧憬太太的生活，她都无法跨越主仆的身份，成为和太太平等的人。在太太眼里她不过是替自己承担家务的劳动力，以及帮助自己和牙医偷情的工具罢了。当太太需要她时会赏赐笼络她，一旦她威胁到太太的利益，则被毫不留情地牺牲掉。此时阿定反复想起自己的娘的情景，暗示着她渴望回归生命的本源，重新构建自己的身份认同。只有再次回到自己原本的位置——从柏木来到小诸帮佣的贫苦的农村女性，才能帮助她找到自我，确立自己接下来行动的根据。

作者将阿绫对阿定的构陷及阿定向阿绫的复仇定义为“女人的本性”。然而结合小说的发展脉络和当时的社会状况我们可以发现，不同阶层的两位女性从互相帮助到互相攻击，转变的根本原因在于“自保”。作品中阿绫虽然依靠婚姻过上了富足的生活，但她的原生家庭经济状况堪忧，父亲千里迢迢从东京来到小诸寻求老爷的帮助，身上连一件体面的衣服都没有，如果失去了老爷这个经济上的靠山，阿绫和她的家人可能会陷入贫困的生活。而阿定作为女佣，如果帮佣时落下不好的名声，在小诸这样风气保守的地方就很难再找到愿意接收她的东家。阿定若是失去帮佣的工作，就会像同村的阿继一样走投无路，即使回到柏木帮娘干农活也难以糊口，可能还会遭受爹的暴力。

作者通过女佣的叙述视角建构起了东京太太与农村女佣这样二元对立的叙事结构，实质上是将自己的创作放在“农村（传统）文化”和“城市（现代）文化”的两种文化对比的价值体系中确立自己的写作视角，作出自己的价值判断。岛崎藤村出身于信州的名门望族，对农村并没有深厚的感情或复杂的乡愁，只能站在城市人的角度对农村作纯客观的描写。藤村的自传体小说《岩石之间》塑造了一个疲惫于城市生活而逃向农村的青年，然而经过了一段时间的农村体验后，青年发出了“百姓是百姓，自己是自己”的感慨，认识到即使亲自下地耕种，也不过是对农夫行为的表面模仿，根本无法深入他们的内心世界，自己只不过是个农村生活的旁观者罢了。

在《旧东家》中藤村同样是以城市（现代）文化的价值观对农村（传统）文化进行观照、反思和批判的。“山里人的守旧性格简直叫人可怕，见到一个跟他们稍微不一样的外乡人，就恨不得给人家迎头泼上一盆开水”，“乡下女人就是好奇，当太太花枝招展地从街上走过时，她们从土墙的窗户里看着，从格子门的洞里瞅着，挤眉弄眼地发出一阵阵邪笑”，“太太这位外乡人偏偏闯了进来，这只能叫人把她看作是带来了一片开化、奢侈的东京生活的闯祸精”，“所以外乡人太太反而比本地人老爷招来更多的憎恨”——这些乡下女人窥探的目光和流言蜚语成为阿定复仇的武器，将沉溺于恋爱的太太逼入了绝境。作品中阿定的叙述立场虽然经历了几次转变，但从“这天晚上我就这么偶然起了一点邪念——这也是人在年轻的时候常有的事吧。”这句话中可以看出，当叙述者阿定站在现在的时间点上回顾过去的自己时，将自己帮助太太的行为定义为“年轻时犯的一个错误”，这明显是以农村人的道德观从批判的立场上进行叙述的。这也体现出了作者的写作策略——将农村陈旧的道德观念和保守的社会风气看作是自由恋爱的对立面，通过描写太太婚外恋的行为对其进行抨击和反抗。

四、小说结尾的双重构造

“行最敬礼!”——山岗子上会场里的叫喊声传到了屋子里。突然响起了外面的格子门被拉开的声音。

“我回来啦!”说话的是太太的老太爷的声音。

当老太爷叫第二声的时候，两个人睁大着眼睛回头一看，见到老爷默默地站在身后。太太已经来不及推开男的，伸了伸身子，脸色唰地一下变得煞白。牙科医生早已张皇失措，慌忙用左手顶着太太的下巴，右手作出像拔虫牙的姿势。

老太爷大概看谁也没有出来迎接，自己大踏步进屋来了，只听响起拉开纸拉门的声音，接着走廊上发出吱吱吱吱的声音。一阵恐怖感像闪电般从我的天灵盖一直贯通到我的脚趾尖。

这时屋外响起了一片震耳的喇叭声和大鼓声，几千人像雷鸣般一齐高呼：

“天皇陛下万岁！天皇陛下万岁!”（P213）

在作品结尾处，阿定揭发太太偷情的当天正巧是冬至，红十字会北佐久总会在荒井家旁边的小学操场上举行集会活动，游行群众高唱着《君之代》的场景与屋内太太偷情的旖旎场面形成强烈对比，正当“行最敬礼”的叫喊声传入屋内时，格子门同时被拉开，千人齐呼“天皇陛下万岁”的场景与太太偷情败露的场景在屋内外同时发生这一设定值得探讨与深究。

安丸良夫在《近代天皇像的形成》① 中指出：1891 年，日本要求小学制定“节庆日仪式规定”，确定了“参拜天皇御照”“奉读教育敕语”“敕语相关的诲告与演说”等内容，“通过学校教育与青年团、在乡军人会等团体，天皇崇拜与国体观念逐渐深入国民意识，形成了一种共通的观念”，这意味着当时的小学是一个充斥着天皇崇拜思想的象征空间。作品中提到的《君之代》在 1899 年 8 月被日本文部省指定为学校必唱曲目，之后成为了日本国歌。此外，“行最敬礼”的呼声来源于 1900 年文部省制定的小学校令实行规则中，有“对天皇御照行最敬礼的义务”这样的史实记载。这项校令强调了天皇的绝对性、神圣性与不可侵犯性，同时将“忠君=爱国”“天皇=国家”的意识形态植入人们脑中。

自 1893 年小诸义塾开办以来，1894 年中日甲午战争爆发；1897 年前后日本各地爆发了由大米价格波动引起的罢工运动，明治政府为了压制劳工的暴乱，制定了治安警察法，剥夺了民众的政治权利与思想自由；1899 年《明治宪法》的颁布确立了天皇的绝对权力，日本国内的军国主义思想开始抬头；1890 年颁布的《教育敕语》预示着儒家思想的复辟，以加强学校的思想教育为标志，日本迅速向专制主义国家转变；1904 年日俄战争爆发，走上了对外侵略扩张的道路。岛崎藤村自 1899 年至 1906 年期间在小诸义塾担任教师，这些重要的历史转折点所引发的小诸社会风气的剧烈变化，无疑会对创作于 1902 年的《旧东家》产生相应的影响。

小说结尾处阿定被屋外《君之代》的音乐所吸引，虽然看不清会场里的情况，却看到“许多农民从布幕后面往里瞅着，有的孩子跑到木栅栏上往里看”，阿定虽然不太明白会场的演讲内容，但“每句话还是听得很清楚，不觉听得入神了”。这个场景描绘了以阿定为代表的普通民众，虽然搞不清楚“近代”的实质，却仍然受到了时代潮流的冲击。作者将这个场面与偷情败露并峙地设定，揭示了作品结尾的双重结构。一是《明治宪法》中君主立宪与绝对君权并存所造成的国家体制上的不可调和的矛盾。二是近代婚姻中的矛盾：受到西方文化的影响，人们思想中的自由恋爱意识觉醒了，但另一方面儒家思想的复辟却使得以经济基础为前提的介绍婚在社会中普遍盛行。就如同荒井家那栋外观小诸风、内部结构却是东京式样的房屋一般，在彰显着天皇权力的小学操场上，却举办着象征人道主义的红十字集会，作品结尾处一系列二元对立的象征符号，隐喻了日本近

① ［日］安田良夫．『近代天皇像の形成』［M］．东京：岩波书店，2001：278-291

代化过程中的矛盾性，也暴露了日本近代化的虚伪性。

在描写阿绫通奸败露的场景时，作者将丈夫的目光、父亲的声音，以及门外高呼“天皇万岁”的口号在同一时空中并列呈现的写作手法，象征着阿绫对自由恋爱的追求在夫权、父权与君权三重压迫下彻底破灭。荒井夫妇婚姻关系的破裂和小家庭的崩坏，也隐喻了作者对扼杀了女性主体性的夫妻关系和婚姻制度的悲观态度。

五、小结

《旧东家》的先行研究普遍从性本能的角度解读阿定的行为动机，认为作品通过女佣的视线展现了男性的嫉妒与女性的欲望，将阿定的复仇理解为嫉妒、背叛与回归本性。但通过本书的一系列论证，可以看到阿定的意识转变是从对女性命运的同情、对美好事物和浪漫爱情的向往到逐渐被金钱诱惑、被权力意识扭曲的过程。小说的结尾实质上是两个既没有权力也没有自立能力的女性，出于对父权的恐惧而选择相互构陷、斗争的结果。阿定复仇的动机并不仅仅是对太太的怨恨和报复，而是在资产阶级和父权的双重压迫下，认清了自己身为底层女性无力反抗的悲惨命运，从而选择了依附父权——通过向老爷告密来保住自己的名誉与经济收入。阿定与太太乍看之下是处于两个社会阶层、互为对立面的女性，但通过文本细读可以发现两个人同样是被榨取性（生育）价值与劳动（家务）价值的近代资本主义制度下的牺牲品。

本章通过对女佣阿定的身份特征、叙述特点、以及女佣与太太二元对立的人物关系的解读，指出了作品内部隐藏的性别与阶级的双重构造，揭示了在家父长制与资本主义制度双重压迫下的底层女性的悲惨命运。

本章小结

本章选取了明治中后期两篇以女佣作为主人公和视点人物的作品——樋口一叶的《大年夜》（1894）及岛崎藤村的《旧东家》（1902）展开具体论述。《大年夜》是日本女作家樋口一叶笔下唯一一部以女佣作为主人公的非恋爱小说，也是她从拟古典的浪漫主义向批判现实主义转变的转向之作，小说展现了明治时期底层劳动女性在“忠”与“孝”的夹缝中艰难求生的境况；《旧东家》是岛崎藤村的小说处女作，当时岛崎在创作上经历了由浪漫主义向自然主义的转变，他虽然选择了一位与自己思想、阅历、社会地位相距甚远的女佣的眼光作为叙述视角，但在刻画人物形象时仍带有一种基于性别和阶级的刻板印象，本书在先行研究的基础上从女佣的身份特征、叙述特点，以及女佣与太太二元对立的人物关系解读了作者的写作策略与作品中性别与阶级的隐喻。

《大年夜》和《旧东家》中的女佣作为主人公虽然在一定程度上对剥削自己的主家进行了反叛，对不公的命运进行了抗争，展现了一定的主观能动性，但最终仍旧在阶级和父权的双重压迫下认清了自己无力挣脱的处境，选择了依附权力，以求自保。这两篇小说从女佣的视角展现了日本明治时期社会结构性的压迫与个人主体性之间的矛盾与抗争，具有深刻的研究价值。两篇小说的结尾虽然透露出作者对穷苦的底层女性的命运持有悲观的态度，但同时也展现了他们对日本近代家庭、婚姻制度的反思，以及对阶级压迫和社会不公的愤怒。

第二章　女佣的主体性

1898 年明治民法颁布之后，日本在法律上确立了奉公是一种基于契约的近代雇佣关系，佣人不再被认为是家庭成员。法律虽然得以修改，人情世故却无法朝令夕改，当时日本家庭的主仆之间仍然残留着封建社会“模拟家族”般的相处模式，主人把仆人当作家人看待，仆人也为主人奉献自己的一生。日本杂志《妇人世界》① 曾在 1909 年开设了女佣专栏，征集“令人感动的女佣事例”和“令人钦佩的主人事例”，并且设奖征集“十年以上持续奉公的女佣事例”，对那些连续两代、三代侍奉主人的女佣进行了特别的宣传和褒奖。在文学作品中，则出现了像日本文豪夏目漱石《哥儿》中的女佣阿清那样，自认是“旧时代的女人”，坚信“自己的主子也当然是外甥的主子”，对待非亲非故的哥儿“比对待自己的外甥还要亲热”的老用人形象，这样的女佣形象与当时重“家名”而轻“血缘”的日本传统家族观念十分契合。

在当时的日本作家中，通过观察日常生活中的小人物，将他们的形象与事迹转化为文学创作的素材的小说家并不少见，夏目漱石就是其中典型的代表。例如他的作品《我是猫》中发现主人公猫的女佣取材于现实生活中的女佣阿照，《行人》中的女佣阿贞的婚礼则取材于夏目夫妇为女佣阿梅证婚的经历。根据日本的社会学调查显示，19 世纪末 20 世纪初日本教师、公务员、公司职员等城市新兴阶层的月收入在 45~100 日元左右，并不属于高收入阶层，但即使在经济条件并不宽裕的情况下，一般的中产家庭仍然会雇佣一到两名女佣帮忙料理家务，因为与男主人的收入相比，女佣的薪水几乎可以忽略不计。

本章选取了夏目漱石的《哥儿》、《春分之后》与《行人》三部作品中的女佣形象进行研究。夏目漱石笔下的男主人公们被日本文学界誉为明治知识分子的典型代表，一百多年来受到研究者们的广泛关注，但作品中描绘的底层女性形象

---

① 转引自清水美知子.『<女中>イメージの家庭文化史』[M]. 京都：世界思想社，2004：22

却略带讽刺与丑化的意味，并且不可避免地带有阶级差别意识。通过与明治时期各类家政书籍及妇女杂志中所提及的女佣进行对比后发现，作者笔下的女佣大体上还是如实地反映出了当时社会对该群体的普遍印象。夏目漱石作品中的女佣形象多取材于作者的实际生活，作家通过对日常生活细致入微的观察与艺术创作手法相结合，展现了当时底层劳动女性的形象特征及生存处境，不但给读者留下了深刻的印象，也为明治时期不为人所注目的女佣群体的生活状态留下了宝贵的参考资料，具有极高的研究价值。

第一节　夏目漱石笔下的女佣

镜子夫人曾在《我的先生夏目漱石》① 中回忆了日常生活中丈夫与女佣相处时发生的趣事。

> （熊本时期）夏目说话时的表情非常严肃，一旁的女佣因此大笑起来，说："先生，您的话好生奇怪呀！"那位女佣名叫阿照，浅黑色的皮肤，约摸二十七八岁，非常忠实，做事勤恳，这些都很不错，但在爱睡懒觉这件事上却是一点都不输给我。因此我不在家的时候，时不时会发生没人准备早餐，让夏目空腹去学校的事。阿照因此感觉很对不起夏目，为此夏目回家后，在他用餐未结束之前，阿照绝对不会动一下筷子。……夏目似乎也很中意这样的朴直，有时候也会说些玩笑话惹得我们大笑。有一次，大概是想吃甜食，他突然跑进厨房来，自己切了一片羊羹，边吃边冲着阿照说："你也来一片？"听夏目戏谑的口气，阿照也一本正经地答："已经早就尝过是否有毒了。"夏目也不得不服气，笑道："料理人手快嘴也快，果真如此啊！"（P41）
>
> 另一位在家里帮忙的阿梅②，也就是西村涛阴的妹妹，也要结婚了。这次有了经验，不再那么犯难。我又要负责张罗一切。以前阿房出嫁的时候，大家都莫名兴奋，积极地准备着，但连着两件喜事重叠在一起，后面这一件，大家就有些提不起精神了。而且出嫁的地方就在东京，所以我们夫妇俩

① 夏目镜子口述．松冈让整理．《我的先生夏目漱石》［M］．唐辛子译．北京：北京社会科学文献出版社，2019

② 夏目家的女佣阿梅，明治四十四年（1911）阿梅结婚，夏目夫妇为其做证婚人并兼任女方家属。

还必须做证婚人。加上阿梅的哥哥西村那时去了大连，所以有时我一个人绞尽脑汁，才总算办妥了新娘的嫁妆。总之我们除了做女方家长，还兼做证婚人，从头到尾所有一切，都必须我们准备。（P233、P234）

同时，镜子夫人的口述中也多次提到过丈夫与女佣的冲突，从侧面展现了夏目漱石多疑及神经质的性格特征。

他心情好的时候，总是笑嘻嘻的，但从年底开始，脸色又开始奇怪地变得像火烧一样。坏了坏了！我想：他神经衰弱的老毛病又犯了！……大概是这年这月初二或初三的事。女佣自言自语，好像说了句“奇怪了”，他就开始张冠李戴了，冲着女佣发脾气，让她少说这种话。但女佣原本就不是在说他，因此满脸不解地答道：“我并没有说什么啊。”他听了虽然没再吭声，但脸色愈发变得难看起来，后来满脸不高兴地对我说：“我被别人那样说可是相当难堪。”（P261）

例如，他若是怀疑女佣在背后说他的坏话，会认为要么是我放纵的结果，要么是我教唆女佣，然后越想越信以为真，跟我生气抬杠。（P262）

天气还很冷的时候，女佣咽喉痛，嗓子哑了，说话时声音嘶哑，显得特别奇怪。夏目对此相当在意，说：“为什么这副声音？你给我说大声点来听听。”不管嗓子多么嘶哑，吊起嗓子大声说一两句话也不是什么难事，因此女佣发出的声音相当大。夏目一听，顿时就怒了：“瞧！明明可以大声为什么要假装不行？你这家伙是在撒谎！居然捣鬼，岂有此理的家伙！”（P263）

除了家人的论述外，夏目漱石本人也曾在随笔《玻璃门内》中记述过一位童年时期令他留下深刻印象的女佣。

我不像一般的“么弟”那样深得双亲的钟爱。这是多种原因造成的，可能是因为我生性倔强，也可能是因为我长久远离双亲的缘故。反正我至今还有这样的印象：父亲对待我的态度，简直可以说是苛刻的。不过，也不知道为什么，当时从浅草移居牛入的时候，我是非常高兴的。而我的这种喜悦之情表现得极为明显，谁都能一眼看出来。

我那时真糊涂，一直把自己的亲生父母当作了祖父母，莫名其妙地生活着。问我具体有多久，我可实在无法回答。不过有天夜里，发生了这样一件事——

我一个人在房间里睡觉，听得枕旁有人接连不断地轻轻叫着我的名字。我惊醒，但见四周一片漆黑，所以颇难判断是谁蹲在我床边。我当时还是个孩子，便静听对方说些什么。听着听着，我听出对方是家中的女佣。这女佣在黑暗中对我耳语似的说道：

"你心目中的爷爷、奶奶，其实是你的亲生父母呀。先前，我曾听到两个人在私下议论：很可能是因为这个关系在作祟，他才如此喜欢我们这个家的呀，真是奇妙哪！所以我偷偷地来告诉你。你千万别对任何人讲呀，明白吗？"

当时，我只答了句："我绝不对人说。"但我心里感到高兴极了。不过这种喜悦并不是出于有人把事实真相告诉了我，而仅仅是出于女仆对我如此亲热。不可思议的是，我把这位使我感到异常喜悦的女佣的名字和面貌都忘记了。所记得的，就是她的那种亲热味。①

夏目是父母高龄才生下的幺子，因此被母亲视为羞耻的存在，曾经两次被父母送给别人做养子，后来虽然回到了自己家中，也始终没能与亲生父母建立起深厚的感情。或许正是由于这样的经历，才使他对一个童年时向自己分享秘密的女佣留下如此深刻的印象，很久之后仍然记得那种亲热的感觉，也因此创作出了阿清这样富有人情味的女佣形象。

夏目漱石的处女作《我是猫》发表于1905年，最初以连载的形式刊登在高浜虚子主编的杂志《杜鹃》上。小说采用拟人化的手法，从"猫"的视角展开叙述，以幽默、讽刺的笔法刻画了日本明治时期知识分子的生活百态。小说主人公苦沙弥是位三十多岁的英语教师，出生于名门望族家庭，是个土生土长的江户儿，家中有作为全职主妇的妻子和三个女儿，还有一名女佣，是明治时期较为典型的中产阶级家庭。

当时日本教师的月收入在45~100日元左右，并不属于高收入阶层，作品中也经常出现主人公夫妇为生活开支等家庭琐事争吵，居住的房屋顶上杂草丛生、篱笆上有破洞、站在墙角根就能把屋里的对话听得清清楚楚等描写。但即使在经

① 夏目漱石.《玻璃门内》[M]. 吴树文译. 上海：上海文艺出版社，2012：160-162

济条件并不宽裕的情况下，当时日本一般的中产家庭仍然会雇佣一到两名女佣帮忙料理家务，明治时期从事帮佣的多以年轻的未婚女性为主，她们比起经济上的收入，更看重能否学到一些礼仪、料理、裁缝等家务知识，为将来出嫁做准备，因此主家往往只需要提供基本的餐饮住宿，条件好一些的再为其准备一份嫁妆就可以了。

《我是猫》中的女佣在日版原文中汉字写作“御三”（おさんどん），在日本江户时代“おさんどん”是负责做饭和洗衣等粗活的女佣的俗称。作者笔下的阿三是家中的厨娘，也是第一个发现叙述者“猫”的人。由于三番四次地将猫扔出去，在“猫”眼中是个非常粗鲁且没有同情心的女子（P2）。她经常趁女主人不在家偷吃点心（P19），睡觉时喜欢打鼾和磨牙（P135），长得不好看、胖脸像河豚一样圆鼓鼓（P267），干活也是粗手粗脚不讲究卫生（P299），并且脾气还很倔强、被别人指出缺点时总是坚决地予以否认（P136），主人也拿她没办法。

除此之外，作者对作品中主人公邻居们家中的女佣也进行了活灵活现的描写，母猫“三毛姑娘”的主人——教授二弦琴的女师傅家中的女佣是个喜欢溜须拍马的人，经常编排邻居的坏话（P44），为了讨女主人欢心，竟做出给猫供奉牌位、敲磬念经（P61）的夸张之举。实业家金田家的小姐刁蛮任性，经常欺负自己的侍女，稍不顺心就拿侍女出气（P96），而女佣迫于权势只能唯唯诺诺，不敢稍加反抗。①

作者描绘出的这些底层女性形象，乍看之下似乎极具讽刺与丑化的意味，并且不可避免地带有阶级差别意识，但通过与明治时期各类家政书籍及妇女杂志中所提及的女佣进行对比后发现，作者笔下的女佣大体上还是如实地反映出了当时社会对该群体的普遍印象。例如明治时期具有代表性的女子教育学家下田歌子在著作中将女佣定位为“绝大多数都是无知无识的底层家庭出身”，因此主家应当怀抱着“仁恕博爱严肃幸平”② 的态度来对待她们。可见这样的差别意识与阶级偏见在当时的社会中具有一定的普遍性。

《我是猫》这部作品本身就以夸张讽刺的艺术表现手法为特色，并且通过考证可以发现人物形象取材于作者的实际生活。作家通过对日常生活细致入微地观

---

① 夏目漱石.《我是猫》[M]. 刘振瀛译. 上海：上海译文出版社，2011，本书中《我是猫》原文均引自此书。

② 下田歌子.『妇女家庭训』[M]. 东京：博文馆，1898：218-236

察与艺术创作手法相结合，不但给读者留下了深刻的印象，也为明治时期不为人所注目的女佣群体的生活状态留下了宝贵的参考资料，展现了当时底层劳动女性的形象特征及生存处境。

第二节　他者的幻象——夏目漱石《哥儿》论

《哥儿》是夏目漱石的早期作品，初刊于明治三十九年（1906）四月号的《杜鹃》杂志上。《哥儿》的主人公是一个土生土长的江户儿，作者通过描写哥儿毕业后远赴四国担任中学教师期间发生的一系列趣事，用辛辣的笔调刻画了日本明治时期教育界肮脏腐败、钩心斗角的内幕，以及知识分子们表面上冠冕堂皇，背地里却为了个人利益不惜使用肮脏手段陷害他人的乱象。哥儿在任教过程中勇于与恶势力斗争的行为富有深刻的教化内涵，因此被编入了中学国语教科书，成为日本家喻户晓的名作。

一百多年来，《哥儿》作为夏目漱石最受欢迎的作品之一先行研究数量庞大，本书主要集中梳理了其中与女佣阿清相关的研究。正如石原千秋①所指出的："哥儿作为正义汉为何如此受到欢迎，这个秘密从头到尾都在阿清身上，并且构成了这部小说。即使在四国，阿清也不断地出现在哥儿的回忆中。读者们对哥儿的喜爱，实质上正是无意识中对阿清的'爱'的模仿。"远藤祐②也提道："《哥儿》这部作品的人气，可以说是由阿清这位'既没有受过教育，也没有社会地位，但作为一个人却非常值得尊重'的老婆婆所带来的。"平冈敏夫③更是在论述中强调："哥儿和阿清的感情，远远超越了普通女佣与少爷的关系，甚至能让人感受到某种绝对信仰的存在。"

在先行研究中，阿清的形象经常被看作理想的母亲或母爱的代表。如丸谷才一④认为女佣阿清才是哥儿的生母，吉本隆明⑤认为对作者来说，现实中的母亲并非自己理想中的母亲，因此才创作出了阿清这样一个"理想的母亲"形象，

---

① 石原千秋．『夏目漱石『坊っちゃん』をどう読むか』[M]．東京：河出书房新社，2017：4

② 远藤祐．坊ちゃん（夏目漱石）—语りの位相 [J]．学苑，2001：1-16

③ 平冈敏夫．「坊っちゃん」の世界 [M]．东京：塙新社，1992：194

④ 丸谷才一．「『坊っちゃん』のこと」．『夏目漱石『坊っちゃん』をどう読むか』[M]．东京：河出书房新社，2017：117

⑤ 吉本隆明．「『坊っちゃん』」．『夏目漱石『坊っちゃん』をどう読むか』[M]．东京：河出书房新社，2017：132

三浦雅士①则认为作者把自己不被生母所疼爱的痛苦投射到了这部作品中。江藤淳②曾指出：像阿清这样对哥儿抱有全然信任与全盘接纳的女性在漱石的其他作品中再未出现过。阿清这样的女佣是由漱石内心的渴望投射出的幻影，同时也是存在于日本文化的根基中的“母性形象”的显现，因此这部小说最重要的意义实际上在于“哥儿最终回到了阿清的身边”。

除此之外，平冈敏夫对作品中阿清的墓地——小日向的养源寺进行了详细的考证，并论证了其与夏目漱石的家族墓地本法寺之间的关联。他认为女佣阿清的形象令人联想起埋葬在本法寺中的漱石的嫂子登世，作者在创作时将自己对嫂子的哀思之情融入作品中，在阿清的身上投射了一种生死两隔、永远无法触及的女性形象。三好行雄③也曾提出颇具启发性的看法：“女佣阿清落葬在哥儿家墓地的做法源于日本封建时代，能够落葬在主君的菩提寺中是殉死者的光荣。”

通过上述先行研究可以看出阿清在作者、读者与评论家心中确实超出了一般女佣的范畴，被赋予了“忠诚的仆人”“理想的母亲”，甚至“永恒的女性”这样具有超越性的形象。然而不得不指出的是，这些先行研究大多是站在哥儿的角度探讨阿清作为女性角色对主人公的影响，而没有从阿清的主体性出发挖掘这位女佣的自我和欲望。本书试图从精神分析和疾病叙事的角度对阿清和哥儿的主仆关系进行研究，并且通过对阿清的自我和欲望的剖析，探究其对哥儿的自我同一性及身份认同的建构带来了怎样的影响。

一、阿清对哥儿童年的影响（镜像阶段）

1898 年明治民法颁布之后，日本在法律上确立了奉公是一种基于契约的近代雇佣关系，用人不再被认为是家庭成员。法律虽然得以修改，人情世故却无法朝令夕改，当时日本家庭的主仆之间仍然残留着封建社会“模拟家族”般的相处模式，主人把仆人当作家人看待，仆人也为主人奉献自己的一生。日本杂志《妇人世界》④ 曾在 1909 年开设了女佣专栏，征集“令人感动的女佣事例”和“令人钦佩的主人事例”，并且设奖征集“十年以上持续奉公的女佣事例”，对那

---

① 三浦雅士．「母に爱されなかった子——『坊っちゃん』」．『夏目漱石『坊っちゃん』をどう读むか』[M]，东京：河出书房新社．2017：147

② 江藤淳．名著再発见・夏目漱石『坊っちゃん』[M]．东京：读卖新闻，1970

③ 三好行雄．『鉴赏日本现代文学⑤夏目漱石』[M]．东京：角川书店，1984：104

④ 转引自清水美知子．『<女中>イメージの家庭文化史』[M]．京都：世界思想社，2004：22

些连续两代、三代侍奉主人的女佣进行了特别的宣传和褒奖。由此可见，像《哥儿》中的阿清那样，自认是“旧时代的女人”，坚信“自己的主子也当然是外甥的主子”，对待非亲非故的哥儿“比对待自己的外甥还要亲热”的老用人形象，与重“家名”而轻“血缘”的日本传统家族观念十分契合。

然而，如果仅把阿清看作一位一心侍奉主人的忠心的老仆人，就无法解释为何她给哥儿的精神世界带来如此大的影响，甚至成为了哥儿在四国时的精神支柱。通过细读文本我们可以发现，哥儿在幼年时并没有受到父母的疼爱：“父亲一点不疼我，母亲也是一味偏袒哥哥”，“父亲一见到我就说：‘你这孩子不会成器。’母亲也说：‘这样一直胡闹下去，将来真叫人担心。’”身为次子的哥儿，不但不受父母待见，同长子也合不来：“十天总要吵一回架”，还因为同哥哥打架差点被父亲逐出家门。但家中却有一位十多年来一直在哥儿家帮佣的老女仆阿清非常喜爱他。照理说，身为家中的老仆人，并且具有传统的奉公思想，比起哥儿，阿清应该对将来会继承家业的长子更用心才是，但阿清却偏爱不争气的次子哥儿：

> 母亲死后，阿清越发疼爱我了。我那幼小的心灵时常感到奇怪，她为何那般喜欢我呢？有时甚至想，这有啥意思，不如不疼的好。我心中有些过意不去。可是阿清依然喜欢我，经常用自己的零钱买油煎包子和梅花糕给我吃。冬天的夜晚，她私下买来面粉，做好汤面突然送到我的枕头旁边。有时还特地买来砂锅面条。不光吃的东西，她还送给我袜子和铅笔，送给我笔记本。她又借给我三元钱，这是很久以后的事了。我从未向她提过借钱的事。她主动送到我房间来了，说：“没有零用钱，会感到不便的，就拿去花吧。”我当然不要了，可她一定要给，便借下了。(P6)
>
> ……
>
> 阿清每当给我东西，总是趁父亲和哥哥都不在家的时候。要问我最讨厌什么，那就是最不愿意背着别人自己独占便宜。我虽然和哥哥关系不睦，可我也不愿意瞒着哥哥私下接受阿清的点心和彩色铅笔。我问阿清：“为什么只给我，不给哥哥呢？”阿清不以为然地说：“你哥哥有你父亲给他买，不要紧的。”这就不公平了。父亲虽然固执，倒不是个偏心的人。然而在阿清眼里，他就是那样的人吧。她完全沉溺在对我的疼爱之中了。(P7)①

---

① 夏目漱石.《哥儿》[M]. 陈德文译. 上海：上海译文出版社，2013：7（下文引用部分未经标注均引自此书）

从上述文字中可以看出，阿清对哥儿的偏爱十分明显，特别是在他的亲生母亲去世后，阿清简直把哥儿当成自己的孩子般疼爱，当时做女佣的收入十分有限，她却大方地拿出自己的零花钱给哥儿买零食和文具。并且在哥儿的自述中可以看出，父亲虽然不疼他，但也未在经济上苛刻他，对两个儿子还算公平，这反倒显得阿清的“偏爱”有些没有道理了。

哥儿也曾困惑地问阿清为何唯独偏爱自己，阿清回答他：“你天性耿直，品性好。”这句话虽然十分简单，也没什么根据，却在作品中反复出现，并且在多年后成为了哥儿立身处世的原则和价值评判的标准。阿清认为哥儿“将来会成为了不起的大人物”，对用功读书的长子则断定他“只长着一副白净的面孔，到头来不会有多大的出息”。此外，阿清还打算等哥儿成了家，能独立生活后就同哥儿住在一起：“她再三恳求我，要我将她收留下来。”在父亲去世之后，长子无意继承家业，变卖了房产，将原来家中的用人也打发了，阿清十分懊恼，一心认为只要哥儿再大几岁，就能继承家业了。

对于阿清的偏爱，哥儿又是如何想的呢？从文中可以看出，年幼的哥儿虽然不明白阿清为何偏爱自己，也困惑于阿清不公平的态度，但经历了母亲早逝、父亲不喜、又被街坊邻居当成“招惹是非的祸根”的哥儿内心十分需要阿清给他的善意、肯定和温暖。阿清给他三元零花钱，他就感到十分高兴，并且惦记了一辈子：“如今即使想十倍地偿还她，也无法办到了。”阿清说他将来一定会有出息，哥儿便心想：“说不定（自己）会成为那样的人吧。”阿清想等哥儿成家立业后投靠他，哥儿“也仿佛有了家似的，一口答应了她的要求”，并且在母亲去世后的五六年间，因为家中有阿清的存在，哥儿并没有感受到母爱的缺失，反而觉得“那时我没有别的希望，觉得这样也就够了。我想，别的孩子也就是这样的吧。”由此可以看出，阿清在心理上确实替代了哥儿亲生母亲的位置，成为他的家人。

那么，阿清仅仅是因为哥儿“天性耿直，品行好”，“幼年丧母，十分可怜”就如此偏爱他吗？从阿清和哥儿的对话中可以看出，阿清的爱并非无欲无求，而是带有私心和私欲的。换句话说，她对哥儿的偏爱是带有：“这个小主人将来会有出息，是个靠得住的人，能够为我养老送终”的想法的。亲生母亲逝世时哥儿只有十一二岁，对阿清这样没有自己的子女和家庭，迫切需要寻找一个晚年依靠的老用人来说，比起已经上了商业学校，被父母寄予厚望的长子，拉拢哥儿这样被父母冷落且年幼的孩子是更容易的。从文中可以看出，阿清对哥儿的照顾，已经超出了一个女佣应尽的义务，完全是把他当成自己的孩子来疼爱的。除此之外，阿清还不断地向哥儿灌输“父亲偏爱哥哥”，“你真可怜，你真不幸”，“你如果再大几岁，这里的房子就可以由你继承啦”的想法，同哥儿一起规划将来“出门坐人力车，建造一座高门大院的住宅”的理想，背着人不断地夸奖他，看到哥儿就“觉得自豪，好像是用自己的力量”把他造就出来一般。阿清在哥儿身上找到了慰藉，以弥补自身没有的东西。

在心理层面上，为了使人结构为人，无论如何我们都需要他者的介入，通过对他者的效法、模仿和认同，自己才能成为自己。哥儿确实通过阿清这个他者的介入消除了对家庭解体和丧失母爱的恐惧，获得了对自我的认同。在精神分析中，镜像阶段的幼儿想要从自身与世界的不协调中摆脱出来，从被肢解的恐怖中逃离出来，开辟内在的永恒性和自我同一性，就必须借助外界的力量，通常这个角色由母亲担任。拉康①曾指出，儿童为了取悦母亲，其唯一的方法就是去成为菲勒斯：“如果母亲的欲望是菲勒斯，为了让她满意，儿童愿意成为菲勒斯。”儿童为了得到母亲的爱，认为自己应该去满足母亲的欲望，并从满足母亲的欲望中得到一种满足感。在作品中我们可以发现，阿清夸赞哥儿“你天性耿直，品行好”，哥儿便将这种价值观内化为行动的准则，将说谎视为一种“卑怯的品行”。阿清认为“要在麹町买座宅邸，上机关做事”才算是有出息，哥儿在拿到父亲的遗产后没有选择把这笔钱当作做买卖的资本，而是决定去物理学校（东京理科大学旧称）读书，在当时读高等学校是踏入政府机关的准入门槛。

但拉康进一步指出，镜像阶段同时是一个主体自身失去自己的机会。也就是说，“我”在成为自己本身之际认同的对象其实并非自己，而是他者。我为了成为真正的自己必须舍弃自己本身，穿上他者的衣装。人只能在他者中发现“我”，因此主体在形成之初便在自己内部刻上了自己和他者这一互相矛盾的本源性裂痕。“人不能以自己本身来度过自己一生的悲剧，在主体构成自己原型的那个原始的地方就这样注定了。”② 阿清为哥儿规划了立身处世，高宅大院的“理想形象”，虽然得到了哥儿的认同，但终究是他者的形象。通过与之认同，反而使哥儿受缚于他者的形象，受到它的支配。这同时也剥夺了哥儿想要成为自身主人的权力，造成了对他自身主人性的掠夺。并且从哥儿的秉性来看，他无法

① 拉康.《拉康选集》[M]. 褚孝泉译. 上海：上海三联出版社，2001：488

② 福原泰平.《拉康：镜像阶段》[M]. 王小峰. 李濯凡译. 石家庄：河北教育出版社，2001：46

实现阿清为他规划的理想形象，因此在踏入象征界（四国赴任）之后，阿清构造出的这种理想形象，转而成为了哥儿自我攻击的武器，为哥儿的神经症埋下了隐患。

二、阿清对哥儿成年后的影响（象征界的挫折）

拉康认为在镜像阶段结束后，主体便开始通过俄狄浦斯结构进入象征界。主体一旦进入符号的领域，就进入了能指的宝库，即将被语言所切割。在这个阶段，主体通过对父亲的认同，放弃对母亲的欲望，屈从于父法，接受符号的阉割以获取意义。主体只有经历了镜像阶段的“理想自我”的异化过程，才能获得自我同一性。如果拒绝对父法的认同则会导致神经症，它意味着主体无法进入符号界，获得身份认同。

哥儿通过阿清这个他者在想象界建立起了自我的理想形象——江户儿、武士（士族）后裔、品性好、不说谎、将来会成为大人物。但当他踏上四国这片土地之后，这些形象便遭遇了破碎的危机。首先是作为一个异乡人，他在陌生的环境中感受到了无处不在的凝视：

> 在一旁伺候的（旅馆）女佣问我打哪里来，我告诉她从东京来。她问：“东京是个好地方吧？”我说：“那当然啰。”女佣撤走饭盘回到厨房时，我听到一阵大笑。（P14）
>
> ……
>
> 这时，昨晚那个女佣又送饭来了，她捧着盘子一边伺候，一边嬉皮笑脸。不懂规矩的东西！我脸上又没有唱戏。（P15）
>
> ……
>
> 于是，我跟着校长走进休息室。这是一间狭长的大房子，四周摆着桌子，大家都围坐在那儿。人们见我进来，都不约而同地瞧着我的脸。我又不是耍猴儿的，有什么好看的。（P16）
>
> ……
>
> 学校生活终于开始了。头一天走进教室，登上高高的讲坛，觉得有些别扭。我一边讲课，一边想，凭我也能当上教师吗？学生们吵闹不休，不时直着喉咙大声喊“老师”。这真叫当老师的受不了。过去在物理学校，每天“老师，老师”地叫个不停。喊别人老师，同别人喊自己老师简直是天壤之

别，总觉得脚底下发痒。我不是一个卑怯的人，也不是胆小鬼，遗憾的是缺乏魄力。(P21)

……

第二堂课，我拿着粉笔走进休息室时，心中感到像深入敌军阵地一般。进教室一看，这一班学生比前一班学生个子高大。我是江户哥儿，生来文弱、矮小，虽然站在高处，还是缺乏威严的风度。若是打架，就算对手是相扑力士我也能和他比高低。但面对这四十几个大个子学生，单凭一张嘴，怎能制服他们呢？(P21)

象征界是主体感受到自己被凝视的阶段。这里的凝视指的并非是现实中他人对主体的凝视，而是一种主体自发的感觉。从上述这些段落可以看出，初到四国的哥儿，对别人投注在他身上的目光格外敏感，既担心作为一个初来乍到的异乡人受本地人欺负，又担心自己这个新教师无法让学生服气。孩童时代作为街头霸王、带领一群小跟班耀武扬威的气势完全不见了。此时产生心理危机的哥儿是如何调整自己心态的呢？在受到旅馆女佣的嘲笑后，他做了这样一个梦。

我模模糊糊梦见了阿清。阿清大口大口吃着竹叶糖，连竹叶也一起吞了。我说："竹叶有毒，算了吧。"她说："不，这竹叶是药呵。"说罢仍然吃得津津有味。我十分惊讶，张开大嘴哈哈地笑。这时醒来了，女佣正打开窗板。又是一个万里无云的好天气。(P14)

弗洛伊德①在《梦的解析》中指出人的潜意识在白天受到压抑和控制，夜晚则能够通过梦境偷偷浮出水面，因此梦是解读一个人深层欲望的有效途径。在哥儿的梦中，阿清出了丑——将竹叶糖的叶子当作好东西吃下去了。这个荒诞的梦隐喻了初到四国的哥儿害怕自己由于不懂当地的规矩而受到别人的嘲笑和轻视，他将这种恐惧投射到了阿清身上，通过嘲笑阿清干的蠢事来缓解自己尴尬的处境，转移自己的焦虑。果然在做了这个梦后，醒来的哥儿看到了一个"万里无云的好天气"。

除了初到异乡的焦虑情绪外，踏入学校的第一天，哥儿就体验到了职场中的

① 弗洛伊德.《梦的解析》.［M］. 亦言译. 广州：广东人民出版社，2021：486-503

话语系统危机，也就是小森阳一①所指出的“表里两套的话术”。比如校长要求哥儿“做学生的模范”、“成为一校师表”，在哥儿明确表示做不到、并马上提出辞职时又说这些只是希望罢了，并不要求实际照此执行。又如哥儿在值班日外出散步，明明是违反了校规，校长却说：“天气热，值班时不出外走走，哪受得住啊。”单纯的哥儿还以为校长是在表扬自己。在面对学生的提问时，哥儿认为“老师不懂也是常有的事。不会就不会嘛，有什么稀奇？”但他直率的回答并没有得到学生的谅解，反而失去了学生的尊敬，沦为可以随意取笑和捉弄的对象。除此之外，他还很快被卷入了学校的两大势力——教导主任红衬衫和数学主任豪猪的人事斗争中，红衬衫为了拉帮结派邀请哥儿一起钓鱼，在船上暗示豪猪是个人品低劣的人，让哥儿小心莫被他钻了空子。哥儿表示“只要为人正派，谁钻空子也不怕”，“我不做坏事不就得了吗？”这样正直的回答却受到了红衬衫的嘲笑。

哥儿值班之夜学生将蝗虫塞进他的被窝，引起了很大的骚乱，校方在处理这件事时却不问是非缘由，一味地讲场面话、打马虎眼，既想推卸校方的责任、又不愿得罪学生和家长。如校长表示：“学校教员和学生之所以犯了过失，皆由于本人缺少恩德所致。每当发生什么事情，我常常暗自惭愧不已，心想我这个校长果真称职吗？不幸的是，这一次又发生这样的乱子，我必须深深向诸位请罪。”教导主任则表示：“听到寄宿生闹事的消息，我作为教务主任，感到很不称职，并深为自己平素的德行不能感化少年而悔恨。不过事出有因，肯定有什么缺陷才引起的。就这件事本身而言，等弄清事实真相之后，其责任或许在学校方面。因此，如果仅仅抓住表面现象惩办学生，反而于将来不利。况且少年们血气方刚，朝气蓬勃，一时分不清善恶，或许是半无意识地干了坏事，也未可知。”其他教员也纷纷表示：“学生坏是坏，不过，不能处罚得太重了，否则会引起反作用。我赞成教务主任的意见，以宽大为好。”

耿直又不善言辞的哥儿，面对这样复杂的工作环境，内心感到十分憋屈。但他并没有选择接受或适应这套“表里两面”的话语系统，而是选择不断地加固自己在镜像阶段借由阿清这个他者建构起的“理想形象”——即通过不断回忆阿清的一言一行来加固自己的“理想自我”，拒斥象征界的符号系统对自己的阉割。

---

① 小森阳一．里表のある言叶－『坊つちやん』における<语り>の构造．『夏目漱石 3（日本文学研究资料丛书）』［M］．东京：有精堂，1985：50

想来想去，真不该跑到这个鬼地方来。一个中学教师，不管到哪儿总是跟这帮小子打交道，那也太可悲了。但做教师的仍是绵绵不绝。这些都是忍耐力极强的糊涂虫吧。无论如何我是做不到的。想到这里，觉得阿清这样的人值得尊重。她虽然是个没受到教育、没有地位的老婆婆，但作为一个人是很高贵的。从前受到她的照料并未觉得有什么难得，如今只身来到异乡，才理解她的一片热诚。她想吃越后的竹叶糖，纵然我专门到那里跑一趟，买来送到她嘴里也是值得的。阿清夸我不贪心，品行端正，这是称赞我。实际上，她自己要比我更为高尚。我多么巴望能见见她啊！(P33)

……

红衬衫呵呵笑起来。我并没有说什么值得发笑的事。直到现在为止，我坚信我没有什么错。细想起来，世上大多数人都在鼓励干坏事。他们认为，在社会上不干坏事就无法获得成功。有时见到一些刚正而纯粹的人，就管人家叫“哥儿”或“小子”，百般刁难，态度轻蔑。照这样，中小学的德育教员就不要再讲什么“不要撒谎”“要诚实”之类的话了。上课时干脆教学生如何撒谎，如何不信任他人和诬陷他人的法术好了，这样，对社会对自己都有好处。红衬衫笑着，他是笑我的单纯。在现今社会上，单纯和直率反遭嘲笑，真叫人没办法啊。阿清在这种时候是绝不笑的，她一定是感动地倾听着。阿清比起红衬衫来要高尚得多。(P45)

……

世界要是这个样子，我也不甘示弱。我必须效法一般的世人，否则就无法生存。如果说不做拦路抢劫的恶人就混不饱饭吃，那么有没有必要活着倒是很值得考虑。话又说回来，一个活蹦乱跳的壮汉要去投缳自尽，既对不起祖宗，名声也不好听。这样想来，当初与其进物理学校，不如把六百元钱当资本开一间牛奶店更好些。那样，阿清也可以不离开我，我也不用老远地挂念她，两人可以无忧无虑地生活在一起。以前和她住在一道儿倒不觉得什么，来到这乡下才知道阿清是个好人。像阿清这等心地和善的女人，走遍全日本也难得见上几个。我动身时老婆婆有些伤风感冒，现在不知如何了。接到我上回的信，她一定很高兴。不过，眼下该能接到她的回信了。——这两三天来，我光想着这类事。(P62)

从上述段落中可以发现，哥儿回忆中的阿清早已不再单纯是现实世界中照料他、陪伴他的那个女佣，而是被哥儿升华为对抗四国话语系统的精神支柱和坚定的信仰。正如拉康所说：母亲是那个来来往往的人，于是婴儿同时感受到在与不在。婴儿必然会呼唤不在场的母亲，呼唤已经是一种言语的引入，完全进入了象征秩序。哥儿通过不断回忆阿清这个代理母亲的形象来对抗象征界的父法，拒绝符号系统对自己的阉割。那么，为何一个无知无识的老女佣能够在哥儿的精神世界中占据如此重要的位置呢？我们不妨通过哥儿写给阿清的信来窥探其中的秘密：

> “昨日到达这里。地方很是蹩脚。住在十五铺席的房间里。向旅馆付了五元小费。老板娘头磕着地板表示感谢。昨夜没有睡着觉。梦见阿清吃竹叶糖时，连竹叶一起吞了。来年夏天返回。今天去了学校，给大家起了外号：校长是狐狸，教务主任是红衬衫，英语教员是老秧，数学教员是豪猪，图画教员是小丑。其余的事今后再写给你。再见。”（P14）

小森阳一曾指出，从这封信的写作风格来看，哥儿写给阿清的信不是一封普通意义上“自己”写给“他人”的信，而是一封“自己”写给“自己”的信，哥儿使用的是一种“自我内部交流的语言”。这个富有启发性的评论也印证了本书的观点：哥儿的“自我”是通过阿清这个“他者”得以建构的。也就是说，哥儿在镜像阶段已将阿清为他构筑的“理想形象”当作自己的“本来面目”来认同，哥儿的自我在建构之初早已打上了他者的烙印，哥儿的自我和阿清的自我已经密不可分了。哥儿在信中给学校所有教员起绰号的行为，其实是一种企图把四国的符号系统转化为自己内部的话语系统，通过书信与阿清共享，构筑一个只有他和阿清所共有的话语体系。然而，正如前文所指出的，阿清为哥儿规划的“理想形象”虽然得到了哥儿的认同，但终究是他者的形象，并造成了对他自身主人性的掠夺。哥儿的神经症就是一个隐喻，象征着在镜像阶段埋下的“自我的矛盾性”与在象征界经历的“俄狄浦斯化的失败”（即遵从父法，放弃对母亲的欲望，但哥儿早已将阿清的欲望认同为自己的欲望）。下一章将从疾病叙事的角度剖析哥儿的神经症与阿清为他构筑的“理想形象”之间的关联。

三、阿清与哥儿神经症的关联

在《哥儿》的先行研究中，将主人公的行为举止与神经症联系在一起探讨的并不多，这可能是由于作品幽默明快的叙事风格，以及叙述者在开篇就将自己的性格定位为“亲娘老子传给自己的鲁莽性子”，因此无论哥儿做出怎样荒唐的举动，都容易被解读为是他本身的脾气性格与周边环境格格不入所造成的冲突。但如果抛开这些先入为主的观念，通过细读文本我们可以发现多处无法仅仅用“耿直”、“鲁莽”来形容的病理性精神特征。

文本中多次出现的比较显著的病理性特征首先是幻听。如哥儿初到四国时住在旅馆中，用完餐后听到旅馆的女佣回到厨房后发出“一阵大笑”；又如哥儿在学校里上课，走进教室前经常会听到学生们发出“炸虾面”“团子”之类的叫声，但他从未与学生对质过，因为他觉得学生一定会说他是“神经衰弱，疑神疑鬼，听错了”。另外还有红衬衫与小丑约哥儿钓鱼，却故意在船上讨论他在学校发生的糗事：

> 我正在想着，他俩不知为什么嘻嘻窃笑起来。笑声不时夹杂一些断断续续的谈话，使人不得要领。“哎，怎么样呢？……”“……可不是嘛……不知道呀……真遭罪！”“真的？……”“蚂蚱？……是真的吗？”
>
> 别的话我没有听清，小丑一提蚂蚱，我不由一怔，不知小丑为何将“蚂蚱”二字着力说出，清清楚楚送进我的耳朵，又故意把后面的话说得含混不清，我一动不动地听着。
>
> ……“炸虾面……哈哈哈哈。”“……煽动……”“团子也……”
>
> 他们的谈论虽然断断续续，但是从提到的“蚂蚱”“炸虾面”“团子”等几桩事情上推测，一定是背后议论我。要说就大声地说，你们既然怕人听见，又何必约我同来呢？存心不良的家伙！（P42）

从后文中我们得知红衬衫和小丑约哥儿钓鱼的目的是拉拢他，暗示学生骚乱事件是豪猪指使的，借机挑拨哥儿同豪猪的关系，让哥儿站在他们这一边共同对付豪猪。既然如此，那他们为何会在哥儿面前讨论学生捉弄他的事呢？钓鱼的小船并不大，小丑还故意强调“蚂蚱”这两个字好让哥儿听到，使他难堪，这同他们企图拉拢哥儿的目的不是自相矛盾了吗？另一个比较奇特的段落是在哥儿值班的夜晚。

> 我惦念着阿清，正在床上翻来覆去的当儿，突然头顶上响起了咚咚咚咚用力踩楼板的声音，听起来足有三四十人，那声音几乎要把楼板踩塌似的。接着就腾起一阵哄闹，比顿足还要响亮。我吃惊地跳下床来，不知出了什么乱子。刚一起来我就恍然大悟，学生们瞎闹完全是对刚才那件事的报复行动。……我穿着睡衣跑出值班室，三步并两步顺着楼梯上了二楼。奇怪，刚才头顶上还是扑通扑通大闹，眼下忽然寂无声息了。人声、脚步声都消失了。活见鬼！灯已熄了，黑暗中看不清哪里摆着什么东西。但是有没有人还是可以从四周的样子判断出来。从东到西长长的走廊上，连一只老鼠也藏不住。月光从走廊的一头照进来，远远望过去一片明净。(P34)

从上述这些片段来看，哥儿耳中听到的声音，几乎都是平日与他处于敌对关系的人突然在非常近的距离对他发出非难或嘲笑的声音。医学上认为幻听是一种歪曲或奇特的听觉，并没有相应的外部声音刺激作用于听觉器官，临床研究中发现幻听是大脑听觉中枢对信号错误加工的结果。幻听会使大脑产生焦虑感，在这种焦虑感的影响下，人会对各种不如意的事情非常敏感，并产生抵触情绪，因此这些不如意的事件就会被无限放大，最终导致精神疾病的发生。

哥儿另一个比较明显的病理性特征则是被害妄想症，主要表现为跟踪妄想，又称监视妄想。患者由于缺乏安全感，导致对外界极度不信任，坚信有人跟踪、监视他的一举一动，意图对其进行迫害。哥儿有一次在面馆碰到了学生，第二天上课就看见黑板上写着“炸虾面老师”，这样的偶然事件虽然有可能发生，但接着哥儿就感觉无论他走到哪里，都有一双眼睛在监视他，整个四国“侦探”无处不在，并且一定会把他的一举一动公之于众并嘲笑他，就连他在无人的澡堂游泳，第二天浴室门口也会赫然贴出“浴池内不得游泳”的告示。于是哥儿就坚信学生在监视他的一举一动，并且认为这是学生在向他“宣战”，将之定义为“卑劣的人”干的“下流的勾当”。但事实上在哥儿任教之前，学校从未发生过类似的学生和老师的冲突（学校的老师也并非都是本地人，小丑与哥儿同是东京人，豪猪是会津出身），当哥儿向豪猪抱怨“这个学校的学生太不懂事啦!”时，豪猪听了“显出一副惊讶的神色”。

除此之外，哥儿在受到红衬衫的挑拨后对豪猪产生了误会，一想到他曾经请自己喝过一杯冰水，就感到很不痛快，虽然只有一分五厘，跟自己一出手就给女佣五元小费比起来不值一提，但哥儿却认为：“欠了一个骗子的人情，到死也不会快活”。他将豪猪请他喝一碗冰水的举动与阿清过去借他的三元钱相提并论，并表示：“感受着他人的恩惠等于承认这个人的人格，表示对他抱有一番厚意”“要使一个自立的人垂首表示感谢，应该看作是比百万黄金还贵重的礼仪”。将一碗冰水比作万两黄金也好，将学生的淘气视为下流的勾当也好，哥儿在受到外界的刺激后，往往会产生偏激的思想和强烈的应激反应，这可以说是比较典型的强迫症症状了。

强迫症属于焦虑障碍的一种类型，临床表现为强迫思维和强迫行为，往往由人际关系紧张、工作环境受挫等不良生活事件引发，患者个性中或多或少存在追求完美、对自己和他人高标准严要求的倾向，在面对挫折时缺乏弹性，内心所经历的矛盾、焦虑最后只能通过强迫性的症状表达出来。例如哥儿在误解了豪猪之后，无论如何都一定要将这一分五厘还给他，即使扔在桌子上积了灰也绝不收回。又如哥儿在值班时与学生发生冲突，深夜将五十几个学生一个个叫到值班室来通宵审问，学生不招供就绝不放弃，直到校长来了才得以把学生放走，哥儿还表示决不能和稀泥，一定要勒令学生全部退学。

哥儿曾经说过自己在物理学校期间“不曾听到一次责骂，也没有跟人吵过架”，还和同班同学去镰仓远足等，过得比较悠闲自在。那为何来到四国之后性格就变得如此偏激且富有攻击性，在短短一个月内经历了被房东赶走、与学生冲突、受同事误解、最后还发生了殴打教导主任的极端行为，这恐怕不是仅仅用冲动、耿直、富有正义感这些性格特征就能解释通的。我们不妨通过哥儿在四国经历的最大事件，同时也是导致他就职未满一个月就辞职回东京的“玛童娜事件”——教导主任红衬衫与英语教员老秧的未婚妻之争来窥探一下哥儿的精神世界。

在哥儿眼中红衬衫说起话来“像女人一般细声细气”，“使人觉得肉麻，简直不知道他是男是女”，虽然是个“文学士”还享有“荐任官”的官职，社会地位较高，为人却“阴险狡诈”，为达目的不择手段。但哥儿对老秧君却“似乎前世有缘分，只见一面就再也没有忘记。一来到休息室，就马上看到老秧君。在路上走着，心中也不时浮现老秧先生的模样”，“在学校里，再没有比老秧君更老实的人了。他很少有笑容，也不大爱言语。我在书上见过“君子”这个词儿，心想，只是字典上才有，活着的人中是不存在的。认识老秧君之后，才明白这个词儿的确实有所指，心里很是钦佩。”

在哥儿看来，老秧君——红衬衫——玛童娜这段三角关系中，玛童娜的想法是不重要的，既然她同老秧君过去有过婚约，那无论自己喜不喜欢，也必须履行未婚妻的义务，不该再同其他男人有牵扯，否则就是一个“水性杨花”的女人。而红衬衫的介入则证明了他是一个道德低下的人，因此自己与豪猪为老秧打抱不平是正义的行为。但必须指出的是，哥儿是从房东老太太、也就是第三方那里听说了红衬衫与老秧的未婚妻之争，他并没有亲自向当事人求证过，也没有掌握什么切实的证据，就一心认定老秧君的调职是红衬衫为了争夺玛童娜而使出的诡计，自己必须替老秧君向红衬衫“讨回公道”。哥儿这种先入为主的偏见是如何产生的呢？从哥儿的心理分析，他之所以会高度认同老秧君，却莫名厌恶红衬衫，源于老秧君与自己同样出身武士家庭，原本属于社会的中上流阶层，江户时代由儒教伦理所支撑的士农工商的身份制度在明治维新之后逐渐土崩瓦解，大政奉还、废藩置县等一系列的改革浪潮使得他们这些原本身份地位较高的人沦落到社会中下层；而红衬衫与小丑这些平民阶层出身的人，却通过教育改变了命运，通过钻营获得了权力和社会地位的提升，成为新兴资产阶级的中坚力量。这种身份地位的颠倒所带来的屈辱感，才是哥儿潜意识中莫名爱憎的来源。

对哥儿来说，红衬衫女性化的外表特征令他联想起备受父母宠爱却无意继承家业、间接导致了自己幼年经历家庭解体、被迫与阿清分开的哥哥；而红衬衫“文学士”与“荐任官”的社会身份又时刻提醒着哥儿那个阿清为他构筑的、他与之认同却无法实现的“在麴町买宅邸，上机关里做事”的“理想形象”。由于受到双重精神创伤的影响，哥儿在听说了红衬衫和老秧君的未婚妻之争后，潜意识中将自己代入了老秧君这个没落士族的受害者的角色，对其抱有深刻的同情，又将迫害者的角色投射到红衬衫身上，对他实施猛烈的攻击。只有通过这种方法，他才能回避自己在现实生活中落后于时代的、无力反抗的悲惨形象。

四、阿清之死的隐喻

《哥儿》全文采用了第一人称回顾性叙事，叙述者“我”现在是一位东京铁道的技术员，出于某种原因回顾了自己的童年时代以及在四国担任中学教师的经历。小森阳一①曾指出，《哥儿》中的叙述者“我”和文中的经历者“我”的性

① 小森阳一，同注65。

格并不统一，叙述者“我”是具有社会常识的普通人，而回忆里的“我”则是一个有着‘亲娘老子传给自己的鲁莽性子，打小时候起就尽吃亏’的江户儿。”平冈敏夫①也提出了有趣的观点：“在小说的末尾，哥儿提到了阿清的死，但其实死去的应该是哥儿自己。”为何作品中叙述者“我”与经历者“我”的性格发生了如此大的转变呢？为何不善言辞的哥儿要大费周章地将自己的童年与四国的经历记录下来呢？笔者认为其根本原因还是在女佣阿清身上。

土居健郎②曾指出，在日本人的精神结构中有一种特殊的文化，即“娇宠”（あまえ）文化。它不仅是理解日本人精神结构的关键概念，也是了解日本社会结构的关键概念。“娇宠”心理的原型是婴儿依赖母亲的心理，依偎在母亲怀中的孩子凝望着母亲的眼睛，渴望成为母亲眼中的欲望对象，为此孩子在想象中认同了母亲的欲望对象，迷失了自他的区别，把他者的欲望当作自己的欲望来欲求。正如第二章所指出的，哥儿在镜像阶段所认同的“自我”其实并非真正的“自我”，而是他者。哥儿的“自我”在建构之初就刻上了自我与他者这一本源性的裂痕，成为一个将左右倒转的“镜像”当作自我的本来面目来认同，因而陷入了一个更大的难题中苦恼的人。

人具有矛盾性，如果不通过他者的介入，就不能将自己作为自己来发现，反之一旦认同了他者为自己塑造的形象，又会产生自我存在的场所被他者所占据这样丧失自己的风险，因此主体总是处于矛盾和分裂之中。拉康曾提出，我们应当“穿越根本的幻见”，即要在叙述行为而非叙述内容中捕捉欲望的真相。因为真相往往通过语言的间隙渗透出来，通过语言的偶然性被捕捉。例如叙述者哥儿在回忆自己的童年时，流露出对阿清的矛盾态度。

この下女はもと由緒のあるものだったそうだが、瓦解のときに零落して、つい奉公までする様になったのだと聞いている。だから婆さんである。この婆さんがどう云う因縁か、おれを非常に可愛がってくれるた。不思議なものである。(……) おれは到底人に好かれる性でないとあきらめていたから、他人から木の端の様に取り扱われるのは何とも思わない、却ってこの清の様にちやほやしてくれるのを不審に考えた。清は時々台所で人の居ない時に「あなたは真っ直ぐでよい御気性だ」と賞める事が時々あ

① 平冈敏夫，同注54。
② 土居健郎.『漱石心の世界』[M]. 东京：讲谈社，1999：50

った。然しおれには清の云う意味がわからなかった。好い気性なら清以外のものも、もう少し善くしてくれるだろうと思った。清がこんな事を云う度におれは御世辞は嫌いだと答えるのが常であった。すると婆さんはそれだから好い御気性ですと云っては、嬉しそうにおれの顔を眺めている。自分の力でおれを製造して誇ってる様に見える。少々気味がわるかった。

母が死んでから清は愈々おれを可愛がった。時々は子供心になぜあんなに可愛がるのか不審に思った。つまらない、廃せばいいのにと思った。①（P9-10）

据说阿清的出身是非常不错的，可惜明治维新后，家族便开始走向没落，这才出来当帮佣的。说来也奇怪，所有我认识的人当中，只有这位上了年纪的女佣对我比较好。母亲走的时候都不愿意见到我，父亲更是拿我没办法，周围的人也把我当作横行霸道的坏孩子躲得远远的，只有阿清最疼我。别人怎么对我都无所谓，反正我在他们眼中就是一个废物，我也不在乎他们是不是喜欢我，但阿清对我的特别照顾倒让我有些摸不着头脑。她总是趁没有人的时候，在厨房悄悄地对我说：“你性格直率，这是品行好的表现，”阿清对我的评价着实令我感到费解，我的确想不通：如果我真的性格好的话，怎么会除了她之外，没有人待见我呢？于是每每听到她这样讲的时候，我都会告诉她：“我最不喜欢听这些谄媚的话，”阿清似乎更开心：“正因为如此，才说明你品行好”她似乎觉得这样的鼓励能够改造我，并认为这是一件值得骄傲的事情。但这让我觉得十分别扭。

母亲去世后，阿清比以前还要疼我。那时的我年纪尚幼，却总觉得有些奇怪，我不知道她为什么对我那么好。虽然没有什么不好，但这样的特殊待遇我宁可不要，可这样想的时候我又觉得对不住她。

由于中译本在翻译时未将下画线部分直译过来，为了准确地把握经历者哥儿与叙述者哥儿的心理活动，在此处引用了日文原文。从下画线部分的几处心理活动可以发现叙述者哥儿对阿清这个老婆婆为何如此疼爱年幼的自己感到“不可思议”，将阿清与旁人对待自己的态度进行对比之后，想不通为何她如此奉承自己，觉得很“可疑”，看到阿清表现出好像用自己的力量将他造就出来一般，“心里

① 夏目漱石.『坊つちゃん』[M].东京：新潮文库，1950：9

有些不舒服”。经历者哥儿发现母亲死后阿清愈加疼爱自己，同样感到很“可疑”，并且觉得“这有什么意思，不如不疼得好”。也就是说当叙述者哥儿发现阿清试图用自己的意志来塑造年幼的自己，内心是疑惑和不愉快的；当经历者哥儿发现阿清企图取代亲生母亲在他心里的位置时，内心同样感到质疑和抗拒。中译本将两处“不审”分别译成了“困惑”和“奇怪”，削弱了哥儿对阿清质疑的态度，也掩盖了哥儿对阿清矛盾的心态，同时遮蔽了哥儿与阿清争夺自己主体性的过程。

作品另一处比较明显地体现出哥儿与阿清争夺自己的主体性的段落是在他接受了四国的教职，准备向阿清告别的时候。在父亲去世之后，哥儿虽然被迫与阿清分离，独自去上了物理学校，但仍然时常去看望阿清，阿清总是“当着我的面向外甥夸赞我的种种好处，甚至吹嘘说，我不久毕业后要在曲町买座宅邸，上机关做事”，“她一个人不停地唠叨着，我却不好意思，脸都涨红了”，“这事不止一次两次了”。从上述段落中可以看出，阿清经常在哥儿或别人面前强调哥儿将来要当大官，买大房子接自己过去同住。如果哥儿同阿清想法一致的话，为何会在毕业后的第八天，一听校长说有个远在四国的教职，就毫不犹豫地“当场就应承下来”了呢？虽然他将此归咎为“亲娘老子传给的鲁莽性子在作怪”，并且表示自己“既不想当教师，也不想到乡下去”，在与阿清告别时，看到阿清大失所望的样子“心里过意不去”，向她保证“去了不久还要回来的，明年暑假我肯定回来”。

以上这些哥儿自己都没有意识到的思想与行动的矛盾和分裂，隐喻了在他的潜意识中既渴望摆脱阿清的这个他者对自己的控制，夺回自我的主体性，同时又为自己的背叛感到内疚和不安。“遭受背叛之后，终获自由之身”① ——如果哥儿不背叛受到镜像蒙蔽的自我，就无法消弭混杂了他者欲望的自我的裂缝，只有将自我撕碎之后，才能真正地走上自由之路。作为叙述者的哥儿也许正是认清了这一点，才会在作品中始终用阿清对自己的昵称“哥儿”来指称自己，并且将阿清的去世作为小说的结尾，因为在阿清去世后，将自己的人生映照在阿清这个他者的幻象上的哥儿也同样“死去了”。

叙述者虽然在作品的结尾给了哥儿和阿清一个完满的结局：让哥儿赴任不满一个月就回到了东京，找到了合适的工作，租了独立的房子接阿清过去同住，并

---

① 福原泰平，同注63。

将阿清安葬在了家族的墓地中，完成她希望由哥儿来为她养老送终的心愿。但正如平冈敏夫①曾指出的，哥儿在作品中不止一次暗示了阿清的死，比如哥儿在告知阿清自己即将离开东京时提到阿清患了感冒、病倒在床上、头发已经花白了；在车站送别哥儿时阿清流着泪说："说不定这次分别再也见不到啦，你要保重啊"；当哥儿回头望阿清时发现她"依然站在那儿，不知怎的身影显得非常瘦小"；以及当哥儿提到自己曾向阿清借了三块钱，"如今即使想十倍地偿还她，也无法办到了"。

那么哥儿是否如他自己所叙述的那样完成了阿清的心愿呢？从作品内部的逻辑结构来推断是比较困难的。哥儿来到四国之后经历了两次搬家、和学生大大小小的冲突、受红衬衫挑拨与豪猪误解又和好、卷入了老秧君的未婚妻事件、学生斗殴事件、认清红衬衫的真面目后与豪猪一起向红衬衫和小丑复仇——这一系列的事件如何可能在短短一个月内全部发生呢？结尾处哥儿说阿清落葬在自己的家族墓地中，但有先行研究指出，哥儿身为次子，并没有将阿清安葬在家族墓地的决定权，因此才在作品中满足了阿清的遗愿。哥儿曾向阿清保证他"明年暑假一定回来"，但阿清却在哥儿走后次年的二月就不幸染上肺炎过世了。哥儿在第一章中提到自己由于淘气，没能见到母亲最后一面，内心十分难受："早知道她患这样重的病，自己稍微安分些就好了"。阿清在哥儿的母亲去世后给了他犹如亲生母亲般的疼爱和家的温暖，却同样没能与哥儿见上最后一面。为了弥补自己没能见到阿清最后一面的遗憾，哥儿选择通过写作的方式来升华阿清的意象，减轻自己的负罪感，否则自己与阿清的关系将变成他内心的一个死结，使他永远迷失在阿清为他构筑的幻象中无法挣脱。

五、小结

本书从精神分析和病理学的角度对哥儿与阿清的关系进行了分析，如标题所示，哥儿所欲求的人生是映射在阿清这个他者所构筑的幻想上的一生。哥儿通过与之认同，受到了镜像的蒙蔽，将他者的自我误认为自己的自我，陷入了终身不得不与其争夺自身主体性的悲惨境地。哥儿的神经症就是他无法摆脱他者的幻想，获得真正的自我同一性与身份认同的隐喻。只有通过对女佣阿清的主体性和欲望进行剖析，才能发现这部温情的作品背后隐藏着哥儿注定不能以自己本身来

---

① 平冈敏夫，同注 54。

度过自己一生的悲剧。

第三节　女佣的救赎——夏目漱石《春分之后》《行人》论

《春分之后》于1912年1月1日至4月29日连载于朝日新闻，之后作为单行本由春阳堂出版发行；《行人》同样于1912—1913年连载于朝日新闻，其间由于作者经历了第三次胃出血，导致了长达五个月的连载中断。这两部小说被誉为夏目漱石后期三部曲中的前两部，不仅创作时期接近，作品结构也十分类似。

《春分之后》中作者尝试将几篇看似独立、却又相互关联的短篇小说串联在一起，故事的重心由视点人物敬太郎的所见所闻引出，逐步转向描写自我意识强烈的须永与天真活泼的表妹千代子之间充满心理冲突的恋爱故事，最后通过须永的舅舅——同为高等游民的松本之口，讲述了须永作为一家之长背后却隐藏着女佣之子的身份焦虑，在母亲与表妹的欲望漩涡中痛苦挣扎的心路历程。

《行人》中同样由朋友、哥哥、回来之后和烦恼这几个相对独立的章节组成，小说由女佣阿贞的婚事引出，通过主人公的弟弟长野二郎的回顾性叙述，描写了哥哥一郎与嫂子阿直这对中产阶级夫妇的婚姻悲剧。对灵肉结合的现代婚姻充满憧憬的一郎，在认识到妻子的自我是一片不可侵犯的领域之后，从沉默寡言的女佣阿贞身上获得了安慰。结尾同样通过第三者的视角——一郎的朋友H君的信，向读者展现了一郎苦闷的精神世界。

本书选择从女佣这个视角切入来研究这两部作品，是由于两位男主人公虽然苦恼于各自的恋爱与婚姻关系中，却不约而同地将家中的女佣当作恋人/妻子的对立面，从这些温顺的奉公女性身上获得了心灵的抚慰。秋山公男①曾提出应该把长野家的长子一郎和家中女佣阿贞的关系作为解读《行人》的关键，并指出作者的原构想是将阿贞的爱作为一郎的救赎，或者通过阿贞的拒绝使一郎陷入悲剧。他认为一郎与阿贞的关系原本应该成为《行人》后半部的主题，但由于作者的身体状况导致了连载中断，因此改变了原来的写作方向。

女佣作为明治时期中产阶级家庭中没有血缘关系却生活在同一个屋檐下的他者，反映了一种特殊的社会制度与家庭结构特征。本书通过挖掘女佣身上所具有

---

① 秋山公男．《行人》的主题与构造．浅田隆户田民子编《行人夏目漱石论集成第九卷》［M］．东京：樱枫社，1991：210

的时代、制度、阶级与性别特征，来探讨女佣是否能够帮助不堪家长身份重负的男主人公脱离婚姻与家庭的困境，成为他们的心理安慰与精神救赎。

一、匮乏的主体

夏目漱石笔下的男主人公们往往展现出一种现代悲剧式的人物特征，他们与古典小说中遵循伦理道德原则的观念式人物不同，对那些抱着劝善惩恶观念的前近代的主人公来说，人会死，观念却不会死，他们的人生即便被自己所遵循的原则毁掉，也不会去质疑这个原则；但现代悲剧式的人物不同，他们并没有非遵循不可的原则，表面上看似乎有着更多的选择，实际上也没有选择，因此往往更容易精神崩溃。

那么，一郎和须永在焦虑和不安时从女佣身上感受到的心灵上的平静和精神上的安慰究竟是什么呢？笔者认为是一种“可以被看见的沉默”，也就是须永从阿作“涨红着脸，低下头去”却始终一声不吭中感受到的某种“女人的特性”。具体来说，阿贞和阿作在一郎和须永眼中呈现出的是一种极其匮乏的状态，这两部小说中的女佣都是一种匮乏的主体，如果说阿直和千代子作为那个时代极力主张自我的新女性令男主人公望而却步的话，阿贞和阿作所展现出的奉公人的沉默则激发出了男主人公的保护欲、能动性和主体性。

这些女佣无法用语言表达出自己的感情，也无法用身份地位向男主人要求任何东西，在主家复杂的环境中，她们选择用沉默把自己包裹起来，这是一种从欲望和情感中撤退的状态，也是一种从意义中撤退的状态。但恰恰如此，她们会激发男主人过度的感情和过度的阐释——一方面她们不表达任何想法，另一方面，女佣的身份又总是暗示着她的生活中有着某种无法言喻的哀伤和不幸。

沉默不是纯粹的无，其背后暗示着一个丰富的有。如果说蒙娜丽莎的微笑是一个古典的谜，那么阿贞与阿作的沉默在男主人的眼中则是一个现代的谜。古典的谜是一种诱惑，现代的谜则是一种匮乏，前者引诱我们，后者拒绝我们。对于具有日本近代小说主人公通病——自我意识过剩的一郎和须永来说，他们厌恶自己所处的环境却又无法挣脱大家庭的枷锁，因此，当他们发现阿贞和阿作这样自我表现欲望欠缺（即自我意识匮乏）的主体时，自然会受到这些沉默的女佣吸引，渴望从她们身上感受到一种脱离现实的、游离于世界之外的无意义的状态。

二、被压抑的主体性

阿贞与阿作是否真的如她们在男主人眼中所观察到的那样仅仅是沉默的、无欲无求的存在呢？通过文本细读我们可以发现，《春分之后》和《行人》中有着丰富的女佣形象，一类是男主人公眼中不谙世事、恪守本分的单纯少女；另一类则是以须永的生母阿弓以及一郎父亲口中的盲女为代表的、积极与主家少爷发生恋爱关系的女佣。我们不但能够在后一类女佣身上明显发现她们试图跨越阶层的恋爱主体性，即便是须永与一郎眼中“按自己的身份，连想一想什么是恋爱也是过于狂妄的”阿作与阿贞，也绝非男主人眼中“只知服从，毫无自我”的女性。

阿贞的婚事由长野家的次子二郎作为女方代表，来到大阪与介绍人冈田及新郎佐野见面。无论冈田还是二郎，都默认阿贞已经成为长野家的“累赘”，为了尽快打发掉这个“负担”，介绍人双方极其敷衍地吃了一顿饭，以至于二郎向家里汇报情况时只能写一些“佐野很像那张照片”“酒是喝的，可喝酒脸也不红”“有这样关系融洽的冈田夫妇从中斡旋，大概没错的”“总之，佐野好像同许多有妇之夫没什么两样，阿贞也有资格作为一个普通的妻子，因此，还是答应他们为好”这样模棱两可的话。二郎并非不为自己草率的判断感到心虚，然而周围无论是介绍人夫妇，还是自己的母亲都认为已经尽到了主家的责任，“本人会非常高兴的”“阿贞是绝不会有意见的”。

然而，阿贞真的对自己的终身大事毫无想法吗？阿贞的沉默是制度决定的，身为女佣，在主家并不具备发声的权利，阶级的压迫早就将她的语言剥夺了。阿贞从来没有对自己的婚事发表过意见，即使主家同她开玩笑，她也只是“低着头，一直红到耳根”、“一副迷茫的神情，眼里含着泪水”或是“突然把黑漆盘子放到饭桶上走开了”，但我们仍然能从周围人的只字片语中窥探到她的内心想法。例如阿贞虽然躲着二郎，却对家中同样是未婚女性的小姐阿重推心置腹，甚至托阿重向二郎打听佐野的人品到底如何。

> 因此，母亲最看不起的阿贞的婚事当初定下来时，完全出乎母亲的意料。可是阿贞早晚也得嫁人，为她了结这桩婚事也是父母的义务。所以，父母对冈田的好意只有高兴，绝不会认为是件坏事。阿贞的婚姻之所以成为全家的问题，归根结底也就在于此。阿重对这个问题常常揪住阿贞不放。阿贞对阿重也不感到脸红，凡事都同阿重商量，还谈自己的未来打算。

一天，我从外面回来刚走出浴室，阿重照例无所顾忌地问道："哥哥，佐野到底是个什么样的人?"我从大阪回来后，这个问题已经问过我两三次了。

……

"你是说关于佐野?……"我问。

"是关于佐野的为人。"

我本来就瞧不起阿重，但她提出这种严肃的问题，我心中也确实没个底儿。我装模作样地吸着烟。阿重脸上显出懊恼的表情。

"可是阿贞是那么担心，你有点太那个了吧。"

"可是冈田担保他可靠，这还不行吗?"（P203）

从二郎和阿重的对话中可以发现阿贞对自己的婚事非常担心，同样身为未婚女性的阿重能够对这种不安感同身受，而二郎和冈田却对此熟视无睹。究其原因，还是在于对当时的男性来说，可以通过读书和工作实现阶级的提升，在社会上实现自己的价值，而对女性来说，"公的领域"没有她们的位置，只有在婚姻和家庭这样的"私领域"中才能找到自己安身立命之所。正如一郎的妻子阿直所说："男人若是腻味了，就可以像二郎那样远走高飞，可女人就不行呀。像我这样的，正如父母亲手栽的盆花一样，一旦栽上就完事大吉，只要没有人来挪动就再也动弹不了啦，而且只能一动不动，直到枯死，除此之外别无他法。"

对于被社会角色所限制的女性来说，对通往自由的唯一道路抱有憧憬是可以理解的，也只有在恋爱上，她们才能感受到自己与男性是平等的。但对像冈田和佐野这样的男性来说，社会这个"公领域"才是他们实现自我价值的场所，他们将妻子的自我看作自己自我的延长线，娶妻不是为了沉溺于与女性的恋爱，而是为了更好地将精力投入到工作中。尽管在二郎眼中，冈田和妻子阿兼在金钱和生育等很多方面意见相左，阿兼面对丈夫时经常流露出欲言又止的忍耐神情，但在冈田看来他们的婚姻一帆风顺："我们结婚后还没有大吵大闹过哩""什么呀，天下的夫妻大概都差不多呀!"

《行人》中另一位深受男主人公同情的女佣是一郎父亲口中的盲女。盲女在二十多年前曾在一郎父亲的朋友家帮佣，与正在上高中的少爷产生了男女之情。两人发生关系后少爷声明要娶对方为妻，但还不到一个星期便后悔了，找了自己还在读书的借口，表示要专心学问，不到三十五六岁不会结婚。女佣受到少爷的冷淡后主动辞退了工作，少爷也就当作这件事没有发生过，将女佣忘了。时隔二十多年后，两人在一场音乐会中偶然相遇，少爷大学一毕业就娶了门当户对的妻子、家庭美满、已经有了四个孩子，而当初的女佣却双目失明，成了寡妇。少爷心里过意不去，多方打听后委托一郎的父亲登门探望盲女，想给予一点经济补偿。盲女获悉一郎父亲的来意后断然拒绝了少爷的钱财，表示自己并不需要金钱上的补偿，只想了解当初山盟海誓的人为什么会突然变心。

盲女向一郎的父亲痛诉自己“虽然眼睛瞎了，却也不那么痛苦，只是在两眼完好睁得大大的时候，未能看到别人的内心，这才是我最感到痛苦的!”然而一郎的父亲却只能用“确实如此”“说得对”这样的话来敷衍，一点儿也不明白盲女的意思。在一郎的父亲眼中，自己的朋友在二十多年前不过是一个不谙世事的少爷罢了，在女佣身上初次体验到性的美好，做出一些荒唐的承诺也是情有可原的。盲女执拗地追问少爷的内心想法是毫无必要的事，对上流阶层的少爷们来说，与女佣的风流情事不过“有如夏夜的梦一样短暂渺茫”，像女佣这样的底层女性，一开始便不在少爷们恋爱和结婚对象的考虑范围之内，盲女二十多年来所抱有的恋爱的痛苦，根本就是少爷们从未思考过的问题，又如何能够回答呢?

《春分之后》中须永的生母阿弓，在怀上了主人的孩子之后，被须永的母亲用一笔钱打发了。在听说女佣生了一个男孩后，无法生育的须永母亲便把孩子抱了回来，对外声称是自己生的，将孩子抚养长大。须永的生母在产后不久就过世了，除了名字之外，没有人记得她的年龄、长相，甚至连墓地在哪里都已经找不到了。须永在得知自己的身世后，虽然对母亲抱有芥蒂，却从未责怪过自己的父亲。然而阿弓不幸的命运与须永不可告人的身世，不正是这位被免责了的男性家长一手造成的吗?女佣的身体在这些上层阶级的男性眼中不过是欲望的客体，底层女性的性资源默认是可以用金钱来购买交换的，对女佣身体的侵犯并不构成男主人道德上的瑕疵，在明治民法与父权制度的双重庇护下，她们悲惨的命运被无声地掩盖了。

三、家长的困境

1. 须永的困境

《春分之后》的主人公须永市藏是军人之子，父亲去世后留下丰厚的遗产，能确保他与母亲过上衣食无忧的生活。因此，大学毕业后须永选择既不工作也不结婚，以高等游民自居，表面上看这是由于他性格内向多虑，不擅与人交际所造成的，实际上须永身上背负着一个沉重的秘密——他是父亲与女佣所生的孩子。母亲虽然将他当作亲生孩子抚养，但出于利己主义思想，希望他与表妹千代子结婚。须永与千代子从小一起长大，一直压抑着对她的男女之情，但当两人之间出现了高木这个情敌后，须永感受到了强烈的嫉妒，由此产生了恋爱的烦恼。

须永虽然内心爱慕表妹千代子，幼年母亲也与千代子的父母订下过婚约，但他在行动中却一直逃避着千代子，更没有勇气向千代子的父母开口提亲。这是由于虽然须永的父亲曾是部队里负责财会工作的高级军官，留下了相当的遗产，但却无法与千代子的父亲田口相比，田口在社会上相当有地位，从官场进入实业界后与四五家公司有关系。千代子家坐落在非常醒目的大道上，“门口挂着一盏圆圆的瓦斯灯，灯罩上写有田口二字”“院落深邃得出人意料”“院内铺着碎石的甬路斜着通到外面马路上，根本看不到房子的正门”，房子的正门安装了两扇“仿造西方格调”的玻璃门，门口停着坐着司机的大汽车。①

须永家在父亲去世后卖掉了原本坐落在骏河台的老宅子，现在居住的房子虽然也是独门独户的院落，却坐落在一条七拐八弯、“挤满住房的背街胡同里”，“与东京那些地势高的住宅区不同，自然不可能有宽敞的宅地”，“这个二层楼上只有两间挨在一起的房间，一间有四铺席大，一间有六铺席大，是后增建给须永做书房用的”。

除了建筑规模之外，家庭成员之外的人口数量同样也能反映出两家悬殊的经济差距。敬太郎数次出入须永家，所遇到的除了须永母子外，常客只有表妹千代子一人，家中没有男仆和车夫，只有两个女佣，一个负责做饭，一个负责打扫等杂务。敬太郎出入须永家通常不需要通报，有时须永直接下来开门，有时须永的母亲亲自出来接待。反观田口家，敬太郎在拿到名片后先让须永帮忙引见，登门被拒后又数次打电话去预约时间，接电话的基本都是家中的书生，即便约上了，实际上门之后田口不是在接待客人，就是准备出差。跑空三四次之后终于见上了面，但也必须先向书生递上名片，代为通传之后才得以见到主人。

须永虽然从大学毕业，因性格内向敏感，有过度思考的倾向，属于学者型的人物，因此无法适应社会，做到像田口那样八面玲珑、活跃于官场。须永毕业后迟迟不愿找工作，与千代子父母心中理想的乘龙快婿形象差距甚大，深知此事的

① 原文引自夏目漱石．『漱石全集』第七卷［M］．东京：岩波书店，1994，中文为笔者翻译。

须永出于强烈的自尊心，更不愿意与表妹接近，自讨没趣，因此处处回避千代子，还因高木的出现对千代子产生了误解，使两人的距离越来越远。

2. 一郎的困境

《行人》中的长野家位于曲番町，在江户时代曾是旗本武士的居住地，进入明治时期后，则聚居着华族、高级官吏等日本精英层阶层。长野家是由父母和一郎夫妇、二郎、阿重及一郎夫妇的女儿芳江三代共同居住的传统大家庭。长野家的父亲曾经活跃于官场，母亲则有一位曾经在纪州大名家中奉公的叔母，长子一郎是大学教授，每日乘坐自家的马车去大学讲课，妻子阿直的娘家在作品中虽未提及，但通过对她回乡扫墓时乘坐的马车上插着带有本家堂号的灯笼、穿着带有家徽的服装、以及等候着她的车夫等描写中也能看出其门第并不逊于长野家。除了家庭成员之外，长野家还居住着书生、数位女佣及车夫等，可以说是与《后来的事》中的长井家地位相当的贵族门第。

但正如小森阳一①所指出的，长野家在从父亲统率的大家族过渡到以一郎夫妇为中心的小家庭的过程中，其背后潜藏着经济规模的缩小。明治时期一个大学教授的工资是无法负担三代人共同居住的大家庭的开支的，因此长野家的家长之位虽然让渡了，应该由主妇掌握的家簿却依旧握在一郎的母亲手里，一郎的妻子阿直在家中既没有经济支配权也就没有话语权，时时要受到婆婆与小姑子的牵制。一郎的父亲从社会上隐退之后，为了减轻家中的经济负担，未婚的年轻人们一个个离开了长野家，首当其冲的便是女佣阿贞。阿贞在长野家帮佣了十年，负责照顾一郎的起居，以及打扫、洗涤、侍饭等杂事。但阿直嫁入长野家之后承担起了照顾丈夫的职责，作为女性劳动力的阿贞便显得多余了。

阿贞的婚事由长野家的远房亲戚冈田牵线，冈田作为书生曾在长野家寄宿多年，毕业后不但托一郎父亲的关系在大阪找到了工作，还娶了经常出入长野家的下级官吏的女儿。成家立业之后，为了“报恩”，便替在长野家已经沦为“累赘”的女佣阿贞介绍了一门婚事。阿贞的婚事由长野家代为操办，结婚当日头上戴的是用蛋清制成的玳瑁仿制品，身上穿的是主家前两年囤的过于素气的青灰色绉绸服，干惯粗活的手脚抹上了白色的香粉以掩盖黝黑的皮肤。即便如此，一郎的母亲仍然感叹：“别的款式太贵啦！这一身就花了二十五元呀！”② 婚礼上男方

① 小森阳一．「交通する人々——メディア小说としての『行人』——」．『日本の文学』第8集［M］．东京：有精堂，1996（10）

② 原文引自夏目漱石．『漱石全集』第八卷［M］．东京：岩波书店，1994，中文为笔者翻译。

只有介绍人冈田与新郎佐野出席，在神宫举办了一场冷清的小型仪式后，长野家便草草地将这名奉公十年的女佣打发了。

3. 男主人公的共同点

须永与一郎都是典型的知识分子性格：自我意识强烈、性格内向多虑、不善与人交际，注定无法像他们的父辈那样通过社会活动获得很高的收入和地位。因此他们虽然在户籍上成为了家长，却无法肩负起赡养家庭成员、提高家族声望的重任。社会地位的下滑和经济规模的缩小又反过来加重了这些身为长子却不堪家庭重负的主人公们的心理负担，使他们陷入了自我怀疑的烦恼与苦闷中，继而影响了他们面对恋人、配偶与家庭成员的态度。

以驹尺喜美为代表的女性主义文学评论家们曾经对日本文学史的通论发出挑战，她们认为将日本近代文学解释为“家与自我的纠葛”，或者说“封建遗留制度”与“近代的个人”、“前近代”与“近代”的对立是男性中心主义的文学论。事实上这类小说描写的是“家”制度下的男性家长“因难以忍受家长责任而发出微弱的自我呻吟”，他们在家庭中所处的并不是受压迫的位置，而是一家之长。日本近代文学实际上并不是“孩子的文学”而是“家长的文学”，尽管看起来像是“被害者的文学”，实际上是“加害者的文学”。被忽略的往往是在没有责任感的软弱的“家长”背后受到迫害的家庭成员们。①

四、婚恋观的矛盾性

“自由恋爱”和“自由结婚”这类词汇在明治和大正的知识分子中是相当有魅力的。它唤起了接触过西方文明和基督教思想的人对幸福的极大憧憬。以北村透谷及严本善治为代表的知识分子用“爱”和“恋爱”这样的词汇替代了“色”与“情”来表现精神恋爱与男女之间的关系，影响了一代明治青年。

1. 一郎的矛盾性

《行人》的主人公长野一郎是一个具备西方文化素养、受到近代文明观念影响的知识分子。他与妻子阿直是传统的相亲结婚，但他却渴望抓住妻子的内心，追求“心灵结合”的近代婚姻理想。一郎在与二郎讨论自己不幸的婚姻时曾引用英国作家梅雷迪斯的话：“我看到对女人的容貌心满意足的人就很羡慕；看到

---

① 转引自《近代家庭的形成和终结》［M］. 上野千鹤子著 . 吴咏梅译 . 北京：商务印书馆，2004（2）：125

对女人的肉体心满意足的人也很羡慕。但无论如何，不抓住女人的灵魂即所谓精神，我是不会心满意足的。因此，我从未经历过爱情。”

一郎尽管对爱情怀有崇高的理想和期待，但长野家的教育却只想把长子培养成“最高掌权人”，母亲更是“长期对长子娇惯成宝贝似的，结果现在只能在宝贝面前磕头作揖，任其摆布”。父母对长子的宠爱导致一郎“比一般的长子娇生惯养得多”，对外风度翩翩，是个“十全十美的好人”，回到家中则“一旦来了倔脾气便几天没个好脸色”，情绪反复无常。一郎认为身为家长的自己是家庭的中心，妻子有讨好自己的责任，自己却没有迁就妻子的义务，因此整日埋头于书房之中。阿直却认为自己和一郎是相亲结婚，只要在生活上尽到妻子的责任就可以了，既然丈夫对自己冷淡，自己也只能还以冷淡，宁愿将情感寄托在孩子身上。

水村美苗指出了这对夫妻的矛盾所在：“明治青年通过西洋文艺了解了恋爱的观念，因此才有了恋爱结合还是相亲结婚的选项。然而，并不是恋爱结婚就一定能得到幸福，但他们对不经过恋爱的结婚感到心虚，这在一郎身上体现为最‘倒错’的形态。一郎想把握阿直的本质，这正说明了他是从西洋文艺中提取了恋爱观念。这样的‘本质’正是基于西洋文艺中基督教的‘灵肉二元论’，或是以父权制中‘法和自然’的对立为前提的观点。可是，相亲结婚并不是以这样的对立为前提的，心灵的贞操也不是阿直的义务。”①

一方面，从小被当作家中“最高掌权人”培养长大的一郎，对女性的自我抱有否定的态度，他渴望在妻子身上发现“女人”，却只看到内心如谜一般的女性他者。于是他认为不善于思考，没有自我的女佣阿贞才是“温顺的”、“善良的”、“寡欲的”存在，能够带给自己精神上的安慰，使自己感受到幸福。但另一方面，受到西方文学作品的影响，他又是“自由恋爱”的信徒。一郎从但丁的《神曲》中看到了保罗与弗朗切斯卡的故事，坚信“自然形成的恋爱实际上要比人为的夫妻关系神圣得多”。他主张“站在道德观念一边的人虽然是暂时的胜利者，却是永久的失败者；按自然办事的人虽是暂时的失败者，却是永久的胜利者”，应该“摒弃狭隘的社会所产生的束缚人的道德观念而赞美大自然的法则”。

由于阿直与二郎在婚前就认识，阿直在嫁入长野家之后与性格开朗的二郎也

---

① 水村美苗.「见合いか恋愛か——夏目漱石『行人』论」.『日本语で書くということ』[M].东京：筑摩书房，2009（4）

更谈得来，一郎便认为妻子对自己冷淡是因为爱上了自己的弟弟，并且深信自己与阿直是“人为的夫妻关系”，二郎与阿直是“自然形成的恋爱关系”。尽管二郎无意卷入一郎夫妇的矛盾中，但一郎却利用家长的权威逼迫二郎对阿直进行“贞操试验”。一郎认为自己渴望抓住妻子的内心是出于一种学者的研究态度，他将女性的自我当作一种“真理”去研究，因为找不到答案而焦躁不安，甚至陷入癫狂的地步。然而，渴望在弟弟与妻子身上验证爱情理想的一郎并不是一个研究者，而是恋爱的信徒。他将自由恋爱视为大自然的法则，对其抱有一种信仰。换言之，一郎这样做是因为他相信世界上不可能没有绝对令人满足的他者——这种确信使他形成了一种自恋：“我是绝对的”“神就是自己”。他在二郎与阿直身上投射了这种信仰的激情，期待能够获得自然战胜人力的证明。

然而二郎的逃避与阿直的沉默颠覆了一郎的理想、挫败了他的自恋、削弱了他的自我。在他眼里弟弟同父母一样“都是虚伪的人，妻子看来更是如此”，在家中唯有感到“忍受不了的孤独”。对一郎来说，既然潜意识中的理想爱情是存在的，而现实中“他”或“她”却令我失望，那我只能怨恨他们，以替自我报仇；或者怨恨自己，通过伤害自身来向他们复仇。一郎表现出的一系列谵妄话语及谵妄行为，暗示着主体陷入精神分裂症的前兆。当绝对的信仰跌落为残酷的现实时，自恋的破灭不可避免地导向一系列自我毁灭的倾向——失望、抑郁、暴力、自杀。

2. 须永的矛盾性

须永与青梅竹马的表妹千代子在作品中被描述为“无所畏惧的女人”和“胆小怕事的男人”，在旁人眼中他们“若成为夫妻，简直就是以酝酿不幸为目的的结合；若不成为夫妻，又会因不能成为夫妻而永远感到不满”。造成这种进退两难的局面归根到底还是源于须永矛盾的自我。

须永与千代子在出生时便定下了婚约，但在两人逐渐长大的过程中，须永开始回避与千代子向男女之情的方向发展，究其原因主要有以下几个方面：首先，他与千代子一起长大，彼此太过熟悉，没有一种男女间的激情，两人性格不合，须永过于内向、不善交际，千代子却活泼开朗、富有朝气，经常与须永斗嘴、有不服输的性格。其次，从家境来看，须永的父亲早逝，千代子的父亲虽然早年受过须永父亲的提携，现在的社会地位已远远超过须永家。须永没有踏入社会出人头地的决心，具有功利主义思想的千代子父母希望女儿能嫁一位有出息的夫婿，自己无法满足他们的期待。最重要的是，须永在得知自己的身世后，怀疑母亲希望自己娶千代子是出于血缘关系上的考虑，因此更不愿顺从。

须永虽然一直回避千代子的好意，但在潜意识中却又为此感到沾沾自喜，在竞争者高木出现之前，他对千代子的人品一直持有一种正面的评价，认为她是一位“极其纯真的女性”，相信她在婚姻这件事上会“坦然地牺牲自己的利益和父母的意愿”来满足自己和母亲的心愿。但是当容貌、体格、家世、能力、社会地位各方面都比自己优秀的男性高木出现后，须永感受到强烈的自卑，失去了心态上的平衡，他迅速从这段自认为毫无胜算的三角关系中抽身而出，并且将千代子的举动解读为一种为了引起自己嫉妒之心的女性技巧与卑劣手段。

须永一方面通过贬低千代子的人格来消解自己的嫉妒心，另一方面将注意力转移到了女佣阿作身上，企图从这位从未引起自己注意的底层女性身上寻找一种能够让自己感到平静与安心的“女性特质”。每当须永受到千代子的刺激或压力时，他便不自觉地通过阿作卑微的身份、恭敬的举止与单纯的头脑来获得心灵上的安慰。这位在须永眼中“连想一想什么是恋爱”的资格都没有的女性，此时却如同一幅艺术品一般令他敬重和欣赏。

> 因为母亲不在家，所有一切都由叫阿作的女佣来照料。从镰仓回来第一次坐在自家饭桌前的时候，我看到阿作为伺候我，膝上托着一个黑色圆盘，恭恭敬敬跪坐着的姿态，仿佛如今才感到她和镰仓的那一双姐妹的不同之处。阿作当然也不是什么漂亮的女人，但是，她那只知道在我面前恭恭敬敬的姿态，使我深深感到那时多么彬彬有礼，多么谨慎，作为一个女人看起来是多么招人怜爱！她规规矩矩地端坐着，好像已经认定，按自己的身份，即使想一想什么是恋爱，也是过于狂妄的。我用少有的温和话语同她说话，问她今年多大岁数，她回答说十九。我又突然问起她想不想出嫁，她满脸涨得通红，低下头去。这使我感到问得这样露骨太不合适了。因为过去，我和阿作除了有事之外，几乎从来都没说过别的话。由于从镰仓带回来的最新记忆的反作用，那时才使我第一次注意到在我家干活的女佣身上的那种女人的特性。所谓爱当然不是能用在她和我之间的词，我只是爱围绕在她四周那种稳重、安静、大方、温顺的气氛。
>
> 如果说我因为阿作而得到了安慰，连自己听来都感到可笑。但是，就是今天来考虑的话，除此之外也想不出有什么别的原因。所以我认为恐怕还是阿作。不！是以那时的阿作为代表，使我看到了女人某个方面的特性，使我

那甚至为想象中的刺激都特别容易发热的头脑冷静了下来。(P302-303)

敏感的须永从小便意识到母亲待自己虽然亲切，却与天然的母子之情不同，在得知自己真正的身世后，受到打击的须永无法顺利构建起作为家长的身份认同，他采取了逃避的方式，拒绝走上社会工作，也拒绝成家，沉浸在自我的世界中。然而高木的登场猝不及防地将他拉入了男性之间的竞争关系中，不战而退的须永为了维护自己的自尊心，转而将视线投向梳着传统发式、永远恭恭敬敬恪守仆人本分的阿作，试图从这个被他看两眼便会“满脸涨得通红”的女佣身上寻找他所需要的“女性特质”与“精神上的安慰”。

须永之所以逃避与千代子的恋爱，归根到底是因为她太有自我主张了。千代子希望须永能够面对他们之间的关系，但须永没有这样的精神准备，他只想面对自己的自我。须永深知与千代子恋爱就等于要同她的自我对抗，高木追求千代子与他出世的欲望并不矛盾，但须永追求千代子就会导致世俗的婚姻，与他理想中追求自己内心世界的反省式的生活无法兼容。因此，当他意识到千代子对自己的爱并不足以使她放弃自我，甘愿成为自己意志的延长线时，便在心中将千代子从“心灵的清洁剂”“德高的仙人”，贬斥为“迎合自己的虚荣心”的玩弄技巧的女人。

与此相对，被须永比喻为“纯洁的牵牛花”的阿作，之所以能够得到男主人的欣赏，甚至引起他的“敬重之情”，正是因为她没有自我——既没有独立的思考能力，也没有独立的经济能力，更不可能跨越身份阶级的隔阂，唯有依附于男性才能生存下去。这类底层女性群体的存在，使须永感受到自己在社会与家庭中不可动摇的主体地位，维护了他脆弱的男性自尊心。

五、小结

《行人》中阿贞出嫁后，一郎陷入了“是死？是疯？或是入教？”这样严重的精神危机中，不但动手殴打了自己的妻子，也向家人封闭了自己的内心。H君在与一郎的对话中提出，既然一郎真心喜爱女佣阿贞，并认为她是最寡欲善良的存在，是生来就幸福的人，那么，干脆同阿贞这样的女性在一起，是否就能给一郎带来幸福呢？一郎却对此断然拒绝，他认为结婚前的女人和结婚后的女人不再是同一个人，出嫁后的阿贞已经被丈夫惯坏了。不管嫁到什么人家，只要嫁出去，女人就要因丈夫而变坏。自己也没有资格从被自己惯坏的妻子那里得到幸福。因为“幸福是不能从出嫁后失去天真的女人那里得到的!”

北村透谷曾在《厌世诗人与女性》中写道：“恋爱让人目炫，婚姻则让人失望”，“恋人是浪漫的代表，妻子则是俗世的产物”①。水田宗子则指出：“恋爱的本质是反社会的”②。一对一的恋爱是将自我意识奉献给对方，同时与对方的自我意识互相缠斗的过程。在爱情中，无论男女都要面对他者的自我，通过与他者的碰撞品尝爱情的苦恼与喜悦，获得内心的满足。恋爱是一种精神活动，具有封闭性和排他性，沉溺于恋爱的男人很难到社会上去发展自我，因此这样的恋爱不可能永远持续下去，只能通过结婚被正常化，被制度所允许。家父长制的婚姻中赋予了男性家长对家庭成员的支配权，丈夫不再承认妻子的自我是他者的自我，为了更好地在社会上发展，他们将妻子的自我当作自己自我的延长线，婚姻也就成了爱情的坟墓。

一郎作为长野家的长子，深受武家传统与儒家思想的影响，儒家的伦理道德规范追求的是单方面、无条件地服从。儒家思想首先是非个人主义的，强调的是尊者、长者、贵者的绝对支配和卑者、幼者、贱者的绝对服从。绝对支配就意味着被支配者不允许有理性的思考和基于理性思考之上而产生的不同看法，不允许被支配者有相对于支配者的独立意志和在独立的意志支配下的独立行动。绝对服从则意味着被支配者无须思考，要想做到真正的绝对服从，必须泯灭自己的个性、思想和感情，变成僵死的工具。

黑格尔在《精神现象学》中指出：“自我意识是自在自为的。这是由于，并且也正因为它是为另一个自在自为的自我意识而存在的。”③ 自我意识必须寻求承认，因为只有在另一个自我意识之中，它才能获得满足，或者达到自身的自为存在。换言之，人只有借助与人的交往并获得对方的承认，才能超越自然属性，建立自身的社会属性，否则就会产生精神危机。黑格尔在关于主奴辩证法的论证中进一步指出，在主人支配奴隶的关系中，发生的只是一种“片面和不平衡的承认”，因为主人是自为存在的意识，其本质是个独立的存在，而奴隶却是为主人欲望所服务的，奴隶只是执行主人的命令，不能成为自己命运的主人，因此主奴间的承认是一种单方面的承认，而真正的承认是双向的。这里存在着一个悖论：

① 北村透谷．「厭世诗家と女性」［J］．女学杂志，1892

② 水田宗子《女性的自我与表现：近代女性的文学历程》［M］．叶渭渠主编．北京：中国文联出版社，2001：83

③ 黑格尔．《精神现象学》［M］．先刚译．北京：人民出版社，2013：118

主人只要处于主人的地位，停留在被奴隶所承认的状态，主人就不可能实现自己的独立性。因此主人虽然处于支配地位，却反倒使承认变得不可能。主人只有扬弃了自己的主人地位并意识到这是一种束缚，他才有可能真正获得内心及思想上的自由。

一郎拒绝从阿贞身上寻找幸福，正是意识到了传统婚姻中的两性关系是一种支配与被支配的关系，夫妻间没有完全的平等和自由，妻子必须压抑自己的自我，丈夫所追求的幸福不可能从没有自我的妻子身上得到。在家中亦是如此，被父亲赋予绝对权威的一郎，长野家的内部空间中占据着高高在上的二楼书房的位置，所有家庭成员都必须走上楼梯，敲开紧闭的门才可以同他交流。只要一郎处于家长的地位，父母、弟妹、妻女、佣人就不得不在他的支配下生活，他们表现出的服从，并不是基于平等人格间的承认，因此必然是虚伪的。只要一日不脱离家长的位置，一郎就不可能在长野家内部的人际关系中获得真正的自由与幸福。

本章小结

在日本近代文学家中，夏目漱石是比较明确地将女性的自我作为他者的自我来认识，并在作品中与之正面对抗的。但即便是夏目漱石笔下的男主人公也没有直面女性自我的勇气，只能通过宗教、哲学思想来解决婚姻与恋爱的苦恼。比起拥有强烈自我主张的新女性，他们之所以对恪守奉公人传统、否定自我意识、具备牺牲奉献精神的女佣抱有极大的好感，是因为这些沉默的女性不会威胁他们脆弱的自我，能给他们焦躁的内心带来平静和安慰。

《春分之后》和《行人》中的男主人公通过暂时抛下家庭，外出游历散心的方式来缓解自己精神上的痛苦，试图为自己的精神世界寻找一个出路。在《行人》的结尾，一郎提到了《香严击竹》的公案，一郎希望成为香严，追求一种拒绝一切外力的绝对自我的状态，即消除主体与客体之间的区别，将自他画上等号，最终达到一种“无”的境界，只有到达这种境界才能使一郎的内心平静下来，不会再为外物和他人而自寻烦恼，获得真正的精神自由。一郎的妻子阿直在得知一郎抛下自己出门旅行时已经觉悟到丈夫决心将夫妻间的矛盾当作个人精神世界的问题来处理，彻底回避与自己对话，用发狂、自杀和宗教来逃避难以理解的女性他者。

《春分之后》与《行人》中的女佣虽然受到男主人公的怜爱与同情，却无法成为恋爱的对象或精神上的救赎。近代的自由恋爱只能发生在两个主体之间，夏目漱石笔下具有前近代奉公人特征的女佣从一开始就不具备成为恋爱对象的资格。她们在男性眼中既没有主体性，也没有主观能动性，或许可以作为性欲的对象，却无法成为恋爱的对手。因此，被视作新女性对立面的女佣与男主人公之间无法产生一种近代的恋爱关系，只能作为一种前近代的乡愁存在于这些男性的幻想之中。或许明治时期的作家在对女佣这个文学符号的运用中仍旧带有一定的时代局限性，进入大正时期后，被视作恋爱与结婚对象的女佣在白桦派作家志贺直哉的笔下就正式登场了。

第三章　女佣的婚恋

女佣在日语中被称为“女中”，这个词来源于江户时代将军、大名家中被称为“奥女中”的女性，这些女性与负责烧饭、清扫的“下女”不同，通常指的是侍奉在将军、藩主夫人身边，负责接待、处理家庭事务的女性。到了明治时期，日本上流阶级的家庭中仍然保留了“上女中”和“下女中”的传统，“上女中”可进一步被细分为“女中取缔（女中头）”（管家）、“乳母”（奶娘）、“仲动”（内务）、“小间使”（随从）、“子守”（育儿）这些具体职位。另外，在那些大名出身的华族家庭中还有着被称为“お付き”（贴身侍从）的家庭成员专属的一对一的佣人，有些“お付き”负责照顾家中长辈的起居，另一些则负责照顾家中的少爷小姐，为他们梳妆、陪伴他们上下学等。

这些贵族家庭中女佣数量众多，有些甚至达到数百人的规模，家中的少爷小姐们自然也就习惯了家仆环绕的生活，因此，如白桦派这般大多出身于上流阶级的作家们能够描绘出丰富多彩的女佣形象也就不足为奇了。日本学者曾在《日本的观念性——白桦派》① 一文中指出：“对白桦派的许多人来说，他们与女佣的肉体关系就是人生最初的深刻问题，如武者小路实笃、里见弴、志贺直哉、有岛生马等。他们一方面抱有人道主义的理想，一方面又抱有小少爷的实感，不能不无懊恼地就抛弃对方，也不能继续地对对方负责。”本多秋五②也曾提到，日本不知从何时起有了“白桦派小间使小说”的说法，主要指的是武者小路实笃的《一个男人》、里见弴的《君与我》、志贺直哉的《大津顺吉》等一系列男主人公与自家女佣发生性关系后产生了内心的矛盾与纠葛，并以此为主题进行创作的私小说。

本章选取了白桦派代表作家志贺直哉的《浑浊的头脑》、《大津顺吉》及《佐佐木的遭遇》三部早期作品。这些作品通过描写主人公与「小间使」、「子

① 鹤见俊辅．『现代日本の思想』［M］．东京：岩波书店，1978：22
② 本多秋五．『志贺直哉』（上）［M］．东京：岩波书店，1990：56

守」等年轻异性产生情感纠葛后所引发的一系列家庭冲突，以此来展现主人公在伦理与欲望的矛盾中寻找自我的过程。对于贵族阶级出身的男作家来说，女佣是触发他们内心“理想的自我”和“厌恶的自我”互相斗争的关键要素。他们接受了西方宗教思想中灵肉二元对立的思想，将女佣视作贫穷的、无知的、粗鄙的、肉欲性的存在。女佣触发了他们内心理智与欲望的斗争，他们通过克服和扬弃这些形而下的、肉体的诱惑，使自己的头脑和精神世界得到净化与升华，并从被压抑的性欲和不成功的恋爱经验中获得创作的灵感，敲开了日本近代文坛的大门。

第一节　志贺直哉初期作品中的女佣

文学史上一般将志贺直哉的文学生涯划分为四期，从 1904 年 5 月完成第一部小说《菜花与小姑娘》到 1914 年发表完《偷小孩的故事》进入第一次停滞期之前，被视为志贺创作生涯的第一期。这一时期的志贺在精神上经历了脱离基督教信仰的过程，在文学创作上受到白桦派人道主义思想的影响，在生活中不断与父亲发生冲突、处于“父子相克”的阶段，在情感上则体验了与家中女佣 C 不成功的自由恋爱。因此这个时期作品的创作主题主要围绕着抨击基督教教义中的禁欲思想（如《浑浊的头脑》1911. 4），刻画自由恋爱与封建家庭的冲突（如《大津顺吉》1912. 9），以及精神苦闷导致的神经衰弱（如《范某的犯罪》1913. 10）等。

一、白桦派对志贺直哉的影响

志贺直哉的初期创作离不开白桦派同人及人道主义思想的影响。女佣之所以能够作为女主人公频繁地出现在白桦派作家的小说中主要有以下几个原因。

首先，白桦派的作家大都出身于资产阶级贵族家庭，他们的父辈掌握着明治、大正时期日本资本主义经济发展的命脉，优越的家庭条件使他们从小在家仆环绕的环境中成长，女佣作为家中年轻且没有血缘关系的异性，非常容易进入到这些青年作家的视野之中，成为他们关注的对象。

其次，有别于日本近代文坛上的其他流派，白桦派的作家们非常深刻地受到西方文学作品与思潮的影响，特别是俄国文学，杂志《白桦》的刊名就来源于俄国的国树“白桦树”。以武者小路实笃为首的杂志主创成员无一不是俄国文学的拥趸，俄国作家中给他们带来最强烈思想冲击的当数托尔斯泰（1828—1910）。有学者指出："探索白桦派文学的思想特质，离开了托尔斯泰，一切将无从谈起。"① 白桦派的青年作家们在某个时期集中地、大量地创作以女佣为女主人公的恋爱小说，无疑是受到托尔斯泰的小说《复活》的影响，下文将就此展开具体论述。

最后，白桦派作家基本都在青年时期受过基督教思想的强烈感化，阅读过《圣经》。基督教最严厉的戒律之一就是"勿奸淫"。志贺直哉曾说过："我们要理想化地战胜一切情欲，完美地保住肉体的圣洁。要抛弃头以下的部分，仅仅保留头部。"② 然而，家中年轻女佣的存在，对这些对自由恋爱充满浪漫幻想的青年来说无疑是巨大的诱惑。基督教教义中的"性恶"色彩和"原罪"意识给这些青年带来了无尽的苦恼和伦理的课题。志贺在与家中女佣发生肉体关系之后，求助于日本基督教思想家内村鉴三，内村对志贺的行为提出了严厉的批评，志贺在1907年9月的日记中写道："老师将我与女佣的肉体结合定义为罪孽。"基督教对性欲的彻底否定使白桦派作家在创作中或多或少带有"性压抑"和"性苦闷"的色彩，但另一方面，伦理与欲望的矛盾、违背教义所带来的罪恶感又使他们发现了自我，将自己与女佣失败的恋爱经历升华为文学创作的动力，由此诞生了一系列以女佣为恋爱对象的作品。

二、托尔斯泰对志贺直哉的影响

早在明治十九（1886）年，托尔斯泰的《战争与和平》就经由俄国文学研究家二叶亭四迷与森体的节译本《弃花怨柳 · 北欧血战余尘》在日本广为传播，给明治时期的日本文艺界带来了思想上的震动。明治二十二（1889）年，森鸥外翻译了托尔斯泰旨在谴责资产阶级虚伪的文明和理性的短篇小说《琉森》；同年，田山花袋根据英译本译出了中篇小说《哥萨克》，作品中探索了贵族阶级和农民的关系。明治二十九（1896）年，小西增太郎与尾崎红叶合译了《克莱采奏鸣曲》，作品鞭挞了贵族资产阶级虚伪的婚姻。明治三十五（1902）年，加藤直士翻译了《我的忏悔》和《我的宗教》；明治三十七（1904）年，二叶亭四迷翻译了托尔斯泰根据亲身经历创作的初期军事小说《伐林》；明治三十八

① 刘立善．《白桦派与中国作家》［M］．沈阳：辽宁大学出版社，1995：98

② 转引自红叶敏郎．『志贺直哉』［M］．东京：角川书店，1981：7

(1905) 年，内田鲁庵将《复活》全文分为218章，翻译后在报纸《日本》上连载，轰动了明治文坛。

前文提到，白桦派创作了多部以女佣为恋爱对象的作品，是受到《复活》这部作品的影响，《复活》中的女佣喀秋莎·玛丝洛娃原本是一个农奴的私生女，个性天真善良，受到主人的疼爱，被视作养女和婢女之间的存在。女主人的外甥聂赫留朵夫引诱并抛弃了她，使她怀孕后被赶出家门，喀秋莎被迫离开主家后辗转于各种资产阶级家庭，不断遭受男主人的性骚扰与女主人的虐待，最终沦为妓女，并不幸卷入命案，被诬告谋财害命、关进监狱，被昏庸的法官判处四年苦役，流放西伯利亚。聂赫留朵夫在审判庭上认出了妓女玛丝洛娃就是当年的女佣喀秋莎，良心备受谴责，想通过拯救她来赎罪，并准备和她结婚。玛丝洛娃感受到了聂赫留朵夫的真诚忏悔，不但原谅了他，并且为了不损害他的名誉拒绝了求婚，选择与另一个犯人结合，走向新生。聂赫留朵夫放弃了贵族生活，把土地分给农民，与上流生活断绝交往，虔诚地信奉宗教，在精神上同样获得了新生。

当时，日本文学家小泉八云、著名作家夏目漱石等纷纷对托尔斯泰的作品发表了评论和鉴赏，《托尔斯泰评传》（1897）的作者德富芦花于明治三十九(1906) 年专程拜访了托尔斯泰，深受托翁思想影响的芦花在“大逆事件”中勇敢发声，被武者小路实笃尊为“小托尔斯泰”和“日本的良心”，志贺直哉也在为女佣的婚事烦恼时专程拜访了芦花，寻求精神上的支持。除此之外，日本的小说家、思想家木下尚江受托尔斯泰的影响创作了中篇小说《火柱》（1904）和长篇小说《良人的自由》（1904—1906），作品突出了平民的反战意识、揭露了资本家的虚伪、颂扬了纯真的爱情、反对土地私有制、抨击腐朽的家族制度，这些思想对白桦派的青年作家们产生了极为深刻的影响。

进入大正初期，春秋出版社出版了作品收录较为全面的《托尔斯泰全集》，创办了杂志《托尔斯泰研究》（1916. 9—1919. 1）；戏剧家岛村抱月将《复活》改编成话剧，由著名女优松井须磨子饰演女佣玛丝洛娃，1914 年在帝国剧场进行了公演，托尔斯泰的名声在日本愈加响亮。白桦派中对托尔斯泰最为倾倒的是武者小路实笃，他从托尔斯泰的作品中悟到了人的尊严，打开了社会主义和理想主义的大门。托尔斯泰的农本主义社会主义思想、伦理道德观念，以及他对社会阴暗面、土地私有制和资本主义的批判深刻地影响了武者小路实笃，使他痛感自己所属的资产阶级的荒谬性，直言“托尔斯泰令我否定了自己的生活”①。托尔斯泰不但给予他文学创作上的灵感，也为他日后创设不分贵族平民、人人平等的世外桃源“新村”打下了思想上的基础。

身为武者小路实笃的好友，志贺直哉同样广泛阅读了托尔斯泰的作品。通过查阅志贺的日记和他与武者小路的书信可以发现，他在明治三十七（1904）年阅读了《托尔斯泰的战争观》，随后又涉猎了《伊凡·伊里奇之死》《安娜·卡列尼娜》《复活》等作品。与好友不同的是志贺更多地受到了托尔斯泰作品中贵族阶级伦理观念的影响，并将其反映在自己初期创作的小说中。志贺的初期作品主要围绕两个主题：一个是自己与父亲价值观的对立与长久的不和，另一个则是基督教戒律对人性的压抑和束缚。

志贺直哉的成名之作，也是第一部登上商业杂志的小说《大津顺吉》发表于1912年，通过追溯自己五年前与家中女佣千代的恋爱事件，刻画了基督教对青年人自然情欲的束缚与封建家庭对自由恋爱的扼杀，是一部充分展露其爱情观与婚姻观的自我省察式的作品。日本学者普遍认为《复活》中主人公聂赫留朵夫所受到的良心谴责与赎罪式的宗教伦理观对《大津顺吉》的主人公产生了强烈的影响。小说中贵公子顺吉冲破了身份与阶级的束缚，不但冒着断绝父子关系的“废嫡”风险，公然向家人宣布自己要与女佣结婚，同时甘愿违反“奸淫与杀人同罪”的基督教戒律，也要与恋人实现灵肉合一的结合。

然而与聂赫留朵夫相比，顺吉在坚决贯彻自我主张与追求自由恋爱、婚姻自主的过程中流露出一种贵族阶级的虚伪性。当他的主张遭到父亲与祖母的坚决反对，并将女佣逐出家门之后，随着时间的推移与空间距离的拉长，顺吉尽管在感情上已经对女佣逐渐冷淡，但出于道义心与伦理观念，又无法干脆地斩断曾经许下的婚约，只能抱着“既然已成为事实上的夫妻，我就应当对她的一生负责”的想法，将女佣视作不得不背负的负担而产生了新的苦恼。

池内辉雄②曾指出：“这是从聂赫留朵夫的言辞中派生出的思想。如果顺吉抛弃了千代，从基督教教义来看无疑是犯了奸淫罪，这是他最为顾忌和恐惧的地方。很明显，顺吉对千代抱有骚动不安的罪意识。”志贺在这部自传式作品中展现了顺吉既渴望突破阶级与家庭的束缚追求平等的爱情，又无法放弃贵族阶级特权意识的矛盾心态。但在自我反思的广度与深度上，顺吉却远远不及聂赫留朵

① 转引自刘立善．《白桦派与中国作家》[M]．沈阳：辽宁大学出版社，1995：105

② 池内辉雄．『志贺直哉の领域』[M]．东京：有精堂，1990：125

夫，他的苦恼只给读者留下了不谙世事的贵族少爷式的肤浅的印象。

前田爱[①]指出："在《复活》中展现的多种思想里，日本的文学青年们读取的主旨是：与所爱的女性自不待言，即使在无爱的前提下，一旦同女性发生了肉体关系，自己就不得不对其承担责任。苦恼于纯爱与肉欲间的严苛的道德观的典型代表，就是白桦派的青年作家们。"从现实层面来看，白桦派在生活中践行《复活》里所提倡的道德观的唯有诗人千家元麿一人，他为了同自己喜爱的女佣共结连理，甘愿放弃优越的家庭条件，独立门户，过着清贫的生活，用明快生动的诗歌艺术来讴歌自己对妻子的爱和夫妻共同创建的新家庭。其他作家如里见弴和志贺直哉等，他们真正在意的并非性欲本身或性欲的对象（女佣），而是试图从被压抑的性欲和不成功的恋爱经验中汲取艺术的价值，并将其转化为文学创作的素材，从而敲开日本近代文坛的大门。

三、白桦派时期的女佣书写

本多秋五[②]曾在《白桦派的文学》中提到，读者可以从里见弴和志贺直哉的作品中发现，他们在与女佣交往的过程中，当自己的主张与对方无法达成一致时，会毫不犹豫地选择贯彻自我、牺牲对方，流露出一种白桦派特有的"精英意识"——本多将其命名为"上流阶级的现实主义"。武者小路实笃[③]曾说过："女人是为了自己所爱的男人之生长而存在的，不然，就是为了给自己所爱的男人生儿育女而存在的。女人自己生长与否，是第二位以下的问题。"武者小路的女性观暴露了其人道主义思想中的某种缺陷，但不得不指出的是，在白桦派同人中这种思想占据了主流。尽管他们以"解放人类"为目标，对贫苦和不幸的人投以真诚的关心，但在同女性的交往中，当处于恋爱阶段时，尚且关注对方的人格和心灵、力图将其塑造成理想化的恋人；一旦进入婚姻阶段，则立刻要求妻子为自己的自我和创作服务，流露出一种贵族式的傲慢和独裁者的面孔。

作为白桦派代表作家的志贺直哉在初期作品中确实将女佣视作可以恋爱、甚至可以结婚的对象进行了严肃的思考，他在 1907 年 8 月 5 日的日记中这样写道：

日本的社会受到儒家思想的感化，至今为止除了夫妻关系之外的男女无

① 前田愛编．『日本文学新史・近代』[M]．东京：至文堂，1990：254

② 本多秋五．「白桦派」の文学 [J]．群像，1951（5）：90-101

③ 转引自刘立善．《白桦派与中国作家》[M]．沈阳：辽宁大学出版社，1995：245

法敞开心扉轻松地聊天，这对于下定决心找一个互相充分了解之后再谈婚论嫁的青年来说，几乎是不可能达到的理想了。然而，抱有这种想法的往往是正派的青年人，正派的青年人不会像那些胡闹的同伴那样满不在乎地出入风流场所，他们只与同样正派的同性友人来往。像这样，他们生活中能够接触到的异性只有他们的姐妹、亲戚或者女佣了。

当然他们对女性并非没有要求，但如果女佣能够了解他们的趣味，胜任聊天的对象、并且足够具有吸引力的话，他们自然就会爱上女佣。他们与他们的家人不同，他们对不同的阶级有更自由的看法，加之他们经常与女佣接触，互相了解熟识之后进入婚姻，我认为这种情况并非没有可能性。①

根据日记中的记载，当时志贺正处于与家中女佣千代热恋的过程中，因此在日记中流露出一种自我辩护的意味。从他日记中提到的理想的结婚对象应该满足的条件："有吸引力""互相理解""聊得来"这些要素来看，无一不是建立在"恋爱—性交—结婚"三位一体的自由恋爱意识形态上的近代婚姻的理想模式。志贺认为少爷和女佣有着近距离接触的优势，可以突破阶级的枷锁自由恋爱，但不得不指出的是，少爷与女佣并非平等的青年男女，两人的恋爱关系中必然夹杂着主仆间的身份差距以及命令与服从的权力关系。女佣面对少爷的求爱所作出的反应究竟是出于金钱的诱惑、还是男女间的相互吸引、又或是迫于男主人的权力地位，值得深究。在白桦派另一位代表作家里见弴的自我告白式作品《君与我》（1913）中，同样随处可见聂赫留朵夫式的苦恼以及对跨越阶层的恋爱所引发的伦理价值的思考。他在小说中写道：

回到东京之后，首先迎接我的是女佣阿市的拥抱。这个存在于我心灵阴暗角落的年长的女人，总是能够非常巧妙地避开家庭成员的目光，在夜里敲开我房间的门。这种秘密的关系时常鞭挞着我怯懦的心灵，我无论如何都想在你面前忏悔。……正是在那个时候，我开始阅读英译本的托尔斯泰的《复活》。……聂赫留朵夫为了那个被自己玷污了清白的女佣，那个逐渐沉沦到人间地狱深处的女人，为了将她从监狱中救出来，甚至去了西伯利亚，受到了多大的磨难啊！名誉、财产、情妇，生活中的一切都被他抛弃了。我面前

① 转引自古川裕佳．『志贺直哉の<家庭>』［M］．东京：森话社，2011：17

> 这个年老的、丑陋的玛丝洛娃倒是过得非常幸福，但我却无法像放荡的聂赫留朵夫那样享受着年轻美丽的肉体、嫩滑白皙的肌肤、在彼此忘我的愉悦中沉溺。①

《君与我》中的主人公通过向亲友（志贺直哉）告白的形式来剖析自己的内面和罪恶感。这种将性的秘密和由性欲引发的罪恶感通过告白的形式呈现出来的写作手法兴起于日本自然主义作家田山花袋的成名作《棉被》（1908），并被之后的日本小说家所继承。《君与我》中主人公瞒着家庭成员，与一名叫阿市的女佣维持着没有爱情的肉体关系。他一边厌恶着阿市逐渐年老色衰的容貌，一边又沉溺于性的欢愉中无法自拔，同时被无法向亲友告白的罪恶感所折磨。从里见弴将主人公与女佣的关系与《复活》中的人物进行对比的片段中可以看出，他有意识地借用聂赫留朵夫罪恶与忏悔的模式来塑造主人公的内心，以此来展现主人公的苦恼与自我否定的意识。多年后，里见弴在《青春回顾》中对自己 19 岁时与家中女佣发生性关系的往事做了进一步的自省。

对白桦派的男作家来说，女佣是触发了他们内心“理想的自我”和“厌恶的自我”互相斗争的关键要素。他们接受了西方宗教思想中灵肉二元对立的思想，将女佣视作贫穷的、无知的、粗鄙的、肉欲性的存在，用来触发自己内心理智与欲望的斗争，他们通过克服和扬弃这些形而下的、肉体的诱惑，使自己的头脑和精神世界得到净化与升华。本章运用女性主义与精神分析理论对白桦派男作家笔下的女佣形象进行梳理和探讨，力图为这些经典作品的解读提供新的视角。

第二节　主仆间的恋爱——志贺直哉《浑浊的头脑》《大津顺吉》论

一、错位的需求——志贺直哉《浑浊的头脑》论

《浑浊的头脑》1911 年 4 月发表在同人杂志《白桦》上，与次年发表在中央公论上的自传体小说《大津顺吉》同样以青春期的“性苦闷”与基督教的戒律

---

① 转引自古川裕佳．《志贺直哉の<家庭>》［M］．东京：森话社，2011：241

冲突为主题，被评论家称为："一棵树上的两根枝干"[①]。志贺直哉在1900年的夏天通过家中书生末永馨的介绍拜访了宗教家内村鉴三，七年间定期参加内村主办的基督教讲习会，精神上受到了强烈的感化。中村光夫[②]曾指出："是内村鉴三培养了志贺直哉青春期观念中的一切内容。"在经历了与家中女佣失败的恋爱后，志贺在1908年的夏天脱离了基督教，挣脱了道德思想上的束缚，并将内村带给自己的影响转化为小说创作的素材，《浑浊的头脑》中的土村老师便是以内村为原型虚构的人物。

志贺曾在《创作余谈》[③]中提到《浑浊的头脑》的写作经历，小说的素材来源于自己1908年10月15日做的一个梦，他将梦的内容记录在《手帐11》中，两年后又将这段素材结合自己神经衰弱的体验写成了小说，修改后刊登在1911年4月的《白桦》上。由于小说带有强烈的病态性，发表后遭到了日本内务省的查禁，内容被大量删减，对志贺的创作积极性造成了一定的打击。小说共十章，前半部分为志贺当时精神与肉体的自画像，后半部分则完全是基于梦境内容的虚构。主人公津田是个基督教徒，随着青春期的到来，他感受到越来越强烈的性欲，却又苦恼于宗教严苛的戒律。此时他的表姐阿夏来到他家中做女佣，津田与阿夏发生性关系后害怕被周围的人发现，于是两人决定私奔。两人在私奔后过上了荒唐的生活，彼此厌恶却又无法摆脱，最终津田用温泉旅馆里的锥子刺杀了阿夏，独自逃往深山。他在逃亡的过程中见到了土村老师的幻象，惊恐万分昏了过去，醒来后发现自己独自一人睡在山间的旅馆中，不知发生的一切是梦境还是现实。

小说的先行研究集中于对主人公津田是否真的杀害了阿夏进行讨论，大多数研究者认为津田并没有杀人，只是由于神经衰弱产生了杀人的幻觉，证据是津田在向小说的叙述者告白时并非在监狱里，而是在小涌谷的旅馆中。先行研究认为即便津田因为精神疾病而免刑，但仅仅住了两年精神病院就能够自由地出门旅行，可见杀人不过是他神经衰弱产生的幻觉，并非真实发生的事件。其中具有代表性的先行研究有红野敏郎[④]提出小说的主题是"性欲所拥有的恐怖的力量"；

---

① 中村光夫．志贺直哉论—「浊つた头」と「大津順吉」[J]．文学界，1953（4）：112-129

② 中村光夫．『志贺直哉论』[M]．东京：日本图书センター，1983：81

③ 志贺直哉．创作余谈［J］．改造，1928（7）

④ 红叶敏郎．『鉴赏日本现代文学7　志贺直哉<本文及び作品鉴赏>』［M］．东京：角川书店，1981：5

本多秋五①认为小说的前半部分描写了主人公夹杂在性欲和基督教戒律间的苦恼与挣脱，后半部分则描写了放纵性欲之后陷入的危险境地；富泽成实②则指出小说的生命力在于描绘了性欲这种人类理性无法压制的、在社会伦理之前就存在的、潜伏在人性最深处的黑暗的力量。

从这些评论中不难看出“性欲”是先行研究共同的主题，研究者们受到了作家日记及杂志中记述的关于自身性欲体验的影响，从作家论的立场出发对被性欲这种不可控的自然力量所压倒的主人公抱有同情之心，将津田对阿夏的一系列冷酷的暴力行为归结为“理性难以控制的”“伦理之前的”“人性深处的”恐怖的力量，以此来合理化主人公的行为。但不得不指出的是，这是一种男性中心主义的视点。评论家通过提出“性欲本能”这种先验性的观点，将津田的个人行为转化成人类普遍存在的、难以克服的现象，并通过强调“性欲”所具有的强大的力量，暗示津田的“犯罪”是不可抗力的，以此来为他的行为免责。

当先行研究将注意力集中于男主人公的性欲时，却忽略了作为性欲的对象、同时也是受害者的女佣阿夏。性关系不是单方面的，必然由男女双方构成，如果不对阿夏的形象进行分析，就无法引入新的视角，只能得出片面的观点和结论。本节将视线转向女佣阿夏，通过分析这位女主人公的人物形象、心理状态与行为动机，从女性主义的立场来探讨这段感情走向悲剧的原因，以及客观推论津田是否真的杀害了阿夏。

1. 未亡人的身份特征

梳理《浑浊的头脑》的先行研究会发现，尽管阿夏是作品的女主人公，但聚焦阿夏的研究论文几乎没有，即使在论文中被提及，也仅把她当成津田的性欲对象，并未将其视作一个独立的个体。过去这种仅把女性作为男性性欲对象的研究惯式，无视了女性作为单个个体的特征和研究价值，容易得出类型化、脸谱化的结论。本书将从阿夏的外貌、性格、学识修养、经济能力和阶级属性等各方面客观分析这位兼具表亲、女佣、未亡人身份的女性，在当时的日本社会制度下处于一种怎样的生存环境，以及当她面对津田的诱惑时，她的处境会对她的行为产生怎样的影响。

---

① 本多秋五．晩拾志贺直哉-1 性欲と戒律［J］．群像第 38 卷第 5 号，1983（5）：186-200

② 宮越勉．志贺文学の生诞［J］．文学第 46 卷第 12 号，1978（12）：1505-1523

当时，有个叫阿夏的母亲这边的亲戚比我大四岁，十八岁出嫁，二十五岁上头死了丈夫，也没能生下一个孩子，因此只能回到娘家寻找再嫁的机会。正好我家当时缺少帮佣的人手，她就以探亲的名义过来帮忙干活。

阿夏长得并不漂亮，皮肤微黑，但身材高大丰满，气色很好，是个活泼开朗的女人。虽然26岁了，因为没有生过孩子，外表看上去很年轻。性格有些争强好胜，会若无其事地跟别人抱怨自己死去的丈夫是个没有男子汉气概的人。

总而言之我并不喜欢这个女人。但她受过一些教育，特别是在文学上具备一定的理解和鉴赏能力，因此我虽然不情愿，仍然经常跟她聊天。①

从津田的描述中可以发现，阿夏的外貌和性格并不符合当时日本男性对女性的主流审美。阿夏皮肤黝黑、身材高大丰满，据先行研究考证，当时志贺非常欣赏罗塞蒂的画作，阿夏的形象或许是从贝娅特丽齐的肖像画中汲取的灵感也未可知。总之，刚来到津田家的阿夏不但丝毫没有因为丈夫的早逝而闷闷不乐，反倒流露出积极寻找新对象的态度，似乎并不符合一个明治时期寄居在亲戚家中帮佣的未亡人形象。

活跃在大正及昭和时期的女作家三宅安子曾对自己的未亡人身份发出过这样的呐喊："未亡人这个称呼令人不知所措，只因丈夫先自己而去，不但被社会轻视，更受到不断的监视。妇女，或者说女性，明明具有惊人的坚韧力量，却根深蒂固地被社会视为废物。有些妇女甘愿屈从于这些社会偏见，无力挣脱贞操的束缚，可悲可叹。希望我的文字能够成为一根导火线，从众多未亡人口中引出哪怕只有一句饱含血泪的痛诉，让社会听见他们无知的批判、低级的偏见、无意识的干涉让多少年轻的未亡人生活在无尽的痛苦之中。"②

从上述文字可以看出，当时的日本社会对丈夫早逝的年轻女性抱有极大的偏见和压抑，首先从"未亡人"（中日同字同义）这个称谓上就能发现，失去丈夫的女人，社会赋予她们的身份就是"等待死亡的人"。如果她们有孩子，活着的目标就是尽力抚养孩子长大，并且守好自己的贞操，不给死去的丈夫以及他的家

---

① 原文引自『志贺直哉集2』[M]. 日本文学全集2-9. 东京：河出书房，1969：107. 中文为笔者翻译。

② 三宅やす子『未亡人论』.『丛书「青鞜」の女たち』第十九卷『未亡人论』[M]. 横浜：不二出版，1986（8）

族抹黑。像阿夏这样丈夫去世了却未能生育子女的女性，在婆家没有立足之地，回娘家同样要被人指指点点，只能以帮佣的名义去亲戚家暂住，寻找一个再嫁的机会，企图通过再次踏入婚姻获得一份经济保障和一个正当的社会身份。

2. 宗教与性欲的矛盾

津田对来自己家帮佣的表姐阿夏并没有特殊的好感，却迅速地与其发生关系、并且发展到了私奔的地步，想要探究其中的缘由，必须梳理一下男主人公在宗教戒律和性欲冲动的双重压迫下所产生的矛盾心态。《浑浊的头脑》中的主人公津田，在进入青春期之前是一个家境优越、身体健康、热爱文学的青年，理想是成为一名作家。十七岁那年，在家中寄宿书生（原型为末永馨）的影响下，津田加入了基督教，七年来一直坚持去教会听牧师土村先生（原型为内村鉴三）的宣讲，是个“温顺的基督教徒”。到了高中阶段，津田感到自己每天吃的肉都转化成了“性欲的燃料”，在一个文科大学生（原型为小山内薰）的影响下他开始阅读外国文学和新小说，小说中露骨的激情描述使他感受到难以克制的痛苦煎熬。

土村先生反复向教会的年轻人宣讲禁欲的戒律：“……不可奸淫。……凡是看到妇女就动了淫念的，此人心中已经与她犯了奸淫。……奸淫与杀人同罪。”身为基督教徒，津田力求自己一切的思想和行为都符合教义，为了压抑性欲的冲动，他不惜手执利刃扎向自己的大腿、点燃火柴灼烧自己的皮肤，用自虐的方式进行自我惩罚。然而，当津田发现土村先生一面告诫一群饱受性欲煎熬的青年不能犯“奸淫罪”，一面却同家中美貌的娇妻过着幸福的生活时，他开始思考究竟何为“奸淫”？为此，他创作了一篇反映自己对道德与性欲的思考、以及“反抗基督教意识”的小说《关子与真造》。

《关子与真造》的主人公关子的父亲是一个军人，他经历过三段婚姻，第一任妻子由于婆媳关系不和被无情地休弃；第二任妻子是关子的生母，体弱贫血又遭到丈夫性上的需索无度，很快就因肺病去世了；第三任妻子身体强健、性欲旺盛，关子的父亲终于觅得了心满意足的好配偶。关子的父亲虽然被称为“道德家”，却因自己腐朽的道德观念和强烈的性欲一手造成了两位女性悲惨的命运，随后又挥舞着贞操的大旗，对关子和关子的表兄真造两小无猜的纯洁恋爱实施了残酷的打压。津田写道：“夫妻间的性关系，在任何情况下都不构成罪恶，但未举行婚礼的青年男女间的性关系，无论两人如何相爱，也被视为罪恶——并且是等同于杀人罪的罪恶，这究竟是为什么呢？”

津田认为："他（土村先生）年轻貌美的妻子是个天使。靠这位天使，土村先生得以被从等同于杀人罪的罪恶中拯救出来。那么究竟何为奸淫？同样是满足性欲的行为，有些场合是奸淫，有些却不是，两者之间又有多宽的界限呢？归根结底，难道不是只要采取了结婚的形式，就什么问题都没有了吗？"从精神分析的角度来看，备受性欲所苦的津田潜意识中将土村先生假想成了一种"原父"的形象——一个逃脱了"菲勒斯法则"① 限制的主体。佛洛依德在《图腾与禁忌》中提出了"原父形象"的概念，原父是那个不被菲勒斯功能所标记的男性，是神话幻想般的存在，这个主体的享乐是完整的、不受限的，也是所有受到象征界阉割的男性渴望却永远无法达到的彼岸的极乐。

此时，企图在性欲与道德的冲突中寻找一条出路的津田面前出现了一个脱离社会身份约束（未亡人）且共同生活在一个屋檐下（女佣）的表姐阿夏。阿夏的外形和性格虽然不是津田喜欢的类型，但她与普通的女佣不同，具备一定的文学素养，能够和喜爱文学创作的津田进行精神上的交流，因此迅速地拉近了两人之间的距离。津田从阿夏身上看到了精神与肉体获得双重满足的可能性——阿夏与自己居住在同一个空间里、非常容易接近，对文学作品又有一定的鉴赏能力、是个很好的聊天对象。因此他以给阿夏看自己创作的小说《关子与真造》为借口，邀请阿夏深夜来他房间读书，在读到其中的激情片段时，顺水推舟地与她发生了性关系。

津田将来自家帮佣的表姐阿夏视作唾手可得的性资源，与阿夏发生关系后，他虽然为"解开了二十多年来性的神秘，尝到了智慧的果实"而感到喜悦，但很快就被自己犯下了奸淫罪的恐惧所淹没。津田长年受到宗教戒律的约束，能够将他从罪恶感中解救出来的唯一方法是确认自己与阿夏的结合出于真心相爱，并且以结婚为前提。但他扪心自问，无论如何也无法对阿夏抱有真挚的爱情，更别提与她结婚了。他想将那一夜当作一场噩梦，盼望一切都没有发生过，但阿夏留在他房间里的那把木梳却提醒他这一切并非梦境，他意识到自己犯了无法挽回的过错，阿夏的存在就是他罪恶的证明。七年的基督徒生涯使津田无法回避内心的罪恶感，性欲的诱惑又让他无法下定决心斩断与阿夏的关系，精神与肉体的割裂使他很快患上了神经衰弱症。

---

① 菲勒斯法则在精神分析中指的是主体通过放弃对母亲的欲望来得到父之名所允诺的想象的菲勒斯，因此菲勒斯就是一种禁令，主体得以在菲勒斯法则的框架内享乐。但主体很快就发现他所欲求的享乐始终是不完整的享乐，因此主体的享乐始终是朝向那个可能使他得以完整的东西，也就是拉康的客体 a。

津田开始害怕接触阿夏的目光，在家中，他怀疑父母和其他的女佣已经发现了自己与阿夏的关系；在学校里，他也无法与原来的朋友保持正常的交往，更不用说参加教会的活动了。津田的自我封闭出于被凝视的羞耻和害怕被看穿的恐惧。他越来越倾向于用官能上的刺激来逃避内心的罪恶感，他在告白中提到，当时的自己虽然持续着“没有爱情的奸淫”，却如同被麻痹了神经的伤者一般“几乎感受不到任何宗教上的烦闷”。性欲的满足暂时将津田从基督教戒律的折磨中解救出来，但他需要不断获得更强的性刺激、沉溺在更深的情欲中才能让自己的大脑停止思考，家中的环境明显已经无法满足他的要求，为此他向阿夏提出了私奔的邀请。

3. 阿夏私奔的原因

小说中提到阿夏去津田家帮佣的主要目的是寻找再嫁的机会，希望能通过再婚重新回归主流社会，获得国民女性的身份认同。但她来到津田家不久便与自己的表弟发生了越界的关系，甚至同意与其私奔，看似偏离了她原本的目标。津田在回忆中将阿夏描绘成一个“肉欲炙热”的女人，暗示她之所以同意与自己发生关系，是出于性欲的需求。大部分先行研究同样站在了男性中心主义的立场，认为阿夏的一系列举动是被性欲冲昏了头脑，最终被害也是自食苦果。

但不得不指出的是阿夏未亡人的身份和无家可归的处境会驱使她抓住身边一切有可能性的单身男性，当津田以阅读小说的名义向阿夏递出橄榄枝时，同意深夜前往表弟的房间并且主动为其铺好床铺，“刚刚沐浴过，化着淡妆，看上去格外的美丽”的阿夏究竟是半推半就，还是主动出击呢？从阿夏的角度来看，她这些举动除了“满足性欲”之外，是否包含着“求生存”的本能和动机呢？

阿夏原本是津田的表亲，受过一定的教育，具备文学素养，从小在优渥的环境中长大，但丈夫去世后，阿夏却只能以帮佣的身份寄居在亲戚家，和其他女佣同住在下人的房间中，做些打扫卫生、侍奉用餐的杂活，这对于性格争强好胜的阿夏来说，心理上必定会产生极大的落差，此时面对津田这样的年轻男子主动向自己示好，阿夏无疑看到了新生的希望，努力寻求再次进入婚姻的可能性。

津田在回忆中提到阿夏与自己发生关系后变得更加温柔了，不但在夜里对自己有求必应，白天更是如同妻子那样侍奉自己的饮食起居、在家人面前为自己辩护。她经常悄悄地望向津田，眼中饱含柔情蜜意，丝毫不介意津田对自己回避与恶劣的态度。有一次，津田的侄女来家里玩，阿夏亲热地抱着这个小姑娘，津田从她微笑的脸上觉察出她暗自盼望能有一个属于自己的孩子。如果阿夏只是为了满足自己的性欲与津田在一起，那么除了夜晚的时间，她完全没有必要对津田察言观色，也不会在他面前流露出对孩子和家庭的渴望。

津田在自己与阿夏的关系中看到了堕落与罪恶，阿夏却在这段关系中看到了婚姻与生活的希望。她的脸上重新洋溢起少女般的神情，暗自期盼能与津田共建新的家庭，生儿育女相伴到老。正因为将这个男人视作自己下半辈子的依靠，阿夏才会选择切断自己所有的退路，对津田的要求言听计从，甘愿拿出自己从婆家得到的生活费与他一起私奔。小说中提到阿夏从婆家拿到的费用有两千日元，明治时期一个公务员的月薪不过三五十元，普通的女佣更是只有一二元至十元不等，阿夏手中的这笔巨款在不胡乱挥霍的情况下可以保障她很长一段时间安枕无忧的生活。即便如此，阿夏宁愿放弃稳定的生活和经济上的保障，也要将自己下半辈子的赌注押在津田身上，寻求一个重新回归主流社会价值体系的机会。

阿夏这样做的原因并非如同津田叙述的那样是出于“性欲的旺盛”。在当时的社会背景下，女性的“性”并不掌握在自己手上，阿夏所渴求的归根到底是一种女性的身份认同，也就是通过结婚成为一名妻子和母亲，在日本社会主流价值体系中找到自己的位置。对明治时期的日本女性来说，想要获得国民的身份，就必须通过家务劳动和生育尽到为国家生产小国民的义务。像阿夏这样的未亡人，即便受过良好的教育，也不可能通过参与社会活动创造出社会价值；即使有一定的经济基础，也不过是“社会的废物”；唯有通过重新进入家庭，才能再次获得社会身份认同，从而证明自己存在的价值。

4. 津田的杀人动机

私奔后两人靠着阿夏从婆家拿到的两千日元，辗转于各地的海水浴场、温泉旅馆，然而奢华淫靡的生活并没有将津田从神经衰弱中解救出来，改善他与阿夏的关系。相反，脱离了原本的家庭和社交圈，受困于只有两人的小世界中的津田越发感到焦躁不安。他对待阿夏的态度也从原来的内心嫌恶、不给好脸色，升级为言语和肢体上的暴力。田中绘美利①指出，津田对阿夏抱有的厌恶感，并非只针对阿夏一人，而是朝向全体女性。津田在信奉基督教之前，坦言经历过多次“男性间的恋爱”。日本明治时期青年间的同性恋行为绝不罕见，森鸥外在《情欲生活》中明确揭露了这种现象背后存在着“女性嫌恶”的观念。所谓父权制，

---

① 田中絵美利．志贺直哉「浊つた頭」论−<男>の<女>に对する杀意に関する一考察−［J］．明治大学文学研究论集（文学・史学・地理学），2004：215

就是在“女性嫌恶”和“女性歧视”的共识下结成的“男性同性社会”联盟。在这样的社会中，最大的禁忌就是因女性而破坏男性间的契约。对津田来说，和没有爱的女人发生关系就意味着对拥有共同价值观的亲友的背叛，与阿夏踏上私奔之路并非因为沉溺于恋爱，而是一种破坏了同性社会契约后的自我惩罚。

津田渴望通过彻底的堕落和官能的刺激来逃避内心的罪恶感，因此选择与原本应该“嫌恶”的女性共同踏上逃亡之路，这对因犯了“奸淫罪”而被男性同性社会排出的津田来说是一种“自虐”行为。回避思考和沉溺于性爱使他的头脑越来越“浑浊”，逐渐开始丧失对自己身体的控制。津田对切断了精神纽带的生活感到“恐惧”和“绝望”，此时一个念头悄然浮上了他的脑海——渴望挣脱阿夏的“束缚”，重新回归男性同性社会。而阿夏却在与津田发生关系后重新燃起了对婚姻的期盼，津田在阿夏充满喜悦的态度和深情的凝视中感受到自己无法承受的压力，这种凝视的倒错使津田在与阿夏的关系中渐渐丧失了主动权，他感到自己落入了阿夏的圈套，表面上是他主动诱惑阿夏并提出要与她私奔，实质上却是阿夏牢牢地抓住了津田的欲望，并且试图通过他的欲望来达成自己重新进入家庭、获得社会身份的愿望。

对此时的津田来说，阿夏带给他的官能刺激已经无法弥补他被同性社会排出而产生的孤独与苦闷，相反，他在激烈的性爱中感受到了无法填补的匮乏。他与阿夏的肉体之欲无法上升为精神之爱，只能坠入施虐与受虐的深渊。津田在叙述中提到，私奔后的阿夏与自己同样头脑越来越“浑浊”，变得歇斯底里，甚至主动要求津田杀了自己。但此时津田眼中看到的阿夏未必是真实的阿夏，很可能是陷入疯狂后的津田自身所投射的镜像。津田在告白自己与阿夏的关系时充满了矛盾与混乱，例如他一会儿觉得：“说实话我果然还是爱着阿夏的吧！虽然这与我头脑中理解的恋爱不同。但她毕竟是我的初恋，如果现在离开了她，我不是一无所有了吗？不行，我一定要将她留在我身边！”过一会儿又觉得自己根本不爱阿夏，两个人的心渐行渐远，已经到了无法挽回的地步。

长期困在与世隔绝的二人世界中的津田逐渐无法区分现实中的客观世界与自己头脑中的主观世界，自我与他者的分界线也渐渐模糊，此时他眼中的阿夏不再是他者，而是与自身同一化了，成为了他投射自身欲望与恐惧的镜像。他在告白中说自己从未想过杀死阿夏，却清晰地记得用锥子扎向她咽喉的动作，是因为此时津田想要扼杀的并非是作为客体的阿夏，而是无法控制性欲的他自身。就如同当初他用小刀扎自己的大腿，用火柴灼烧自己的皮肤一般，由于模糊了自我与他者的界限，才会将他者视作自身的一部分施以惩罚。津田在逃亡过程中看见的土村先生，也并非牧师的真相，而是他内心幻化出的恐惧：自己的行为终于证实了“奸淫罪”等同于“杀人罪”，土村先生此时出现是为了对他进行审判，自己将被终身囚禁在杀人的噩梦中无法逃脱。

5. 阿夏遇害的理由

上文中提到，津田的头脑在私奔后越来越浑浊，他眼中看到的阿夏未必是真实的阿夏，他对待阿夏的态度也从原来的内心嫌恶、不给好脸色，升级为言语和肢体上的暴力。看到阿夏在他面前流出少女般娇羞的神态时，他就会粗暴地辱骂：“喂！你都是几岁的老太婆了！”阿夏想给他买些小说杂志解闷，他没好气地拒绝：“不用你买，你买来的书能看吗？”当阿夏与他亲热时，他更是无法遏制内心的厌恶，挥拳猛然击向阿夏的面部……面对越来越暴力与疯癫的津田，阿夏为何没有离开呢？笔者试图从津田话语的间隙与叙述的矛盾中还原出阿夏的真实想法，客观分析她的处境与行动，推测出她最终落入悲惨境地的根本原因。

津田在叙述中提到，原本沉浸在对恋爱和婚姻幻想中的阿夏，脸色红润、身体强健、举止娇俏，但在津田一次次的言辞讥讽和肢体暴力中逐渐变得歇斯底里起来——因为一点小事就大悲大喜、又哭又笑、一惊一乍。津田将阿夏越来越频繁的歇斯底里发作归结为被性欲腐蚀了头脑，但笔者发现作品中津田两次提及阿夏吃药和买药的细节，这点并未受到日本研究者的重视。如小说第六章中提到阿夏独自出门买一种“每晚睡前要喝的药”，回来后“自言自语地喝完了药”就睡了。津田曾在阿夏初次登场的时形容她“身材丰满、气血充足、充满活力”，这样健康的阿夏与津田在一起之后为何要每晚喝药，她喝的又是什么药呢？

带着这样的疑惑，笔者考察了日本避孕药的历史，从江户末期开始，日本就出现了叫“朔日丸”和“天女丸”的口服避孕药。其中“朔日丸”每月服用一次就能避孕，换算成现在的日币价格高达 7 千日元一颗，而“天女丸”则必须每日服用，价格也很昂贵，不但受到风俗从业者的欢迎，在平民间也十分畅销。姑且不论当时的避孕药是否有效，如果阿夏每日服用的确实是避孕药物，这对她的经济状况、精神状态和身体健康都会造成很大的影响。上节中提到，阿夏同意与津田私奔的目的在于能够重新获得妻子与母亲的身份认同，但私奔后津田一面挥霍着阿夏的积蓄，一面又断绝了她结婚和生育的可能性，这必然使阿夏陷入了绝望的境地。

阿夏在遭到津田的殴打之后，态度明显冷淡下来，对他不再抱有爱恋之情，但她并未离开，反而在言语上不断刺激津田："这么讨厌我的话干脆杀了我吧！""被大四岁的老太婆盯上很倒霉吧！""说真的，杀了我吧，怎么样？这是真心话……你不动手吗？"津田的叙述可能出于头脑中的幻觉，也可能带有为自己脱罪的动机，但阿夏会不会真的说过类似的话呢？她被暴力对待后仍然不离开津田，是对这个男人仍旧抱有希望，还是意识到这个世界上已经没有自己的容身之地，与其在钱花完之后被男人抛弃，不如与男人一同情死，求个了断。

津田辩称自己当时并没有杀死阿夏的念头，却清楚地记得自己用锥子刺向她咽喉的动作，以及杀人后逃跑的过程。等他再次醒来后，发现独自一人在深山里的小旅馆中，浑身湿透，到处是伤，身上沾满了已经凝固的黑色的血迹，身边没有了阿夏的身影。有研究者认为如果津田确实杀害了阿夏，一定会被警察逮捕，不可能如他自述的那样在精神病院待了两年后就可以自由活动。但研究者忽略了阿夏是一个三界无家、没有身份的女人，她已经脱离了原先的婆家和娘家，以女佣的身份寄住在津田家，与少爷私奔后成了家族中讳莫如深的丑闻，根本没有人会寻找她，替她报案。酒店为了不影响自己的生意，更不会主动报警招惹麻烦，多半会当作情死处理。津田能够摆脱法律的制裁，未必是他没有杀人，很可能是因为阿夏没有任何社会关系和社会身份，才会被悄无声息地掩盖和遗忘。

6. 小结

精神分析认为，梦是被禁止内容的重现，梦境反映内心的真实。因此，即便津田在现实中没有杀死阿夏，在梦中也已经千百次地实施过这个行为了。小说结尾处叙述者提到住在隔壁的自己每晚听见津田在噩梦中大声呼喊，这暗示着他即便肉体上是自由的，精神上也永远无法摆脱自己犯下的罪孽。然而，真正的悲剧却不止于此，诚然津田被自己的罪恶感所吞噬，但真正的受害者却是女佣阿夏，这是一种阴性的恐怖，在过往众多的经典作品中都能看到类似的结构。例如古希腊神话中俄耳浦斯想从地狱中救回自己的妻子欧律狄刻，却因为克制不住自己回头的冲动，导致妻子永坠地府不得超生；又如日本的创世神话中伊邪那岐克制不住思念到黄泉国见自己的妻子伊邪那美，却因控制不住自己偷看的冲动而触怒了妻子，引发了一系列战争与灾祸。在这些经典叙事中，男性（阳性）听从了大他者的欲望而造成了悲剧，最终的受害者却是女性（阴性），这无疑是创作者凝视角度的倒错所造成的悲剧。

津田邀请阿夏共同分享自己创作的小说《关子与真造》，这部作品的主旨在于宣扬男女间自然发生的恋爱即便没有婚姻的契约，也应有结合的权力；而被社会认可的婚姻关系下却掩盖着血淋淋的罪行。津田写这篇小说的目的是主张自己对性欲和罪恶之间辩证关系的理解，反抗基督教对人性的压迫。如果津田能将自己在小说中提出的思想落实到现实生活中，就会发现自己的表姐阿夏同样是封建礼教的牺牲品，应该对这样的女性抱有一定的同情。然而，津田的主张终究只停留在了理想层面，面对现实生活中丈夫去世后沦落为女佣的表姐，津田不但自始至终只把她当作发泄性欲的对象，更将她视作自己崇高的精神世界的对立面和回归男性同性社会的阻碍。津田最终选择了用杀掉阿夏的方式将被宗教和性欲异化的自己夺回来，重新获得回归男性同性社会的入场券。

然而，阿夏绝非津田口中“被性欲冲昏头脑”的女人，相反，阿夏正是因为对自己的身体和性欲没有主导权，才必须通过依附男性来获得身份认同，以此来确认自己的社会身份和女性价值。因此，津田的“性需求”和阿夏的“性需求”显然是错位的，被社会赋予了“性特权”的男性绝不可能正视被他们视为发泄性欲的工具的女性内心真正的需求。当先行研究从津田的角度切入时，只能将阿夏作为刻板的性别符号化进行解读，本书则结合日本明治时期的社会环境和女性的处境，探讨阿夏作为一个兼具未亡人和女佣身份的弱势群体面对津田时的心理状态和行为动机，为文本的解读引入了新的视角、拓展了小说的阐释空间。

二、理想的破灭——志贺直哉《大津顺吉》论

1912 年 9 月《大津顺吉》发表在《中央公论》上，这是志贺直哉第一部刊登在商业杂志上的小说，被日本评论界誉为“登龙门之作”和“青春纪念碑”。这部取材于志贺亲身经历的笔触细腻的“私小说”成功地敲开了大正文坛的大门，连夏目漱石也为之感动，代表朝日新闻向其约稿。《大津顺吉》共分为两章，主人公“我”以回忆过去的形式，记录了自己五年前（1907）与家中女佣千代的一段恋爱经历。作者通过穿插描述“现在的我”和“当时的我”不同的心理状态，生动地刻画了自己年轻时为自由恋爱与封建大家庭抗争的过程。

小说的主人公大津顺吉是东京帝国大学英文科的学生，17 岁的夏天接触了宗教家 U 先生（原型为内村鉴三）之后开始信奉基督教，过上了彻底禁欲的生活。到了 20 岁，他感到自己的性欲逐渐强烈起来，难以克制对恋爱的憧憬和生理上的冲动，宗教的戒律使他深陷灵肉冲突的苦恼。为此他创作了小说《关子与真三》，旨在探讨婚姻、恋爱、性与奸淫罪之间的关系，反驳宗教家禁欲的观点；同时，他开始留意起身边的年轻女性，试图通过恋爱确立自我，获得生理与心理

上的完全满足，最终因家人的反对遭遇了惨痛的失败。

小说的先行研究普遍采用了作家论的方法，以小说主人公=志贺直哉的捕捉方式进行解读，例如中村光夫[1]认为这部小说体现了志贺“无情的自我崇拜”、须藤松雄[2]指出小说描绘了“强烈的自我贯彻的自画像”、池内辉雄[3]则认为这是一部“自我反省”式的作品、细江光在《名作鉴赏<大津顺吉>——为了再评价——》[4] 中将小说内容中哪些是事实哪些是虚构做了详细的对比讨论。尽管有先行研究指出，应该将这部小说视为独立的文本，而非志贺直哉论的一部分材料来对待，但本书的目的在于探讨小说的女主人公——女佣千代的内面和主体性，对于女佣这类小说中通常被遮蔽的边缘群体来说，能够结合作家的日记、草稿和其他作品中的相关内容来进行全面的考察，对解读人物是非常有利的。

本章将通过对作品中两个主要的女性人物混血贵族少女 K. W.（绢．维拉）与女佣千代的对比分析，并结合作者在草稿《第三篇》、日记 7、8、9 和后续作品《过去》中的相关记述，对女佣千代的人物形象、性格特征以及她与顺吉的恋爱关系进行考察。顺吉为何会舍贵族千金而取家中女佣作为自己恋爱的对手，为何不顾家人的反对执意要与她结婚，小说结尾处千代被带走、故事戛然而止，现实中两人的关系和千代的命运又何去何从……笔者认为，与 K. W. 相比，千代的存在起到了将第一人称主人公顺吉相对化的作用，并且展现了大津家内部空间的阶级化，从千代的女佣身份切入对顺吉的恋爱动机进行分析，能为这部经典作品的解读提供新的视角。

1. 理想性综合征

《大津顺吉》中的第一人称叙述者是已经脱离了基督教的束缚、解除了与女佣婚约关系的大津顺吉。作为叙述者的顺吉在回顾五年前仍旧处于被宗教戒律苦苦压抑的自己时说了这样一段话。

> 曾经有一段时间我非常悲观地认为自己这辈子都不会经历恋爱了。我在工作上完全没有自信，更无法堂堂正正地问出：“恋爱到底是什么！”
>
> 当时的我是一个不彻底的基督徒。我将使徒保罗的“勿奸淫”作为人

---

① 中村光夫．「内村鑑三」．『志贺直哉论筑摩丛书 50』［M］．东京：筑摩书房，1966

② 須藤松雄．『志贺直哉の文学近代の文学 7』［M］．东京：南雲堂樱枫社，1963

③ 池内辉雄．「『大津順吉』论——志贺直哉の创作意识について——」［J］．『大妻国文』第一号．大妻女子大学国文学会，1970（3）：26-39

④ 細江光．「名作鉴赏『大津順吉』——再评价のために」［J］．『甲南国文』，2007（3）：137-272

生的信条，远离了各种各样的诱惑，并且决心绝不同将来不能结为夫妻的女性恋爱，这使我越发陷入了没有异性的生活环境中。

我在十七岁的夏天成为了基督徒，二十岁之后性欲渐渐强烈起来，这使我的性格变得乖僻，这种乖僻连我自己都感到厌烦。我渐渐地渴望成为一个自由的人，然而对当时的我来说，下决心放弃信仰仍然需要相当长的时日以及许多的事件作为契机。①

在叙述者眼中，五年前的自己对恋爱抱有悲观的态度，工作上也没有自信，生活在缺乏异性的环境中，性格越来越乖僻，渴望挣脱宗教戒律对自己的束缚。结合文本具体来看，首先，主人公虽然自称对恋爱不甚了解，却抱有一种宿命论般的绝对性观念。克里斯蒂娃②曾指出青春期最重要的特征是“理想性综合症”——青春的潜意识是由理想性支配的，青春具有一种对理想客体的绝对信仰，相信绝对令人满意的情欲客体（欲望客体及/或爱的对象）的存在，这就是理想性综合症，或者叫作天堂综合症。在理想性综合症的作用下，青少年会通过以一个新模型取代父母而与父母分离，这个新模型就是能给青春期主体带来绝对满足的理想客体，青少年确信能够超越、废除父母，进入一种理想化的完全满足。但是，理想性综合性在现实中必定会遭遇挫败，在冲动的作用下，哪怕最小的失落都能将青少年引入抑郁或者惩罚行为，因此，理想性综合症往往会导向宿命论或者虚无主义，例如小说中处于青春期的顺吉所认定的那样：“我这辈子都不会经历恋爱了！”

其次，顺吉自认是个“不彻底的基督教徒”，却没有勇气脱离宗教。他虽然在思想上深受宗教家U先生的影响，过着彻底禁欲的教徒生活，但内心却对恋爱和异性充满了渴望和冲动。他创作了小说《关子与真三》，旨在探讨何为“奸淫罪”，以此来反驳恩师提出的未婚的年轻人必须禁欲的观点。顺吉认为结了婚的夫妻之间的性关系未必不包含罪恶，而未婚的男女之间基于真爱的灵肉结合又何罪之有？顺吉认为自己只要寻找到一位真心相爱的女性并与她订下婚约，即使两人之间发生了性关系也不能被判为“奸淫罪”，这样既能避免戒律（精神）与性欲（肉体）的冲突，同时也能满足自己的欲望。

---

① 原文引自『志贺直哉集2』［M］. 日本文学全集2-9. 东京：河出书房，1969：5. 中文为笔者翻译。

② 克里斯蒂娃．《克里斯蒂娃自选集》［M］. 祝克懿 黄蓓译．上海：复旦大学出版社，2015：67

除此之外，当时的顺吉在家庭中同样处于非常尴尬的境地。顺吉是家中的长子，身为一家之主的父亲是个实业家，必须继承家督之位的顺吉却渴望献身文学事业，父子间冲突不断。顺吉最初的理想是成为哲学家或者传教士，后来转变为从事“纯文学”创作活动，他决定毕业后成为一名乡村的英语教师，解决生活和经济上的问题。然而，虽然抱有“为文学献身”的崇高理想，顺吉的学业成绩却一塌糊涂，他就读于英文专业，遇到外国人却完全无法开口对话；立志于成为作家，国文和汉文成绩同样惨不忍睹，迄今为止更是没能写出一篇像样的作品。在父亲眼里，他“偏执、傲慢、易怒、爱哭、没有独立精神，是个懒汉，而且还有些社会主义倾向。”在祖母眼中，他“每天睡懒觉，总是不上学，整天不是去朋友家就是将朋友叫到家中，或是去看戏、听评书，一天到晚游手好闲。”因此，虽然生活在家仆众多的优渥环境中，顺吉这个“不争气”的长子却得不到家人的认同，只能靠与友人的交往通信排解内心的烦闷。

顺吉当时在学校中结识了一批志同道合的朋友，如重见（原型为武者小路实笃）和在巴黎画画的朋友（原型为有岛生马）等。这批年龄相仿、同样出身于贵族家庭的年轻人有着共同的人生目标——“渴望从事自己喜爱的事业，并以此谋生”；在婚姻上同样渴望寻找到理想的恋人——“我爱她，我也被她爱着”。这些出身与成长在优越环境中的青年对自我的特权有无限的幻想、对虚幻的感情有夸大的信仰、对他人的需求却只有概念上的理解。他们通过阅读托尔斯泰等俄国文人的作品，在思想上厌恶贵族主义和享乐主义，认为应当克服和超越自己身处的阶级局限性，但在生活中却依赖家庭环境提供的舒适条件，对下层人民的实际处境抱有不切实际的浪漫主义和人道主义理想。对这些青年来说，只有与理想的他者相遇才能使理想自我（自恋）得到满足。

综上所述，在叙述者眼中五年前的自己无论在家庭关系、事业学业、人际交往、宗教信仰等各方面都处于比较压抑和被动的位置。当时的顺吉急需寻找一位理想的恋人或是取得一个事业上的突破来向家人、师长、友人证明自己的能力，打破自己在他人眼中“发育畸形的巨婴”形象，获得与内在自我认知相符的社会身份认同。因此，他开始留意起自己身边未婚的年轻女性，此时，朋友的妹妹——同样是贵族出身的混血少女 K. W. 进入了他的视线。

2. 夭折的初恋

结合草稿《第三篇》以及作者的日记可以发现，顺吉在确定与家中女佣千代发展恋爱关系之前，经历过两三段没有成功的模拟恋爱体验，其中包括与他同样出身贵族阶级家庭的外交官的女儿 K. W. 、一位叫 Maki 的女佣以及酒馆的女招待等。但在正式出版的小说中，作者删除了顺吉与其他两位女性的纠葛，仅保留了其与 K. W. 的交往过程，并且篇幅几乎占据小说一半以上（第一章的第三节到第二章的第三节），可见与主人公公开承认的初恋女佣千代相比，这段发生在家庭空间外部的“夭折”的初恋对主人公同样有着非常重要的意义。

K. W. 的初次登场是在小说第一章的第三节，顺吉接到友人邀请他参加 K. W. 家中举办的舞会的电话后，从书柜中翻出一本女性杂志，杂志的封面上有位穿着和服的少女，身上停着一只和平鸽，梳着神代风的公主发型，长发轻轻地覆盖着双乳，遮住了耳朵，肉嘟嘟的脸蛋看上去尤为可爱。结合草稿《第三篇》中关于杂志的描写可以得知，顺吉是在妹妹的房间中无意看到这本杂志，被杂志封面上的女性（顺吉误认为是 K. W. ）深深吸引，于是自己也购买了一本放在房中不时翻阅欣赏。

小说中叙述者虽然多次提到自己被 K. W. 的美貌所吸引，却并未承认自己对其产生了男女之情，但结合作者当时的日记来看，他无疑早已陷入了恋爱的烦恼。在日记 7 中志贺写道：“I. B. （K. W. 的原型）究竟是怎么看我的呢？她对别人也这样吗？但她给我打电话的时候，多少有些遮遮掩掩，有时甚至不报自己的真名。昨天她对我说给我打了太多次电话感到不好意思，想着要不别打了，但昨天刚回来（忍不住又打来了）之类的……年轻女性给男人寄照片多少需要勇气吧，如果她喜欢我的话，程度又有多深呢？……. 我认识的所有女性里，I. B. 是最美的，如果否认自己对她的喜爱，那是在自欺欺人了。”

从日记中可以看出，当时志贺受到 I. B. 强烈的吸引，但他不能确定 I. B. 是不是只中意他一个人。志贺不能接受自己只是 I. B. 众多男性友人中的一位，需要与众人竞争才能获得她的好感，在他的观念中，自己喜爱的女性也只能喜欢自己一个人，I. B. 出色的外表与优越的家境却注定了她不会缺乏追求者。因此小说中当顺吉得知 K. W. 与自己的友人速夫走近之后，立刻拒绝参加 K. W. 家举办的所有活动，直到速夫娶了别的女性，并携妻远赴美国就任之后，他才重新考虑起 K. W. 与自己的可能性。

顺吉在与 K. W. 接触的过程中充分地暴露了他过高的自尊心与不善与人交际的缺点。社交舞会中男士们都穿着晚礼服，顺吉却穿着高中制服；他无法流利地用外语和西洋人交谈，也不擅长跳交谊舞，只能独自坐在一边品味着孤独的心境。当 K. W. 终于坐在他身边时，他却鼓不起勇气同她说话，只能用眼角的余光偷偷观察她的肢体动作，猜测她的想法。最终两人间还是由女方主动打破僵局，K. W. 询问顺吉为何不跳舞，顺吉以喜欢日本舞为借口掩饰自己拙劣的舞技，K. W. 顺势约他一同去看歌舞伎，这才缓解了顺吉尴尬的处境。

顺吉在舞会上的心理活动宛如一个情窦初开的少年，无论是偷偷收藏 K. W. 的照片、默默关注她的情感状况、故意不同她打招呼内心却期盼对方能主动接近自己，还是舞会后的患得患失、反复纠结、为女佣不告知自己对方来过电话而生气、向祖母和继母展示 K. W. 的照片等等；顺吉内心对 K. W. 的在意程度远远超过他之后公开承认并求婚的女佣千代。舞会结束后，顺吉虽然反复回味 K. W. 优美的身姿和稚气的话语，甚至准备提笔给她写信、亲自上门拜访她，但最终还是没能鼓起勇气采取行动，单方面将这段“疑似初恋”画上了句号。

结合作家的日记来看，顺吉之所以狠心斩断这份已经萌芽的恋情，首先由于他强烈的自我意识要求自己在与女性的交往中必须占据上风，他渴望由自己来主导两人间的关系，并且能够独占恋人的身心——“我爱她，我也被她爱着”。但在现实生活中，活跃于社交场所的 K. W. 眼中不可能只有顺吉一个人，顺吉在 K. W. 的父母眼中充其量不过是女婿候选人之一。其次，顺吉与他的同龄人受俄国等西方文学作品中宗教观念与道德哲学的影响，厌恶特权阶级骄奢淫逸的生活作风，渴望实践破除门第观念的平等爱情。对顺吉而言，结婚对象的首要条件并非“长得美”，而是“理解他的事业”，即不能妨碍他进行文学创作。顺吉当时已经下定决心以写作为生，无法得到家人支持的他抱着即使做中学教师、过清贫的生活，也要从事自己喜爱的职业的觉悟。志贺在日记 8 中明确地记录了自己当时的想法：“我即使陷入恋爱，也明白世上如 I. B. 这样彻头彻尾无法结婚的女人有很多。我很清楚像这种只希望享受贵族主义荣华富贵的女人是无法作为结婚对象的”，“我讨厌过着高标准的生活心智却非常低下的女人。”

顺吉正是认清这点之后，才以高傲和虚荣为借口强迫自己对 K. W. 断念，转而将视线投向了更单纯、不通世故且完全生活在家庭内部空间的女佣千代。当时的顺吉认为这样的女性才是更适合自己、能够以自己的想法为重、且不会对自己的事业和自尊心造成妨碍的“理想恋人”。

3. 女佣的优势

前文中提到，顺吉急需一场恋爱和事业上的突破来证明自己，但他孤芳自赏的性格使他无法在家庭以外的空间中主动地接近心仪的未婚女性，更不用说互相了解、进一步交往了。顺吉作为一个深受西方思想影响的近代青年，本能地抗拒以家庭条件的匹配作为择偶标准的介绍婚，追求恋爱-婚姻-性三位一体的近代婚姻。这样的婚姻必须建立在男女双方自由意志的基础上，因此，顺吉只能将目光投向他能够接触到的家庭内部空间中的年轻异性，此时，十七八岁的女佣千代进入了他的视线。

千代在小说的第二章中登场，展现了一个活泼又温顺的少女形象。千代来到大津家的时间并不长，干着相当于“小间使”的工作：侍奉主人用餐、打扫卫生、清洗衣物等。在顺吉眼中，千代就像家中那只顽皮的小狗小白一般，他喜欢逗弄她、偷看她，喜欢看她发现自己恶作剧时又惊又怒的眼神，喜欢让她待在自己身边、通过跟她聊天来缓解自己压抑的心情。千代除了能满足顺吉对聊天和陪伴的需求之外，空间上的便利性使顺吉能够非常轻易地将千代叫到自己房中，满足自己压抑已久的性欲。从明治大正时期的社论调查和妇女杂志的投稿中可以发现，当时男主人对住家女佣的性侵害是非常普遍的现象，对他们来说，这些女性无疑是唾手可得的“性资源”。

顺吉年幼时母亲去世，由祖母抚养长大，因此他对祖母有非常强的独占欲和依赖心理[①]，对母亲去世后很快再婚的父亲有着很深的对抗意识和俄狄浦斯情结。进入青春期后的顺吉，虽然身为家中的长子，但父亲作为家长和家中实质上的掌权人拥有绝对的话语权，经常与父亲对着干的顺吉不但不能随心所欲地生活，还要受到其他家庭成员的监督与约束，被家人视为“发育不完全的巨婴”。对此时的顺吉来说，急需一个新的客体来替代父母的位置，使自己与原生家庭分离。精神分析认为，自我的自恋与自我的理想紧密相连，自我的自恋为了与父母分离，通过产生爱的激情来超出自我，延伸至对象。弗洛伊德[②]指出：“在理想化中，客体被当作自我来对待，因而，在爱的状态中，大量的自恋力比多流溢出自我、延伸至对象。”对顺吉来说，这个客体就是对他完全服从和无条件信任的女佣千代，透过千代这面镜子，顺吉获得了“理想自我”存在的证明，这种自恋使他确信自己能够废除并超越家长所制定的规则，获得理想化的满足与极乐。

顺吉选择千代另一个非常重要的原因在于他深受基督教思想与人道主义观念洗礼。对当时仍旧是基督教徒的顺吉来说，抛弃与自己发生过关系的女人，就意

① 这里的依赖心理指的是土居健郎在《日本人的心理结构》中指出的日本人特有的“甘え”的心理。

② 弗洛伊德.《群体心理学以及自我的分析》(1921).《佛洛依德全集》第16卷[M].巴黎：PUF出版社，1991：50

味着犯了“奸淫罪”。受到《复活》中聂赫留朵夫的影响，顺吉对千代抱着躁动不安的罪意识，为此不惜与反对婚事的家人进行了激烈的抗争。另一方面，顺吉受人道主义思想的感染，认为近代青年应该突破阶级与门第观念的限制，自由地选择恋人，这是文明与进步的象征，也是对封建大家庭腐朽落后的道德观念的反抗。顺吉大胆地选择与自己身份地位并不相配的女性作为结婚对象，这种勇敢的行动大大地刺激了他的同龄人，一时间他成为了朋友圈中进步青年的榜样。小说中顺吉的好友重见（原型为武者小路实笃）为友人的爱情热泪盈眶，在信中将顺吉与女佣的恋爱问题上升到了近代年轻人为婚姻自由而斗争的高度。不止武者小路，当时志贺的叔父直方、武者小路的舅舅勘解由小路、白桦派的同人如有岛武郎等都卷入了“女佣C事件”，为了志贺的婚事与家庭的矛盾进行调解。可以说与女佣的恋爱实现了顺吉的人道主义理想，为他在文学青年中的名声和事业上的发展带来了帮助。

4. 女佣的劣势

小说中顺吉与千代的恋爱不到一个月就结束了。回顾两人恋爱的过程，小说直到第二章的第六节才展示了顺吉的三篇日记，告白了他对女佣超出主仆关系的感情，同时表明了他对这段感情的犹豫和纠结。顺吉在日记中写到自己不知从何时起渐渐喜欢上了千代，见不到千代的时候就感到很寂寞，不高兴的时候只要和千代说说话，情绪马上就能好起来，想到千代时心头会泛起一股苦涩的感觉……他感到自己不能满足于与千代停留在雇主与佣人的关系，他渴望同千代接近，但又无法下定决心向千代告白，因为千代出身低微、长相普通、学识浅薄，虽然不会妨碍但也不能理解他的事业。日记中对千代的不满虽然只有只字片语，却为两人短暂的恋爱埋下了阴影，究其原因，笔者认为有以下几点。

首先，从顺吉的叙述中可以看出他对千代的外貌并不满意，日记中有好几处明确地强调了千代的容貌“不够美”。千代是黝黑健壮的类型，与第一章中顺吉倾心的贵族小姐K. W. 纤细苗条的身段、苍白的肤色形成了强烈的对比。顺吉第一次触碰到千代干惯粗活的双手时，被这双手的坚硬与粗糙吓了一跳。顺吉曾认为自己未来的妻子一定是一位绝世佳人，他在理智上虽然说服自己必须克服虚荣心，既然爱上了千代，那么千代就应该成为他眼中唯一的美人。但异性间的互相吸引往往源自情欲本能，顺吉优渥的生活环境使他养成了一种病态的贵族审美，天然地会为K. W. 这样娇弱白皙的美人所倾倒，千代身上活泼可爱的少女气息虽然也会对他产生一定的吸引力，却无法让他陷入不顾一切的忘我的热恋中。

其次，千代的低微出身也是顺吉在考虑向她求婚时必须克服的一个“障碍”。顺吉虽然通过阅读西方文学作品具备了一定的人道主义思想，不再如同他的父辈那样将阶级视作不可逾越的障碍和绝对的评判标准，但通过小说中的细节仍然可以发现，他潜意识中从未将千代或千代所身处的那个阶层视作与自己平等的同类。顺吉向千代求婚之前，千代作为女佣不能随意进入他的房间，只能跪坐在门外的台阶上，征求他的允许；千代无论来到大津家还是离开大津家，都只能从厨房的后门出入，从未获得走正门的资格；当顺吉听说千代与自己同样是被家人宠爱着长大的，她的父母兄长就像自己的祖父母疼爱自己一般疼爱她时，心中涌起一种说不清道不明的异样感受。在后续作品《过去》中，作者回忆自己被迫与千代分开后，第一次去她父母家看望她时，发现千代的家中没有煤气和电灯，夜晚漆黑一片，“宛如走进了鸟兽的巢穴”。作者这才第一次意识到什么是贫民的生活，一想到要与这些人成为亲戚，他就感到无法遏制的恐惧与不愉快，此时的千代也不再令他感到亲切了。

另一个导致两人渐行渐远的关键因素是在切断了肉体上的联系之后，两人在精神上无法沟通的问题很快就暴露了。顺吉最初选择千代作为自己的恋人、并考虑与她结婚的一个很重要的因素是千代温顺、服从、是一个很好的倾听对象。但顺吉渴望的恋爱是两个主体间的恋爱，用主奴辩证法的理论进行解读的话，主人仅仅得到奴隶的承认不会感到满足，必须得到另一个主体的承认，恋爱才会发生。因此顺吉在对千代告白后，要求她“不要听取别人的意见，自己独立思考”，顺吉想要的是千代作为恋爱的主体给予自己回应。

遗憾的是千代是一个没有受过教育的农村女性，根本无法与顺吉进行高层次的精神交流。当顺吉问千代有什么兴趣爱好时，千代回答：“我喜欢什锦酱菜配红烧豆腐”；当顺吉考虑脱离原生家庭独立、与千代共建两个人的小家庭时，曾试探性地问千代能否忍受穷苦的生活，千代天真却又诚实地回答：“我讨厌贫穷，想穿好看的衣服”；当顺吉被迫与千代分开，只能依靠书信互诉衷肠时，与自己寄出的情意绵绵的长信相比，千代每次寄来的回信却总是简短、刻板、充斥着错别字。作者在小说《过去》中回忆自己再次与千代相见的情景，仅仅分开两个月的恋人却如同“水与油”一般无法相融。当两人处在同一个空间时，身体上的亲密使顺吉忽视了他与千代在成长环境与教育程度上的巨大差异；当他们分开后，思想上的差距越来越明显地暴露出来，无法同频共振的两个年轻人最终只能渐行渐远。

5. 女佣的出路

小说中千代与顺吉的关系在她被带走后就戛然而止了，现实中作家志贺与女佣 C 分开之后依旧保持着联系，维持了两三年的婚约之后才彻底断绝关系。从作家的日记、小说的草稿以及后续作品《过去》中，我们可以勾勒出一个较为立体的女佣形象。首先千代有着比实际年龄更为天真的思想，作者通过描写她在与男性发生关系后仍旧穿着肩部有褶皱的儿童服饰来暗示千代的心理年龄，同时也象征着她的内心仍然如孩童般纯洁与天真。其次，作者在提到千代的性格时，形容她非常地“安逸”“无忧无虑”，可以看出她并没有跨越阶层的野心，当顺吉询问她对自己的想法时，千代回答：“不敢想”；顺吉向千代求婚时，千代回答：“但是，身份上……”；千代在与顺吉发生关系后，仍然住在女佣的房间，从厨房的后门出入，干着女佣的活，从未提过任何非分的要求。

千代身为女佣的一个重要的特质是对主人无条件地服从和信任，当她得知大津家因为她与少爷的关系产生矛盾时，内心虽然非常痛苦，仍然请求顺吉放弃自己选择家人。当大津家将她赶走时她也并未反抗，温顺地收拾了自己的衣服，怀抱着少爷虚无缥缈的承诺，默默地从后厨离开。顺吉虽然口头上答应千代第二天就让她回来，内心却早已看穿了家人的用意，小说《过去》中描写了一无所知的千代次日仍然焦急地在旅馆中等待少爷的召唤，并给重见（武者小路实笃）打电话询问少爷何时来接她，殊不知此时的顺吉早已无意与家庭对抗，并以祖母得病为契机请求叔父为自己向父亲说情。

此外，千代的家人同样非常老实本分，没有因主家的少爷向女儿求婚就沾沾自喜，也没有为女儿最终被抛弃而索要高额赔偿。并且，千代的家人确实如她所说的那样发自内心地疼爱她，当顺吉去看望千代时，千代的家人并未看在顺吉少爷的身份上对他卑躬屈膝、言听计从；相反，千代的父兄们表现出了不卑不亢的态度，要求两人在正式结婚前仍然保持未婚男女的距离，没有为他们提供单独相处的机会。从女方父母的角度来说，这无疑是对女儿的珍视和保护。

顺吉在千代身上投射了自己对理想恋人的幻影，事实上千代不过是个穷苦出身、情窦未开的天真少女，面对少爷向自己递出的橄榄枝，她本能地选择接受，希望能过上更好的生活。千代虽然被放在了一个近代青年自由恋爱的对象的位置上，但她毕竟只是个没有受过教育、不具备反思能力的农村女性，随着激情的退却与时空距离的拉大，顺吉的幻灭是可以预见的。

对顺吉而言，不输给父母是绝对必要的，为了贯彻自我主张，与千代这样的女性结婚也是绝对必要的，这场自由恋爱是他为自己争取精神独立的一种仪式。但另一方面，顺吉忽视了千代在大津家处于阶级的底层与被支配的位置，他与千代的关系不能简单地被视为一对未婚男女间平等的恋爱关系，其中夹杂着主人对佣人的权力支配、少爷与女仆在阶级身份上的差距、以及受西方思想影响的知识分子与没有受过教育的农村女性在思想认知上的隔阂。顺吉指责家人用不光明的手段赶走千代、阻挠自己的恋爱，但他同样利用了主人的身份，在没有经过双方父母同意的前提下就与千代发生了肉体关系，一厢情愿地将两人的关系定义为两个主体间的自由恋爱的做法，暴露了顺吉看似人道主义实则自我中心与过度理想化的一面。

6. 小结

志贺直哉曾在第一人称自传体小说《过去》中坦白，自己与千代分开后逐渐感到这段关系成为了自己的负担，开始怀疑为这样的女性与家庭斗争是否有意义。但他之所以无法下定决心斩断与女佣的关系，主要是受到《复活》中主人公的影响。

> 关于我与千代的事，表面上我对家里毫不让步，家里对我也没有让步。但归根结底，送千代进学校受教育的期间，我已打消了和她结婚的念头。……我对千代的心逐渐冷淡下来，这是事实。只是当时的我坚信尽管自己占有她肉体的次数很少，但既然已经与她成为事实夫妻，我就应当对她的一生负责。这种想法来自聂赫留朵夫的话语。如果我抛弃了千代，按照基督教的教义，我就犯了奸淫罪，这是令我讨厌的事，我感到害怕。[①]

池内辉雄[②]指出："很明显顺吉对千代抱有骚动不安的罪意识"。千代的存在使顺吉获得了《复活》中聂赫留朵夫的苦恼，进而确立了自我，成为了日本近代小说中的主人公。虽然志贺与女佣分开后仍然为她支付了女子学校的学费、为她的哥哥在东京找了一份工作，却无法改变他利用少爷的身份强占了女佣的肉体后无情地将她抛弃的事实。作者通过刻画主人公与女佣的纠葛，将五年前的自己相对化、客观化，展现了理想的自我与嫌恶的自我互相斗争的场景，揭露了近代

---

① 原文引自『志贺直哉集 2』[M]. 日本文学全集 2-9. 东京：河出书房，1969：218. 中文为笔者翻译。

② 池内辉雄.「大津顺吉」论—志贺直哉の创作意识について［J］. 大妻国文，1970：26~39

青年自我意识中的虚伪性。

笔者认为志贺创作《大津顺吉》与《过去》的根本原因在于将自己曾经犯下的罪过通过告白这种形式进行忏悔，将无法消解的罪恶感升华为艺术创作以减轻自己内心的负罪感。作家通过将这段恋爱经历化作小说创作的素材，为自己敲开了日本文坛的大门，但同时也将过去的恋人及其家人暴露在了世人的目光下，这对当时失去了贞操，又遭到抛弃的农村未婚女性来说，无疑是精神和名誉上的双重伤害。

第三节　奉公人的恋爱
——志贺直哉《佐佐木的遭遇》论

《佐佐木的遭遇》发表在1917年6月的《黑潮》杂志上，该作是休笔三年后的志贺回归日本文坛的第二部作品，前作是1917年5月发表在《白桦》上的《在城崎》，后作是同年10月发表在《黑潮》上的《和解》。志贺作为以第一人称自传体小说而闻名的作家，在1917年发表的三部作品中唯有《佐佐木的遭遇》是根据作者在报纸上看到的一篇新闻报道改编，并且以叙述者旁白的形式来讲述主人公的遭遇，因此在发表当时和后续的先行研究中都未能得到足够的重视，属于比较“冷门”的作品。

本书之所以选取《佐佐木的遭遇》进行研究论述，有以下几个原因：首先，这部作品中的女佣并非小说中的配角，而是作为一个堂堂正正的女主人公登场，这在日本近现代文学作品中罕见；其次，小说的男主人公是16年前寄居在主人家中一边当门童、一边苦读的穷书生，女主人公是这家看小孩的女佣，也就是说，这部小说是以两个“佣人”为主角进行创作的、发生在两个“奉公人”间的恋爱故事，非常具有研究价值；最后，这部作品在发表当初的副标题为：“献给已故的夏目先生”。众所周知，夏目漱石非常欣赏志贺直哉的创作才华，曾邀他为朝日新闻写连载；志贺同样深受夏目文学作品中的伦理观念以及从“自我本位”到“则天去私”的个人主义思想的影响。志贺能够从青春期自我与家庭的痛苦中挣脱出来，与家人和解，最终达到“自我调和”的境地，夏目小说中的道德和伦理观念起到了一定的作用。因此，笔者认为有必要对《佐佐木的遭遇》中同为“奉公人”、却具有截然不同的道德观念的男女主人公进行伦理分析，从而探讨志贺与夏目作品中伦理观念的异同。

《佐佐木的遭遇》先行研究数量较少，多采用作家论的方法探讨男主人公与作家的关系，如本多秋五①提出小说的草稿《坂井与女人》（1913）中的主人公展现了第一次沉默期之前志贺的思想，而《佐佐木的遭遇》（1917）中的主人公则展现出几年后作者思想上的变化；宫越勉②同样通过第一次沉默期后的两部作品——《佐佐木的遭遇》和《在城崎》来看作者思想上的变化；上田穂積③则通过作品来分析大正6年的志贺具有怎样的心境。本书聚焦于女佣阿富，从阿富的职业、性格，对恋爱、婚姻和人生道路的选择来探讨这位大正时期的女佣为何有勇气主动放弃婚姻、家庭与成为主妇这条当时日本女性唯一的“正途”，甘愿终身当一名“奉公人”。阿富的选择背后隐藏着怎样的主体意识、道德观念，以及大正时期的社会环境对女佣的生存处境产生了怎样的影响。

一、创作动机与改稿问题

《佐佐木的遭遇》讲述了主人公佐佐木的一段恋爱经历：现在已经成为军人的佐佐木在书生时代曾与主家的保姆阿富两情相悦，两人在某一次幽会时，主家的小姐不慎跌入火堆、严重烧伤。主人提出要阿富割下自己的皮肤为小姐整形，害怕承担责任的佐佐木逃跑了，留下阿富一人面对一切。十六年后，功成名就的佐佐木偶然在街上遇见了阿富，他得知阿富仍然单身、忠心耿耿地陪伴小姐后，渴望通过向阿富求婚来弥补自己的罪恶感，并以幸福者拯救不幸者自居。谁知阿富断然拒绝了佐佐木的求婚，表示现在的自己已经获得了内心的平静和生活的安稳，不再考虑婚姻。佐佐木无法理解阿富的想法，认为她拒绝自己是出于对主家的道义心和牺牲心，小说在佐佐木强烈的不甘心和对小姐的诅咒中落下了帷幕。

志贺曾在《创作余谈》（《改造》1928年7月）中提到，这篇小说的素材来源于他在新闻报纸上看到的一篇少女被烧伤的报道，报道中提到那家的书生逃跑了，女佣提供自己的皮肤给主人整形，志贺认为逃跑的书生可能也有自己的理由，因此产生了创作的动机。当时这篇新闻刊登在《日出国新闻》1900年12月26日的第三版，原文如下：

---

① 本多秋五．直哉——暗夜行路序说『岩波讲座文学10 表现の方法7 研究と批判下』[M]．東京：岩波书店，1976（10）

② 宮越勉．志贺直哉——その青春の终焉 [J]．文芸研究：明治大学文学部纪要45，1981：88-117

③ 上田穂積．志贺直哉「大津順吉」考--「第一」の意味 [J]．德岛文理大学研究纪要（67），2004（3）：27~37

少女被大火烧伤

麻布区市兵卫町二丁目三十七番地中村信行的次女みつ（七岁），前天早上八点左右在自家门口跌入木匠焚烧的火堆中，衣服被点燃、头部面部和右手被大火烧伤，骇人听闻。

新闻报道的原文中并未提到书生与女佣的丑闻，据先行研究考证，当时的火烧事件发生在距志贺老家（麻布区三河台町）120 米左右的邻居家中，因此志贺才会了解其中的内情，并以此作为创作的素材。

志贺在 1913 年创作以此为题材的小说《坂井与女人》（未发表），其中提到火烧事件发生在“十三年前”，而 1916 年正式发表的小说《佐佐木的场合》中则提到火烧事件发生在“十六年前”，由此可见两部作品取材于同一篇报道。那么，志贺在三年后对小说的初稿进行了哪些改动呢？

《坂井与女人》中的主人公坂井是一个雕刻家，叙述者则是一位画家，两人一同外出写生，在车厢中遇见了坂井过去的恋人——女佣与被火烧伤的小姐，两人在见到坂井后露出惊惧又厌恶的目光。坂井被设定为具有艺术家气息且略带神经质的性格，叙述者则充分体现出画家的特质，文中对女佣和小姐的外貌进行了详细的描写。坂井在车厢中偶遇过去的恋人后情绪受到很大的波动，随即中断了写生之旅，小说写到叙述者与坂井再次相遇，坂井预备向其告白自己的过去时便戛然而止了。

三年后，志贺在创作《佐佐木的遭遇》时将主人公的职业设定为军人，而叙述者则是佐佐木的老乡。职业的变动使男主人公的行为具备了一定的合理性，比如在得知主人要求阿富用自己身上的皮肤来修补小姐的烧伤时，佐佐木也曾想过向主家提出用自己的皮肤，但考虑到伤疤会影响士官学校的入学体检才选择了逃避。小说中提到佐佐木在与阿富分开的 16 年间一直单身，直到再次遇到阿富后才重新燃起对婚姻的渴望，并坚持要对阿富的幸福负责。通过这些修改，小说不再局限于一个单纯的恋爱故事，而是展现了人性中利己主义与牺牲奉献的冲突，以及同为奉公人、男仆与女仆对主家忠诚度和道德观念上的差异。

通过对前后两部作品的对比，可以发现《坂井与女人》更多地体现了作者初期作品中的特质：对恋爱的好奇心、对美的纤细的感觉以及艺术家敏感的内心世界。而三年后成为一家之主并移居我孙子的志贺，则选择让叙述者站在更客观的立场，对主人公的利己主义进行批判，加深了对作品中道德及伦理观念的探讨。这些变化展现出志贺经历三年沉默期后思想上的转变，以及在文学创作上再出发的决心。

二、男佣的道德与女佣的道德

《佐佐木的遭遇》最大的特征是以两个奉公人（用人）为主角，描写了日本近代文学中极少被提及的用人这个群体间产生的爱情故事。在佐佐木的告白中，他19岁时离开故乡，来到东京的山田家，一边做书生一边准备士官学校的入学考试。当时，主家有个比他小三岁的看小孩的保姆叫阿富，两人之间彼此产生了好感，佐佐木经常缠着阿富想要跟她幽会。在佐佐木眼中，16岁的阿富“个子不高、身体结实、长相普通，却有股莫名的吸引力”①。19岁的佐佐木是急性子，喜欢吃醋，他把恋人当作自己的所有物，不但看不惯主人使唤阿富，更讨厌缠着阿富不放的小姐，即使对方只是个5岁的小女孩，非但如此，就连主人家中年过半百的包车夫，也使佐佐木感到不快。他心中只想独占阿富，但两个寄居人下的奉公人可以自由支配的时间实在少得可怜，佐佐木经常因想见恋人的欲望得不到满足而对阿富发火。

与佐佐木相比，女佣阿富在恋人眼中是一个胆小懦弱、毫无长处、缺乏勇气且极为顺从的人。主人一呼唤，她就撇下佐佐木慌张离去，佐佐木因此责怪她，她就更加怯懦，不知所措。阿富将自己与佐佐木的关系视为一种“罪恶”，尽管佐佐木多次向她保证，只要自己成了少尉或中尉，一定和阿富正式结婚。阿富听了内心虽然欢喜，却仍然认为自己做了坏事，没有恪守女佣的职责，她不敢反抗佐佐木的要求，只能暗自苦恼，对主家怀抱着强烈的罪恶感。

同样身为“奉公人”，为何阿富与佐佐木对自我的道德约束差距如此之大，小松里江②曾指出，这是由于佐佐木对阿富抱有“主人意识”——他把自己当作阿富的主人，无意识地与主家其他人：主人、小姐、车夫等争夺阿富的注意力和控制权，因此才会对周遭产生莫名其妙却又无法控制的嫉妒心。那么同样身为奉公人的佐佐木，他的主人意识从何而来呢？笔者认为这是由于佐佐木与阿富之间建立了隐秘的两性关系，佐佐木对阿富许下了婚约，两人私订终身的举动使佐佐木将阿富视为自己未来的妻子。日本在1898年实施的《明治民法》中以法律的

---

① 原文引自志贺直哉．《志贺直哉小说集》[M]．适夷译．北京：作家出版社，195625-36，下同。

② 小松里江．志贺直哉『佐々木の场合』论 [J]．国文白百合／白百合女子大学国语国文学会编(43)，2012 (3)：52-63

形式明确了家父长制度，作为家长的男性拥有对家庭成员人身及财产的支配权，妻子必须服从丈夫的意志，称丈夫为“主人”。因此，佐佐木莫名的嫉妒和占有欲，不过是他在潜意识中提前行使了自己作为丈夫的权利罢了。

除了占有欲和嫉妒心，这对恋人在道德感观念上的差异同样令人难以忽视。阿富给自己套上了沉重的道德枷锁，内心充满了对主人的负罪感，相反，佐佐木却并不认为自己与阿富私通是一种道德上的瑕疵，他光明正大地与小姐争夺阿富的注意力，毫不遮掩对主家的厌恶之情，甚至认为阿富的羞耻心让自己受到了侮辱。同为佣人，男佣与女佣为何会在对主家的忠诚度和自我道德约束上产生如此大的差距？为此，笔者考察了当时面向中产阶级撰写了《女佣的雇佣方法》的加藤常子①的著作，她在<照看小孩的女佣>这一章中写道：选择照看小孩的女佣的第一条原则就是重视“正直”的品性；除此之外，在<男女佣人间的规律>一章中提到，自家为了避免男女奉公人之间“错误”的发生，规定“男女佣人单独相处之时，绝不能交谈”。从这本被上中流家庭的主妇奉为家仆管理参考指南书的叙述中可以发现，当时主家对女佣的道德品行要求极高。

在著作《女佣的消失》中考察文学与女佣的关系的奥野健男②指出，当时，东京的人家想要寻找女佣，大多是通过老家的亲戚，在熟人中寻找年轻的女子。对地方上的未婚女性来说，做女佣可以减轻家中的负担，也可作为一种出嫁前的新娘修行，在有社会地位、体面的人家学习过家务礼仪，对年轻女性来说是一件光彩的事。通过熟人介绍的女性，若是在主家做出失职或不体面的行为、落下不好的名声，不但在东京很难找到新的工作，即使回老家，也再难觅得良缘。与此相对，对佐佐木这样的书生来说，他们不过是把主家当作解决自己求学和生活问题的临时住所，他们的人生和前途并不完全掌握在主人手里，只要从学校毕业、找到合适的工作，有了稳定的收入之后他们便可成家立业、自立门户、做自己人生的主人。随着日本近代资本主义的发展、就业途径的增加，年轻人可以打破阶级的固化，通过自己的努力实现阶层的跃升。因此，明治大正时期的书生对主家不再抱有前近代学徒或奉公人那样的主从意识和终身侍奉主家的思想，他们的自我觉醒了，佐佐木的利己主义思想在当时的社会中具有一定的普遍性。

当时，男佣和女佣在境遇上的差别使年轻的佐佐木将阿富的胆小懦弱视为性格上的缺陷和封建古板的旧思想，无法设身处地站在恋人的立场上为她着想。在

① 加藤常子．『女中の使い方』［M］．东京：妇人之友社，1912

② 奥野健男．『ねえやが消えて——演剧的家庭论』［M］．东京：河出书房新社，1991：164

发生了小姐被火烧伤事件之后，佐佐木一方面担心主动承担责任会使阿富受到“双重伤害”——女佣的渎职和未婚女性的失节；另一方面他更担心割肉留疤会对自己的前途——士官学校的体格测试造成影响。佐佐木将从军视为自己人生的目标，在男性社会的普遍观念中，事业和前途无疑凌驾于个人感情之上，因此，尽管佐佐木眼看着自己的恋人痛苦到几乎要自杀的地步，并且因割肉而落下终身的残疾，他仍然选择在阿富手术的第二天逃离了山田家，没有给恋人留下只字片语的消息和安慰。

三、拒绝被拯救的女佣

16 年后，顺利成为军人并参加了日俄战争的佐佐木在事业上取得了一番成就，回国后偶然在银座遇见了与小姐一同购物的阿富，此时的阿富已从过去带小孩的保姆晋升为陪伴小姐的侍从①，外貌也从过去的小个子成长为比一般女性更为富态的大个头，由于没有结婚生育，神态比同龄女性更为年轻，仍然带有少女气息，这样的阿富再次激发了佐佐木的爱恋之情。佐佐木回到旅馆后给山田家打了电话，令他意外的是曾经的恋人不再是他记忆中那个懦弱的少女，阿富的态度冷淡却坚定，回绝了他见面的请求，佐佐木只能通过写信向其表达自己的感情和求婚的意愿，阿富却在回信中表明了自己决心终身陪伴小姐、侍奉主家的坚定意志，断然拒绝了佐佐木的求婚。

佐佐木在告白中直言自己无法理解阿富的想法，他认为现在的自己是一个已经闯出一番事业的成功者，而阿富却是一个已经过了适婚年龄、并且带有残疾的失败者。他愿意负起责任向阿富求婚，是幸福的人向不幸的人递出的橄榄枝，阿富非但没有感恩戴德，反而拒绝了自己，宁愿终身做一个侍奉主人的仆人，也不愿同自己建立家庭，走上通往世俗意义上幸福的道路。佐佐木将阿富的拒绝归结为古板的思想和传统道德观念的束缚，他认为遵从自己内心的欲望追求恋爱结婚是先进的、正义的，而阿富选择恪守仆人的职责而牺牲自己的幸福则是落后的、错误的封建思想。

古川裕佳②曾指出，16 年后的佐佐木与阿富乍看之下是一对极其符合当时社

---

① 原文中的“お付き”是在明治大正时期，华族阶级这样的上流家庭中对一对一照顾某位家庭成员的高级女佣的称呼，如书中常见“両亲お付きの女中二名、祖父母付きが二名、子供ごとにそれぞれ一名ずつ”之类的描写。

② 古川裕佳．『志贺直哉の<家庭>：女中・不良・主妇』［M］．东京：森话社，2011：49-79

会主流观念的佳偶——在家族国家观下对天皇尽忠的军人和在家父长制下对主人尽忠的女佣——这样的好配偶为何没能成就一段美好的姻缘呢？通过查阅当时社会资料可以发现，16 年后（即 1916 年）再次与佐佐木相遇时阿富在山田家的地位和社会上对女佣的需求已经发生了极大的变化。日本在经历了日俄战争和第一次世界大战后，一方面城市中产阶级人群迅速扩大，对女佣的需求也日益增大；另一方面，工业的发展和战争导致男性人数减少，工厂增加了大量的女工岗位，女工的收入明显高于女佣，因此，在《中央新闻》（1917 年 2 月 15 日，晚报第二版）等报刊中，经常能看见“缺乏女佣”“招聘女佣”的相关通信，“女佣不足”已然成为了当时的社会问题。

此外，通过文本细读可以发现，16 年后的阿富在山田家的地位也悄然发生了转变。过去的阿富作为看小孩的保姆，不但被主人驱使，家中其他资历更深的女佣也经常欺负她；现在的山田家由于老爷去世，家中只剩太太和小姐两位女性，家庭规模的缩小使阿富晋升为小姐的侍从，在家中处于仅次于太太和小姐的地位。并且，由于阿富 16 年前主动提出为小姐捐献皮肤的举动和在老爷太太面前立下终身侍奉小姐的誓言，使山田家将她视作真正的家庭成员，阿富在给佐佐木的信中写道：“在你眼中，可能我很不幸，但我丝毫不这样认为。……山田家长久以来给我非常优厚的待遇，我终身无须为经济和生活忧愁。……小姐难以成婚，非常倚重我，我已决心永远陪伴小姐，我的良心绝不允许自己抛下主人。”

打消了经济上的疑虑、拥有了稳定的生活、并且被主人当作家人一般对待的阿富已经不再是过去那个需要依靠婚姻来摆脱奉公生活的少女了。大正时期女性需要通过婚姻来获得的生活保障和家庭地位，阿富实质上已经完全拥有了。佐佐木认为阿富拒绝自己的求婚就是拒绝通往幸福的道路——宁愿在别人家终身做仆人，也不愿与自己结婚成为女主人，是不幸且愚蠢的。但他忽略了当时的主妇没有人身和经济上的自由，丈夫们将妻子视作自己意志的延长线，并不承认她们拥有独立的人格。对阿富来说，即便同佐佐木结婚，也不过是从一个主人换成另一个主人，仍然需要“顺从”。

阿富之所以做出与 16 年前懦弱的自己截然相反的举动——斩钉截铁地拒绝了佐佐木的求婚，并非如佐佐木所理解的那样，仅仅出于陈旧的道德观念和自我牺牲的奉献精神。作为主动放弃了结婚念想的女性，即使是曾经与她订下过婚约的男性，也不再是她的“主人”。阿富的拒绝是在获得了经济的保障之后挣脱了女性必须结婚的传统观念的束缚，意识到自己无须再服从佐佐木的意志，可以自由地选择自己的生活后的产物。佐佐木眼中阿富的自我牺牲，或许恰恰是一种自我实现。无法理解阿富为何拒绝自己的佐佐木才是那个仍然将婚姻视为女性获得幸福的唯一途径、将恋人的幸福视为自己的责任的“传统”又“古板”的人。

四、从女佣的选择看作者的道德观

从前两节的分析中可以看出，阿富和佐佐木虽然过去同为奉公人，却拥有两套截然不同的价值体系和道德观念。在佐佐木看来，牺牲自己的幸福向主人尽忠是封建落后的观念，选择自由恋爱才是先进和正义的，而阿富则认为只有遵守与主家的约定、为自己过去犯下的错误赎罪才能真正获得内心的安慰和幸福。尼采曾在《论道德谱系》[①] 中提出两种基本道德：主人的道德和奴隶的道德。尼采认为，在主人的道德里，善与恶、高尚与卑鄙是相对等的。善指的是做世界的统治者，恶指的是被压制、受压迫、被镇压或被踩在脚下。而在奴隶的道德中，善的评判标准则是主人的道德中善的极端对立面：拥护奴隶的道德的人认为善良、谦卑、同情是美德，而决断、冷漠、傲慢则是恶习。

尼采把奴隶的道德称为基督教道德，以之为标准的文化称为颓废的文化，这是被他比作畜群的“下等人”所奉行的道德。他认为将这种道德作为思想和行为准则的个人是丧失了人的本真和自我的个人，是被异化的个人。他将主人的道德称为贵族阶级或少数奋发有为的“上等人”所奉行的道德，这些人的生命和本能得到了充分的表现，不受任何确定的、被认为是普遍道德原则的约束，超出了奴隶道德的善恶标准之外，他们完全以自己的意志为尺度来创造价值、制定道德观念。若是以这种现代的道德观念来评价作品中男女主人公的思想行为，则奉行利己主义的佐佐木无疑发挥了自己的自由意志，应该受到推崇。

但叙述者却在小说的结尾揭示了与之相反的观点。

> 佐佐木好像以为现在只要阿富能够摒除她那古板的道义心与牺牲心，问题就可以解决了。可是，不能确实地认识道义心与牺牲心的价值，在这一点上佐佐木是可怜的，我不能对他有什么同情。并不是我把它的价值看得过高，但我觉得佐佐木是把它看得过低了。纵使出于消极的动机，但阿富那种坚持自己所信的强韧的力量，使人产生好感。佐佐木对于自己现在的地位多

---

① 尼采．《论道德的谱系》[M]．赵千帆译．北京：商务印书馆，2018：14

少有点夸耀，这也是自然的。但我却不觉得她成为佐佐木的妻子就一定是幸福的。也许正如佐佐木自己所相信的一般，能够给她一种幸福，但她不能放弃现在自己所拥有的另一种幸福，也是事实。我觉得佐佐木没有真正了解她现在所有的幸福是一种怎样的幸福。(P36)

作家虽然没有在小说的结尾直接批判佐佐木的利己主义，却借由叙述者之口，肯定了女佣阿富的道义心与牺牲心的价值。白桦派的作家一贯被认为具有强烈的自我肯定意识和自我中心主义思想（egoism），但不可否认的是这些出身优越的年轻人在强调个人主义的同时，也能够认可和尊重他人的意志及自由。志贺曾在1908/1909年的<手账12>中发表过这样的观点："想要成为陆军大将、打败德国军队，这固然是宏大的愿望，但却是下等的愿望。甘愿生活在脏乱的小屋中，一生照看自己残疾的丈夫和小孩的女子，她的愿望固然是渺小的愿望，但却是高贵的愿望。"从这段话中可以看出志贺具有不以身份贵贱和成就高低来判断善恶是非的平等的道德观念。

此外，这部小说的副标题是：献给已故的夏目先生。众所周知，夏目漱石非常欣赏志贺的才华，曾代表《朝日新闻》向其约稿，志贺的自传体小说《时任谦作》原本预计接在夏目的《心》之后，1914年在《东京朝日新闻》上连载。但此时的志贺由于精神上的危机陷入了创作的沉默期，无论如何也无法按计划交稿。对此，志贺给出的理由是："我的人生观发生了转变"（摘自1914年7月13日夏目漱石寄给山本笑月的信），以及"由于自己情绪上的问题，无论如何也写不出来"（摘自1914年8月10日志贺写给和辻哲郎的信）。当时《心》的连载已经接近尾声，志贺突然的回绝令夏目和出版社方面陷入了两难的境地。即便如此，漱石仍在给山本笑月（《朝日新闻》文艺栏主编）的信件中对这位年轻人的行为表达了宽容的态度："志贺的拒绝在道义上确实不妥，我也被他搞得措手不及""但他给出的理由从艺术上的立场来看却是合情合理的"。不但在私下的场合，在公众面前夏目也为志贺做了辩解并给予他的作品极高的评价："志贺氏的《范的犯罪》是其他人写不出的作品。之前东京朝日向其约稿，他寄来了前五十章，却因自己陷入了主观和客观之间无论如何无法挣脱出来而放弃了继续创作。这种行为在道义上是否妥当暂且不论，却是忠实于艺术的表现，因为他有不是自己充满自信的作品就绝不公开发表的信念。"（《近期文坛》发表于《大阪朝日新闻》1915年10月11日）

对于夏目宽容的态度和对自己充满欣赏和善意的行为，志贺深受感动。夏目对志贺的欣赏并不是单方面的，夏目同样可以说是志贺最欣赏和喜爱的日本作家。志贺在谈及夏目的作品时，经常使用“道德观念”和“伦理”这样的词汇。他在《夏目漱石全集》（岩波书店，1926年3月）推荐中写道：“夏目先生的作品中充满了先生的‘自我’和‘道德观念’”，“我作为作者的道德观念受到夏目先生最深刻的影响”（《我这样认为》发表于《文艺》1952年6月），“夏目先生的作品中呈现出一种由道德而发的东西”（《稻村杂谈》发表于《作品》1948年8月），“（夏目）作品中的人物，能够使人感受到作者自身的人性和伦理感，我非常喜欢。”（《对中野好夫君说的话》发表于《文学》1952年1月）

除此之外，志贺在《手账5》（1906年）中写道：“大学时代受到三四年征兵生活的影响，没有留下特别的记忆”，“但是，唯有夏目先生的课我很想听”。武者小路实笃也在《回忆夏目漱石》中证实志贺“有段时间沉迷于漱石”，特意跑去东大听夏目的课，听完感到“非常高兴”。（《武者小路实笃全集 第15卷》小学馆1990年8月）志贺多次在文章中称夏目是自己“最喜爱的作家”（《刚开始创作的时候》发表于《文学的世界》1948年5月），“最爱读的作家”（《爱读书回顾》发表于《向日葵》1947年1月）。因此，夏目向志贺约稿的小说志贺还未能完成，夏目就在两年后离世了，这对于如此敬爱夏目的志贺来说无疑是莫大的遗憾。志贺在《续创作余谈》中写道：“对于在人际交往中绝不欠人人情的夏目先生造成如此大的麻烦，我感到非常抱歉。我一直想着如果哪天创作出了好的作品，一定要发表在朝日新闻上”，“这也是我那几年中断写作的原因之一”。（《改造》1938年6月）

志贺在1917年复归文坛之后，一年内发表了三部作品，他为何会选择将《佐佐木的场合》献给夏目漱石呢？有评论家①指出，因为这是一部反映了人的利己主义和道义心、牺牲心的作品，与夏目漱石的《心》在主题上一脉相通。也有评论家②认为，比起志贺基于真实生活体验创作的《在城崎》，作为客观小说的《佐佐木的场合》更符合志贺对“更像创作的创作，更像作品的作品”的追求。除此之外，如果将小说内容与现实生活中志贺与夏目的交往结合来看，比起道义更优先自己的前途、抛下恋人逃跑的佐佐木，与比起与夏目的约定，更优先自己对创作的感受的志贺，或许有一定的相似之处。佐佐木的求婚也好，志贺

① 宫越勉．志贺直哉-青春の终结-［J］．文艺研究，第45期：91

② 本多秋五．『志贺直哉（上）』［M］．东京：岩波书店，1990（1）

的创作也罢，并非将责任和道义放在第一位，而是遵从自己内心欲望的结果。因此在小说的结尾，作者让佐佐木渴望与阿富重修旧好的愿望落空，隐喻了自己已经无法弥补对夏目造成的伤害，只能通过将作品献给故人的方式，来表达自己的歉意和懊悔。

五、小结

志贺直哉曾在1912年3月13日的日记中写道："为了获得自己的自由，我不顾及他人。为了获得自己的自由，我也尊重他人的自由"，"但是，当两者发生矛盾时，我要压倒对方的自由"。夏目漱石则在1914年为学习院的贵族子弟做的演讲《我的个人主义》中提到了自我和他人的关系，他认为："在座的各位比穷人掌握更多的权力和金钱，这两样东西对于想要把自己的个性强加于他人头上的人来说是非常方便的工具。……但是，如果想要使自己的个性得到尊重，并且在社会上得到发展，就必须同样承认他人的个性，尊重他们的发展。……如果你想要从别人那里享受自由，就应该坚信对于别人也要给予同等高度的自由。最近，高唱自我和自觉的人极多。他们嘴上不断说着尊重自己和自我，但对他人的自我却一点也不承认。假如以公平的眼光和正义的观念来看，那么我确信：为了自己的幸福而发展自己的个性的同时，也必须把这种自由给予别人。我们没有正当的理由，绝不能妨碍别人为了自己的幸福而发展自己的个性。"

漱石在自己创作的小说中对于追逐个人利益而不惜伤害他人的主人公进行了严厉的批判与惩罚，如《虞美人草》中的藤尾以及《心》中的先生。漱石晚年的这段演讲是否给当时在场的学习院贵族子弟带来一定反思尚待考证，但漱石对利己主义的批判和对他人自由意志的尊重无疑给志贺的创作带来了深刻的影响。对比《佐佐木的遭遇》的前后改稿，作者借叙述者之口对佐佐木的利己主义进行了批判，对阿富的选择表示了尊重，从叙述者的价值判断中可以看出志贺对夏目作品中所揭示的伦理观念的深入思考。因此，笔者认为这篇小说确实是一部"献给已故的夏目先生"的充满伦理和道德思考的优秀作品。

本章小结

本章选取了志贺直哉初期作品中《浑浊的头脑》、《大津顺吉》与《佐佐木的遭遇》这三个文本进行解读。《浑浊的头脑》与《大津顺吉》是志贺基于自己二十四五岁时与家中女佣的恋爱经创作的文本，主人公虽然在女佣身上投射了自己对理想恋人的幻影，将女佣放在了一个近代青年自由恋爱的对象的位置上，但女佣毕竟只是没有受过教育、不具备反思能力的农村女性，随着激情的退却与时空距离的拉大，主人公的幻灭是可以预见的。对主人公而言，为了贯彻自我，与女佣的自由恋爱是他们为自己争取精神独立的一种仪式。但另一方面，他们忽视了女佣在家庭中处于阶级的底层与被支配的位置，少爷与女佣的关系不能简单地被视为一对未婚男女间平等的恋爱关系，其中夹杂着主人对佣人的权力支配、阶级身份上的差距、以及受西方思想影响的知识分子与没有受过教育的农村女性在思想认知上的隔阂。一厢情愿地将两人的关系定义为两个主体间的自由恋爱的做法，暴露了主人公看似人道主义实则自我中心与过度理想化的一面。

《佐佐木的遭遇》中的女佣并非小说中的配角，而是作为堂堂正正的女主人公登场。小说的男主人公是寄居在主人家的穷书生、女主人公是看小孩的女佣，这部小说以两个“佣人”为主角进行创作、是发生在两个“奉公人”间的恋爱故事，这在日本近现代文学作品中罕见，具有极高的研究价值。本章对同为“奉公人”，却具有截然不同的道德观念的男女主人公进行伦理分析，探讨了大正时期的女佣为何有勇气主动放弃婚姻、家庭与成为主妇这条当时日本女性唯一的“正途”，甘愿终身当一名“奉公人”；分析了女佣的选择背后隐藏着怎样的主体意识、道德观念，以及大正时期的社会环境对女佣的生存处境产生的影响。

第四章　家庭小说中的女佣

1919（大正 8）年 4 月号的《妇人之友》上刊登了一篇《女佣不足应急对策》的文章，作者是当时日本的文艺评论家厨川白村的妻子厨川蝶子。她将当时女佣不足的原因归结为：1. 第一次世界大战后经济景气导致女性就业岗位增多；2. 女性学历的提高使得做女佣的意愿下降；3. 年轻女佣无法接受前近代的主从关系；4. 长时间的拘束与低廉的薪资等等。[①] 从上述结论中可以看出大正时期女性意识形态的变化使得女佣供给侧方面开始出现了人数下降。女佣需求侧方面同样发生了巨大的改变。直到明治中期，日本只有中产阶级以上的富裕家庭才有能力雇佣住家女佣，但从明治后期开始，随着日本资本主义的发展及城市化的进程，大城市中公务员、公司职员等被称为“新中间层”的群体迅速扩大，这些家庭的主要特征有：1. 孩子数量少、不与父母同住的小家庭；2. 实行性别分工——丈夫在外工作领薪水、妻子在家育儿；3. 夫妻二人均受过中等以上的教育；4. 工作收入稳定等等。[②] 从社会外部环境来看，具备上述条件的新中产小家庭的迅速增加同样使得女佣不足的现象愈发严重。

当时女佣人数不足成为了日本的社会问题，引发了专家学者的广泛讨论，如 1918（大正 7）年日本社会政策学会上第一次出现了“妇人劳动问题”这个议题。大会上，森户辰男在《日本女佣职业问题》的报告中提出：1. 薪资过于低廉；2. 饮食和居住环境恶劣；3. 劳动时间过长；4. 没有独立人格等问题。[③] 此外，日本著名女作家与谢野晶子同样在 1918 撰写了题为《解放女佣》的文章，指出在日本女佣并不是自由劳动者，她们仍旧处于封建奴隶时代的压迫中，她希望社会能够尊重女子的独立人格，在各个层面解放女佣，改善她们的生存处

---

① 厨川蝶子.「女中払底応急策」[J].『妇人之友』第十三卷第四号. 1919

② 「课题女中难」[J].『妇人之友』第十四卷第五号. 1920

③ 社会政策学会编.『妇人劳动问题』[M]. 东京：同文馆. 1919：160-164

境。[①] 从上述学者的呼声中可以看出日本女佣的劳动环境、薪资待遇及人格尊严的改善在大正时期已经初步萌芽，主人与女佣之间从过去的封建家长制逐渐转变为现代的雇佣关系。女性自我意识的觉醒、工作机会的增加使得女佣不再接受主家的过度剥削和人格上的蔑视；供需关系的改变也使得女佣有勇气提出自己的诉求，逐步改善自己的劳动环境和薪资待遇，寻求人格上的平等与尊严。

女佣的这些变化在大正及昭和初期的文学作品中同样得到了体现，本章选取了志贺直哉中期作品中具有代表性的三篇家庭小说《好人物夫妇》、《流行感冒》与《邦子》进行分析，力求揭示当时男性作家笔下的女佣书写发生了怎样的变化；女佣作为没有血缘关系的他者与家庭成员间产生的微妙联系、引起的化学反应对文学作品的创作带来了怎样的影响。

第一节　志贺直哉中期作品中的女佣

志贺直哉的创作周期带有间歇性，在 1914 年 4 月发表《偷小孩的故事》后，他停笔三年，进入了沉默期。直到 1917 年 5 月，志贺在《白桦》上刊载了追求精神调和的心境小说《在城崎》之后才宣告了创作活动的再开。在这三年期间，1914 年志贺经历了与武者小路实笃的表妹勘解由小路康子相爱并结合的过程。康子青春丧偶，生有一女，完全不符合志贺家选择儿媳妇的标准，志贺此前与女佣千代相爱，遭到家长反对，此次索性不与家人商量，采取了直接通知的形式。1914 年 12 月 21 日，两人在武者小路的家中举行了婚礼，没有媒人，出席的仅有武者小路夫妇与勘解由小路资承夫妇。志贺直哉在婚事上一意孤行的举动使他与父亲的关系进一步恶化，最终决定自立门户，主动“离籍”“废嫡”，1915 年携妻移居我孙子。

1916 年 6 月，志贺与康子的长女慧子出生，56 天后不幸夭折，志贺的父亲不同意长女入葬祖坟，丧女之痛使得父子两人的关系进一步恶化。志贺在当时的日记中写道：若无妻子的陪伴，自己的状态很有可能会自杀。所幸 1916 年 12 月 20 日，武者小路实笃移居我孙子养病，这位乐天派的友人为志贺灰暗的心境送来了光明，武者小路、志贺直哉与柳宗悦三位白桦派同人的频繁交往使志贺不再寂寞，为他的精神生活重新注入了活力，也为他重新开启了文学创作的契机。

① 与谢野晶子.『与谢野晶子全集　第十二卷』[M]. 东京：文泉堂书店. 1972：188-189

1917 年 7 月 23 日，志贺的次女出生，为表达对祖母留女深厚的感情，志贺为次女取名“留女子”。次女的出生打破了志贺与父亲之间的僵局，消散了两人间经年累月的积怨，同年 8 月 30 日，志贺与父亲实现了自然且彻底的和解，志贺的精神面貌有了决定性的改观。

与父亲和解之后，志贺进入了第二次的创作活跃时期，期间发表了《在城崎》(1917 年 5 月),《佐佐木的场合》(1917 年 6 月),《好人物夫妇》(1917 年 8 月),《赤西蛎太》(1917 年 9 月)、《和解》(1917 年 10 月)、《流行感冒》(1919 年 4 月)、《学徒的神仙》(1920 年 1 月)、《暗夜行路》前篇（1921 年 1-8 月）等一系列进入婚姻家庭后的感受及与父亲和解后展示其调和的精神世界的作品。1923 年 8 月，同人志《白桦》迎来了终刊，但白桦派的主力干将志贺却没有停止其旺盛的创作欲，1924—1927 年间，他通过婚外情重新激起了创作的冲动，虽然在现实生活中引发了与康子夫人的婚姻危机，却也孕育出《山科的记忆》(1926 年 1 月）系列作品和中篇小说《邦子》(1927 年 10-11 月）等出色的作品。

志贺在中期作品中同样充分展现了其独特的“女佣审美”，如《好人物夫妇》中的女佣阿泷吸引了风流的男主人的注意力，却因意外怀孕消除了主家夫妇间的隔阂、避免了一场家庭危机；《流行感冒》中的女佣阿石由于说谎遭到男主人严厉的处罚，女主人和孩子对女佣的同情使原本和睦的家庭产生了间隙，最终女佣通过自己勤勉的劳动改变了男主人的偏见，获得了家庭成员般的待遇；《邦子》中从社会底层的女佣、女招待晋升为中产家庭的女主人，却又再次被家中的女佣威胁其家庭地位的主妇邦子，最终因对近代家庭的幸福梦想破碎而自杀。志贺的“女佣情结”为本书提供了丰富的研究素材，本章选取其中三篇具有代表性的文本进行分析，力求揭示日本男性作家进入家庭、成为家长之后，他们笔下的女佣书写产生了怎样的变化，女佣作为家庭空间中没有血缘关系的存在，会对夫妻关系、男女主人的家庭地位造成怎样的影响。

第二节　身体的秘密——志贺直哉《好人物夫妇》论

《好人物夫妇》发表在 1917 年 8 月的《新潮》杂志上，作品的主人公是一位暗中对家中女佣抱有肉体上的兴趣却没有付诸实际行动的中产阶级小家庭中的男主人。日本大正时期，随着资本主义的快速扩张，在大城市中一对年轻夫妇和一位未婚女佣共同居住的新式小家庭极为普遍，当时的报刊上经常能看到女佣和男主人之间——即家庭内部发生的婚外性丑闻事件，但志贺直哉却没有让作品落入这样的俗套。小说描写了一位有风流前科的丈夫和一位爱吃醋的妻子，在发现家中女佣的意外怀孕时产生了一系列微妙的心理变化——当一尊劳动的身体突然变成性的身体时，暗中觊觎女佣肉体的丈夫和从未将女佣视作家庭威胁妻子如何从互相猜忌到开诚布公，从而渡过了一场家庭危机。

对小说的时代背景进行考察后可以发现，当时移居我孙子的志贺一方面结束了与父亲的长年争斗、达到了父子和解的心境；另一方面脱离了原生家庭后，和康子夫人建立了新式小家庭，享受到了夫妻和睦的乐趣；“调和”成为了这个时期作品创作和评价的关键词。但先行研究对《好人物夫妇》的评价并非完全正面，如同时代的广津和郎[①]就毫不留情地指出：“（作者）满足于做一个好人的世界的主人公，这样就够了吗？”赤木桁平[②]同样指出：“作品名中的好人物实在多余，夫妇二人的对话确实十分流畅，展现了志贺氏的创作风格，但仅此而已。”

评论家们认为从否定、冲突、对立转向调和的家庭生活使志贺失去了原有的锋芒和独特的文风，从志贺当时的日记中可以发现，他对自己的转变并非毫无觉察。在《好人物夫妇》发表的前一年即1916年的《手帐14》中他记录道：“我现在处于危急状态，生活中感受不到刺激，心情总是很倦怠，没有大喜大悲，仅仅是活着。我觉得日子过得很慢，对未来没有什么期待，即使被称赞也只能感到些微的愉悦，看自己写的东西觉得没有意思，只剩讨厌的心情，什么也不想干，我正在堕落。……但是我爱我的妻子，如果没有妻子的话我一个人将更痛苦，因此我不能颓废。如果没有妻子的话说不定我现在会自杀。……我感到自己必须要创作。我手上有两三份素材，都是些心理刺激性很强的夸张不健康的内容，我至今为止都靠着这些材料成功了，知道自己有些天赋，只有处于病态时才能看到健康时看不到的东西。……但我现在什么也写不出来，虽然处于病态且颓废的状态，却没有创作的热情。……我想写日常生活。我想靠写日常生活把自己从颓废的深渊中拉出来，这样既能创作出作品，又能挽救自己的生活。”[③] 从日记中可以看出，选择日常生活中的内容作为停滞期后再出发的创作素材，是志贺刻意为之，并且对此抱有期待。

---

① 広津和郎．『志賀直哉论』［M］．东京：新潮社，1919（4）：13

② 赤木桁平．在卧榻旁（一）［J］．时事新报，1918年8月2日

③『志贺直哉全集』补卷二［M］．东京：岩波书店，2001（12）．未定稿155

除此之外，志贺在其他的作品及评论中对《好人物夫妇》的创作动机也做了一些解释，如在同年发表的作品《和解》中，作家借主人公之口谈道："小说写的是一个正直却谈不上品行端正的丈夫，在妻子外出期间发现家中的女佣怀孕了，这事与自己无关，但他扪心自问却并非没有打过女佣的主意。当女佣怀孕的事暴露后，丈夫对妻子说：'这可不是我干的呀'，妻子淡淡地回应道：'哦，是这样啊。'就相信了丈夫，我想写的就是这些。这对夫妻都是聪明人，因此避免了一场悲剧，我想把这件事呈现出来。"[①] 又如，在《创作余谈》（《改造》1928年7月）中他写道："（当时）我对梅特林克的《智慧与命运》深有感触，由愚蠢引发的误解和固执己见所造成的悲剧是多么无聊啊！我想通过小说创作来探讨一种挽救悲剧的方法。阅读梅特林克对长年不和的父子关系也起到了很大的改善作用。"

从上述内容中可以看出，《好人物夫妇》是基于一种"希望避免由误解引发的家庭悲剧"的理念和"充分体会到和家人和解的喜悦"的心境而创作出的作品。志贺想把家庭生活中存在的危机意识写出来，却遭到了批判。他在创作停滞的三年期间感受到了新婚生活特别是妻子带给自己的精神上的支撑，《好人物夫妇》也是在1916年妻子因待产去了东京的医院、自己独自在家期间产生的创作灵感。这部并未获得好评的作品见证了一位作家从颓废和反抗的青年生活走向调和的家庭生活的心态和身份上的转变。在这部作品中，女佣这个志贺喜爱的文学符号也被赋予新的内涵，女佣不再仅仅是主人公性欲的对象和反抗封建大家庭的武器，而是作为一夫一妻的新式小家庭中的他者。女佣作为家庭内部空间中暧昧的不透明的存在不但投射了男主人的欲望，也映照出了女主人的不安，更为原本平淡的家庭生活带来了悬疑性和刺激性，使之成为小说创作的素材。

作者想通过这部作品表达一种理想的婚姻观念，却并未收获理想反馈和评价，甚至连自己也对小说抱有遗憾。他在《和解》中借主人公之口谈道："可是（这部作品）却失败了。如果没有截稿日的话，可能我会重写。可是，当截稿日来临之际，我却将这篇不甚满意的作品寄了出去。"又如在1927年发表的小说《邦子》中，同样借主人公剧作家之口提到了自己创作上的苦恼："某个批评家曾经从作品中洞察到我的状态，写道：'以这种好人物的平和来结尾令人难以接受'，我也深有同感。"这部通过"智慧"来化解婚姻危机的小说为何会让人感

---

① 志贺直哉．和解．『志贺直哉集2』[M]．东京：河出书房，1969：68，中文为笔者自译。

到平淡，作者结尾处的遗憾又因何而起，本章节将通过聚焦女佣这个家庭中的他者、主人眼中的客体、夫妻关系中不透明的存在来揭示人的欲望与婚姻家庭的冲突。当原本从事劳动的身体转变为神秘的性的身体时，女佣的存在搅乱了原本平静的日常生活，冲击了近代家庭中的夫妻关系，也赋予了小说悬疑性和刺激性，从女佣的角度切入可以为作品的解读带来新的视角，揭开这对好人物夫妇婚姻中的面纱。

一、无界限的夫妻关系

在分析女佣阿泷在家中处于何种地位、对家庭产生了怎样的影响之前，必须先分析一下标题中的这对“好人物夫妇”与志贺笔下的其他家庭小说中的夫妻关系相比具有怎样的特征，为何会被作者称为“好人物”。首先，《好人物夫妇》中的夫妻形象与作者初期（即第一次沉默期 1914 年之前）作品中的夫妻形象有着很大的差别，例如发表于 1910 年《白桦》上的《剃刀》中，对于杀死客人的丈夫芳三郎，妻子阿梅选择与他背道而驰；又如前期的代表作之一《范某的犯罪》（《白桦》1913 年 10 月）中，范某与妻子“在外人面前极其温和亲切”，“对待他人有很强的自控力、绝不会发火”，但两人之间的关系却“惊人的残酷”“因为一些极小的事情就吵得不可开交”。夫妻关系恶化的原因是由于妻子的早产使范某怀疑孩子是妻子与其表兄通奸所生，但他却不愿向妻子求证，独自忍受着痛苦的折磨，怀疑使他的性格越来越偏执，最终对妻子动了杀机；除此之外，在一些未发表的初期作品如《苔床》《可怕的种子》中，通奸也成为夫妻关系的主题。

与此相对，《好人物夫妇》中的夫妻关系却较为缓和，作为叙述者的主人公虽然没有提到自己与妻子结婚几年，但从两人还未有孩子这点来判断，应该是共同生活一两年的新婚夫妻。小说开头描写了家庭日常生活的场景，夫妻间的绵绵絮语与前期作品中沉默甚至冷酷的夫妻关系有着巨大的差别。在两人的对话中，主人公提到想外出旅游，妻子知道丈夫有风流的前科，因此要求丈夫保证不做出“令人讨厌的事”，丈夫却不想说谎，摆出一副模棱两可的态度，最终两人各退一步，旅行没有成行；之后妻子要返乡照顾病重的祖母，丈夫为了让妻子安心，主动约定妻子离家期间会安分守己，打消了妻子的疑虑。从这对夫妻的性格来看，丈夫虽然有花心的毛病，却是个比较坦诚的人，不喜欢“睁眼说瞎话”；妻子虽然爱吃醋，却并不认死理，也给予丈夫一定的自由，是一对“有商有量”

的夫妻。

从小说的细节处分析，这对夫妻除了了解彼此的性格，能够相对顺畅地沟通交流外，两人之间并没有很大的秘密。丈夫可以坦诚告知妻子自己婚前的风流韵事，妻子也可以随意拆看寄给丈夫的信件，丈夫会在外出旅行前给妻子打预防针，妻子虽然对丈夫在家庭外部发生的风流韵事抱有不满，对夫妻关系本身却没有疑虑和不安。因此，直到家中女佣阿泷发出可疑的呕吐声之前，这对夫妻的对话中从未出现女佣的名字，善妒的妻子也从未将女佣视作性的存在和夫妻关系的威胁。然而，当这具从事劳动的身体突然出现了孕育的征兆，小家庭内部空间原有的透明性瞬间被打破了。

二、女佣不可视的内心

当这对夫妻平稳地度过了第一、二章中丈夫外出旅行和妻子返回娘家的信任危机后，在一个春风和煦的上午，丈夫突然发现家中女佣最近频繁地发出可疑的呕吐声，婚前就有着丰富女性经验的丈夫马上意识到女佣可能怀孕了，此时，叙述者才将目光转向了女佣阿泷。

阿泷18岁左右，肤色较黑，长相很可爱，最吸引他的是阿泷的音色，比一般女性要粗，却令人感到浑厚柔和。

……

他并不讨厌阿泷。妻子不在家的时候，偶尔会在狭窄的走廊上与阿泷擦身而过，当两人不得不侧身相对，小心翼翼地保持着距离通行时，他能够感到自己心跳加快、气血上涌、有一种不可思议的恼人的快感，这种兴奋使他的脸涨得通红。

……

晚上，当他在书房看书或是即将就寝之前，按照家中的惯例，女佣需要来向他请安。每当阿泷向他道“晚安”时，他表面上只做轻声应答，内心却感到很不满足。他经常想象穿过走廊回到自己房间的阿泷会做些什么，有时会故意对阿泷说：“去书房帮我取一支笔来”“有些冷，帮我盖条毯子”，他担心会被阿泷看穿自己的心思，却不能否认自己在这些行为中感受到一种冒险的快感。他觉得阿泷应该也对自己抱有同样的好感。所以阿泷会不会是

处女呢？还是……？这样的想法经常占据他的脑海。①（P181～P189）

曾有先行研究指出，丈夫虽然对女佣抱有身体上的兴趣，却并未上升到精神和心灵的高度，只是正常男性因为妻子不在家而对年轻女性产生的生理冲动，就像叙述者自我辩护的那样，是一种“浅浅地放荡”，并不会真正影响到夫妻感情。例如，宫越勉②就指出，叙述者对女佣的描写仅限于身体和声音这样的外部特征，而对妻子的描写则集中于双眼。从志贺的其他作品中可以发现，作家描写男女之情时特别注重对女性眼睛的刻画，如《暗夜行路》中直子被谦作推下列车后“可怜的哀求的眼神”、《范某的犯罪》中妻子用“残酷的眼神”“冷静地旁观着”丈夫、《山科的记忆》中“哭过之后斜眼瞪着丈夫”的妻子等。唐泽圣月③同样指出，在志贺的作品中，女性的心灵、想法主要通过眼睛来表达，身为叙述者的丈夫回避对阿泷眼睛的描写，说明女佣并未像妻子那般走入他的内心，阿泷吸引男主人的仅仅是声音和肉体，并非心灵。

但笔者却认为丈夫对女佣的感情并非如此简单，他意淫的也并不仅是女佣的肉体，同样也包括她的内心想法。从叙述者的自白中可以发现，丈夫感受到的快乐和刺激，除了在狭小的空间中擦身而过这样的身体接触外，还包括在看不见阿泷时对她的想念和通过揣测阿泷对自己的情意来获得一种冒险（疑似通奸）的快感。丈夫渴望了解阿泷的内心，证实她与自己心灵相通，然而他在阿泷身上看到的仅仅是自己欲望的投射。作者巧妙地避开了对阿泷的眼神描写，丈夫喜爱的那浑厚柔和的声音除了呕吐声之外也并未开口说过一句话，这使得阿泷的内心始终是不可视的。最终，意识到自己无法掌握阿泷身心的丈夫只能品味着“淡淡的嫉妒之情”，从男性的位置退回到主人的位置，通过和妻子一起将女佣的身体回收到家庭内部空间进行处理，避免了一场可能会发生的夫妻关系的危机。

三、丈夫的告白

阿泷怀孕的话，首先会被怀疑的就是丈夫自己。不论怎么说，过去发生

① 原文引自『志贺直哉集2』[M]. 日本文学全集2-9. 东京：河出书房，1969：181-189，中文为笔者自译，下同。

② 宫越勉．志賀直哉「好人物の夫妇」考——身体反応、眼のドラマ——[J]. 日本文学，2002：75

③ 唐泽聖月．志賀直哉「好人物の夫妇」论——夫妇をめぐる小说の诞生——[J]. 文芸研究，107：57-73

过那样的事——独身时代的自己和女佣有过男女之情。若是被妻子怀疑起来，自己也无法理直气壮地说："怎么会有这种事!"要是表现得太过激，连自己都感到心虚。

……

他觉得自己并没有爱上阿泷。如果他没有妻子的话可能两人的关系会更进一步，可是他并不想破坏自己的家庭。并且，他也没有从阿泷身上感受到足以让自己越界的诱惑。或许是自己无意中抵御了这种诱惑也说不定，他觉得自己有那样的自控能力。

……

他想着要是阿泷干出那种乡下常见的不自然的行为就不好了。也不知阿泷的那位到底是谁？最好不要是那种让他们太看不上眼的对象。他感到一种淡淡的嫉妒，可终究也没有到太不愉快的程度。(P185)

从上述引用的段落中可以看出丈夫发现女佣怀孕后思想转变的心路历程：首先担心自己会遭到妻子的怀疑——过去既有与女佣恋爱的前科、平日里的行为也并不检点；随后在承认自己对女佣动过情之后马上进行自我辩护——自己绝不会干出破坏家庭的事，更何况女佣的魅力也没有那么大；最后还是忍不住猜测女佣的对象究竟是谁——无意间透漏出自己对女佣的占有欲和对未知情敌的嫉妒之情。

主人公的一系列心理活动乍看之下似乎是一位能够抵抗住年轻女性诱惑、具有一定的道德约束能力且珍惜家庭的好丈夫，但我们仍然能从叙述者充满自我辩护意味的告白中体会出丈夫的挫败感与不甘心——原本以为与自己心灵相通的女佣非但没有领会自己的心意，还在自己的眼皮子底下怀了别人的孩子，对方很可能是一个完全不如自己的下等人。阿泷身体中孕育的秘密伤害了男主人的自尊心，也激起了他的好奇心，男主人渴望了解女佣的内心想法和身体的秘密，他巧妙地选择利用家长的权利为自己的私心辩护——在当时的日本，身为主人对女佣的身体具有正当的管理权，因此他对阿泷的关心能够得到妻子的理解。

妻子："尽可能地为阿泷做些什么吧!"

丈夫："嗯，这样就行了。这些事就交给你了。对了，早些找她说比较好，要是她干出什么不自然的事情可就麻烦了。"

妻子："是啊，明天就赶紧找医生给她看看吧。"（P189）

最终，丈夫选择主动对妻子告白，是为了表明自己与妻子站在同一阵营、也就是主人的位置，他要求妻子以主人的身份去管理和帮助这个可怜的从野蛮落后的乡下进入现代文明的都市的女佣，以防止她做出"乡下人常见的那种不自然的行为"——我们可以合理推测这里指的应该是堕胎。夫妻俩通过公开讨论阿泷身体的秘密来消除家庭内部不透明的空间，将女佣不可视的内心回收到愚昧、野蛮、落后的乡村法则中，以此来打消彼此的疑虑，达成共识。

四、妻子的选择

"你可真是个聪明人。我虽然想过你能够坦然地接受我的解释，但也做好了被怀疑的心理准备。你能这么相信我真是太好了。如果内心埋下了怀疑的种子，这些种子就会生根发芽，给双方留下不愉快的回忆。你知道，我可不是个睁眼说瞎话的人，开玩笑或是故意逗你的时候可能会说些小谎，但是明摆着的事我觉得没必要……"

"好了，你不用说了，这些我都明白。"

……

"你怎么了？"丈夫把手搭到对坐着的妻子的肩膀上。

"不知道为什么抖个不停。"妻子低下头，眼神在我的胸间游离。

"这是因为你太兴奋了，傻瓜！"

"这是怎么了，我自己也控制不了。"

"睡会儿就好了。躺着平静一下试试。"

"我去喝点儿水吧。"妻子站起来向起居室走去。（P189）

作者曾评价自己笔下这对夫妻都是聪明人，因此很好地避免了一场可能由误解引起的家庭危机，可是，从上述对话中妻子激动到无法自控的身体来看，嘴上说着"我都明白"的妻子，真的可以做到毫无芥蒂地相信丈夫的解释并且不留下任何心理阴影吗？如果说阿泷的怀孕对丈夫来说不可视的是她内心的想法，那么对妻子来说，不可视的则是她不在家的这段时间丈夫与女佣的关系。

原本竭力维护的透明的家庭内部空间和亲密的夫妻关系，在自己不在的期间内突然生出了秘密的、不透明的东西，并且对于还没生育的妻子来说，女佣的怀孕无疑会对自己的家庭地位造成莫大的威胁。然而，在丈夫主动开口坦白之前始终保持沉默的妻子并非是出于对丈夫的信任或是对夫妻关系的无所谓，恰恰相反，从丈夫坦白后妻子的反应来看，应该是出于极度的恐惧与不安，才会出现这种不知所措的举动。

妻子在听到丈夫的解释后选择相信丈夫，与他站在同一立场处理女佣的问题，而不是对有前科的丈夫心生疑窦、刨根问底，可能确实如丈夫所言是一种“智慧”、“聪明”的表现。但是这种智慧并不是一种积极的智慧，而是一种消极的智慧。从日本当时的社会环境来看，虽然明治民法从法律的层面上明确规定了一夫一妻的婚姻制度，但民间对男性出轨、寻花问柳、养外妾等行为仍然采取宽容的态度。近代婚姻制度理论上具有排他性，但即便对于妻子这样敢于约束丈夫行为的新女性来说，想要在一夫多妻的现实环境中坚持一夫一妻的婚姻理想也是非常困难的。当时的日本女性脱离家庭后很难在社会上找到工作、获得稳定的经济收入，因此，丈夫可以选择不原谅出轨的妻子，妻子却必须考虑到世俗的眼光和实际的生存问题。

《好人物夫妇》中的妻子选择相信丈夫，通过将女佣这个夫妻间的不确定因素排出家庭内部，确保了自己主妇的地位，迎来了皆大欢喜的圆满结局。然而，妻子颤抖到无法停止的身体却泄露了她内心的不安——自己的幸福完全仰赖丈夫的良心和道德水平，以及外界的诱惑是否足够强烈。若是丈夫没有抵抗住女佣的诱惑，那么妻子的下场很可能如《邦子》中的女主人一般，在绝望和孤独中自杀。作者或许也正是意识到了这种残酷的可能性，才会在十年后创作的《邦子》中毫不留情地撕开丈夫虚伪的面纱，弥补了自己对《好人物夫妇》创作态度上的遗憾。

五、小结

《好人物夫妇》中主人夫妇通过将女佣怀孕的身体回收到家庭体制内部公开处理，使家庭空间中原本不可视的秘密透明化，填补了夫妻关系中产生的间隙，从而化解了一场家庭危机。作为小说中唯一拥有名字的人物，女佣阿泷虽然从头至尾都只是主人眼中的客体、家庭中的他者，除了发出呕吐声之外在家中几乎没有任何存在感，但她不可视的内心、孕育着秘密的身体却为小说情节的发展制造了悬疑性，起到了搅乱夫妻关系的戏剧化效果。小说中女佣的存在成为了近代资产阶级小家庭中的不安定因素，也折射出了夫妻关系中不可回避的欲望与制度的冲突。

第三节 凝视的倒错——志贺直哉《流行感冒》论

《流行感冒》原名《流行感冒与石》，志贺于1919年3月执笔、1919年4月发表在《白桦》十周年的纪念刊号上，同年收录进新潮社《代表名作选集第三十三和解》中、次年2月再次被收录进春阳堂发行的《荒绢》中、等到1921年被收录进改造社出版的《寿寿》中时，作者将作品中的关键人物女佣阿石的名字删去，改标题为《流行感冒》，并且对小说中的一些字句和标点做了修正。

标题中的流行感冒指的是1918年——1920年在世界范围内传播的“西班牙大流感”，流感持续了整整两年，据统计日本全国43%的人口都感染了疫病，死亡人数多达40多万。日本在1918年4月就出现了病例、9月底流感大面积暴发、10月全国都出现了病例，等到了11月，因流感而死亡的人数达到了13万的峰值。小说的时间线正是从1918年秋天到1919年正月，男主人担心我孙子地区的流感传播，禁止家庭成员出入人员聚集的公共场所，家中女佣阿石却偷偷溜出去看戏，虽然并未得流感，却失去了主家的信任，险些遭到辞退；不久男主人自己染上了流感并传染给了家人，家中唯有女佣阿石身体强健，肩负起了看护全家的重任。最终在阿石的努力下家庭成员们一个个痊愈了，男主人也放下了对阿石的偏见，不再将她视为家庭中的他者，从内心真正地接纳了她。

《流行感冒》记录了日本当时的热点事件，因此被多次收录到各个出版社的小说集中，但其朴实平和的文风和写实的内容并未引起评论家的过多关注，学者们大多将这部作品作为研究作者在我孙子时期日常生活的佐证材料来处理，几乎没有单独成篇的研究。然而，如果以女佣作为关键词对志贺的中期作品进行梳理，这部小说则具有不可忽视的研究价值。如果说前作《好人物夫妇》中原本透明的夫妻关系因女佣的“秘密”产生了不可视的隔阂，那么《流行感冒》中主人公的家长权威则因女佣的“谎言”造成了剧烈的冲击。

本章将继续以女佣作为关键词解读《流行感冒》中近代小家庭内部因女佣的谎言而产生的风波。女佣阿石虽然只是主人眼中的客体，家庭中没有血缘关系的他者，却能使身为家长的主人公体验到不被家人理解的孤独，折射出家庭内部错综复杂的关系。本书将通过小说中女佣这面镜子折射出的城市与乡村的二元对立、现代思想与传统观念的碰撞、以及外部视角与内部视角的辩证关系来进行论述，探究小说中的女佣如何通过和家中的太太、孩子产生情感链接来获得庇护和安全感，以一种“弱者的抵抗”方式构建了自己的生存空间，消解了男主人的绝对权威性。

一、城市与乡村的二元对立

第一个孩子的死使我们沉浸在过分胆怯的情绪中，我一向认为小孩会健康地长大，死亡不过是意外，但现在只要孩子得了一点小病，我马上就担心会不会又死掉。嘴上说着医学的能力也有限得很，实际上立刻就会去找医生，自己都觉得难为情。特别是生活在乡下，要注意和周围人的生活保持一致性，如果把孩子看得太紧、惹人注目就不好了。

那些脸上涕着鼻涕的老百姓家的男孩子，背着比我家左枝子更小的幼儿，在秋雨连绵的傍晚，经常连伞都不打便跑来我家后山采菌子，满不在乎地任由着背上的婴儿淋着雨仰头酣睡。我看到这种情形心里总是很矛盾，有时觉得他们简直太胡闹了，有时又觉得不知道究竟哪种做法才是正常的，或许我们这样的小心翼翼才是过分迂腐也说不定。可想归想，我对孩子近乎神经质般的注意却丝毫没有改变。

……

有一次，一位朋友的太太从远方旅行回来，笑着说：“某某先生把女儿左枝子当作宝贝，全日本都出名啦。”……这是夸大其词的说法，我也注意到人们经常拿这事开玩笑，但并不会不开心，因为人们既然知道我们特别担心左枝子的健康，那么他们自然也会对她特别留意了吧。……尤其是在乡下，若不严格注意是很危险的。有些乡下人虽说是好意，但常常把不该给小孩吃的东西拿给他们吃。

约在我出生半年以前，一个三岁的哥哥去世了。听祖母说孩子很聪明。保姆有事到外面去，给他吃了什么东西弄坏了肚子，因此送了命。左枝子可不能碰到这种事。为了这个缘故，即使有人嘲笑我神经质，我也一点不想隐瞒。[①]（P189、P190）

---

① 原文引自『志贺直哉集 2』[M]. 日本文学全集 2-9. 東京：河出书房，1969：189-202，中文为笔者自译，下同。

《流行感冒》中的主人公是个在东京长大的城里人，婚后和太太搬来我孙子定居，第一个孩子得了急病不幸夭折，自己的哥哥三岁时也因保姆照顾不当而送了命，因此，从小说开篇的叙述中我们就能看出主人公几个明显的性格特征：1. 他对第二个孩子的健康格外敏感；2. 他对乡下人照顾孩子的态度不太认同；3. 他对乡下出身的保姆并不信任。主人公家中除了他和妻子、女儿左枝子外，还有两个女佣阿石和阿君，都是我孙子当地村子里的人，通过叫元右卫门的中介介绍来家里干活，阿君负责后厨和打扫一类的杂务，阿石则负责带孩子和洗衣之类的贴身事务。

主人公一家虽然生活在我孙子这样的乡下，也希望尽量融入当地的生活环境，但小说通过描写男主人与女佣发生的数次冲突，向读者充分展现了城市与乡村的文化冲突。首先，在对待流行感冒的态度上男主人展现出了一定的医学常识，在发现我孙子出现流感病例后，严禁家庭成员参加运动会之类的集体活动，每当女佣外出采购时，都要再三叮嘱她们不要在外闲聊，因此即使周边邻居都得了感冒，主人公家中却没有发现病例。每年 10 月上旬我孙子都会举办戏剧节，往年男主人允许家中女佣参加这样的活动，今年因流感的传播而明令禁止了。与此同时，男主人惊奇地发现当地人谁也没有认识到流感的严重性，仍旧精心打扮准备好便当，相约去露天搭建的戏台，就连家中的女佣阿石也无视主人的劝告，偷偷跑去看戏。

男主人对阿石的不听劝告感到气愤，却忽略了农村人并不具备基础的卫生知识，尽管主人们禁止阿石外出，用的却是警告和恐吓的方式，并没有对女佣讲清得了流感后的严重性。或许在阿石认知里，自己身体强健，并不容易生病，就算得了感冒两三天也会好，但看戏这样的娱乐活动一年只有一次，错过了就太可惜了。因此，阿石会做出偷偷溜出去看戏的举动，根本原因在于认知层面上的差距和医学常识的缺乏，并非男主人认为的品性上的问题。

其次，对待女佣说谎的行为，男主人与阿石母女也有着截然不同的认知和态度：

> 我抱着左枝子在走廊上走着，阿石的母亲从院子里向我道谢：
>
> “承蒙您的照顾……”阿石是她最小的孩子，到十三岁一直吃母亲的奶，她像是特别疼爱这个女儿。阿石的母亲，虽说露着笑脸，讲着亲切的话，却隐藏不住她心里的不愉快，脸上怪难看的，眼里含着泪。我觉得很抱

歉，然而这个上了年纪的女性心中对我抱有恶感，我看得一目了然，因此我也不太开心。我们从小就在说谎这件事上受到严格的教育，而阿石和她的母亲似乎觉得说谎根本不算什么大不了的事情，何必大惊小怪，因此来苛责她的主人反倒是太过分了。（P196）

日本当时出版的女佣相关的指导书籍中大都对说谎这种行为的严重性进行了特别说明，如加藤常子的《女佣的雇佣方法》（妇人之友社，1913 年）和小池民次的《女佣和看孩子》（千叶县教育会，1905 年）中都强调了对于照看孩子的女佣来说，诚实是第一要务。男主人认为“我们从小就在说谎这件事上受到严格的教育”，但不得不指出的是，这里的“我们”显然不包括在我孙子这样的乡村地区长大的阿石母女。在男主人这样受过教育的城里人看来，说谎不仅是行为上的偏差，更是人品和人格层面的问题，并且会引发一系列的不确定因素，使他感到不安。但在乡村出身的阿石母女的认知中，阿石为了避免主人的盘问，为自己一时的行为开脱而说了谎，并不是什么大问题，也没有引发什么恶劣的后果，反倒是抓住这些小事不放的主人家太不宽厚了。教育上的差距使农村妇女无法理解城市知识分子的道德观念，因此对主人做出解雇的决定感到委屈、丢脸和愤愤不平。

最后，在解雇女佣的态度上，丈夫和妻子的对话中也体现出城市和乡村截然不同的看法。

“孩子她爹”妻子从客厅里悄悄向我招呼。我走过去。

“不能让她再多留些时候吗?”妻子小声恳求道。她的眼睛也湿润了。“在她们那个小地方，为了做错事被打发出去，以后叫人谈论起来怪可怜的。此外，也还有阿关那层关系，阿关回家的时候那么体面，阿石却落到这样的收场，让人看着太刺眼了。她们两家素来就不和，加上这件事关系就更坏了。我想能不能这么办，过段时间再不知不觉地打发她回去。阿石这次也是受到了惩戒，一定不敢再说谎了，你看成吗?”

“……既然你这么说了，那就这么办吧。”

“谢谢您。”

妻子急忙走向厨房，阿石母女刚要出门，又把她们叫回来了。（P197）

在丈夫眼中，自己与阿石母女仅是雇佣关系，既然阿石没有做好带小孩的工作，那么自己辞退她的行为合情合理；但妻子却更多地从乡下人好面子、邻里之间多闲言碎语、以及阿石作为一个未婚姑娘的名声来考虑，认为做错了事立马辞退她并不合适。丈夫认为照顾孩子的女佣有说谎的恶习是件危险的事，加之有过丧女的惨痛经历，对待第二个孩子再小心也不为过；妻子虽然也认同丈夫的观点，但却更多地考虑到农村人的面子问题及心理感受。

对话中妻子提到的阿关和阿石家是邻居，在同样从东京来我孙子定居的主人公朋友家中帮佣，由主家做媒嫁给了主人公家中的书生，辞工时主家为她置办了嫁妆，风风光光送她出门。对日本乡村地区的未婚女性来说，能够在从东京来的有一定身份地位的人家帮佣是一件光彩的事，若是能通过主家的门第介绍良配更是无比风光，邻里之间都会高看一眼。阿石家与阿关家素来不和，若是阿石落到被主家扫地出门的下场，一定会被邻居看笑话，经过妻子提醒，丈夫也意识到自己用城里人的做法来处理这件事会影响到阿石在乡里的名声，考虑到平日里阿石照顾左枝子尽心尽力，丈夫立刻认同了妻子的看法，决定入乡随俗、缓和矛盾，暂时将阿石留在家中。

小说通过描写流感期间女佣私自外出看戏引起的风波，向读者展示了大正时期日本城市知识分子与农村的百姓在卫生知识、道德教育及社会关系依存度等各个认知层面上的巨大差距。这种认知上的差距使男主人作为家庭管理者在教育和约束女佣行为时产生了误解和挫败感，以及因谎言引发的家庭内部空间的不透明性和不安全感对男主人的权威发起了挑战。因说谎而失去主人信任的阿石虽然留在家中，却如同镜子一般反射出男主人的恐惧和不安，引发了男主人的精神危机。下节将从家中女佣的存在导致了男主人的精神危机来探讨外部视角的扭曲是如何引起叙述者自身视角的崩溃，以及男主人又该如何重建自己在家庭中的权威。

二、男主人的心理危机

小说中男主人在向他人表达了自己对阿石的不信任后，发现家人并未与自己同样引起重视，妻子还是如原来一般让阿石照顾孩子，左枝子也喜欢黏着阿石，同为女佣的阿君更是表现出与阿石同仇敌忾的态度来，看到这些，男主人原本就有些神经质的性格被进一步激发了出来。

我是不高兴的。这样的自己确实像个暴君——但我觉得是大家把我逼成暴君的，就更加不高兴了。我感到阿石、妻子和左枝子在心情上与我对立。家里弥漫着一股不愉快的气氛，大家都沉默了。

……

我寻思着，要是阿石真的没有去过，我的怀疑未免过于残酷了，阿石要是回家向父母和哥哥哭诉这件事，无论什么人听起来，都会认为这个主人不讲道理，是个无聊的暴君！我自己从前的作品里曾表达过这种思想，可遇到实际问题却做出了完全相反的傻事，这是怎么回事呢，我跟自己生起气来。

……

“是你脾气太犟，太多疑啦！那么明明白白地说没去，还要讲什么不许她抱孩子……遇到这种事，谁都受不了。”

我自己正有些后悔，又给妻子毫不客气地说中要害，我发起火来。

“现在讲这些话有什么用！我至今也不认为阿石讲了实话，你再这么唧唧咕咕，可别怪我发脾气啊！“我露出气势汹汹的神情恐吓她。

“你不管说什么都固执到底，在自己家也就罢了，要是到……”

“住嘴！”（P194）

小说中提到的“从前的作品”指的就是《好人物夫妇》中作者秉持的理念：“由误解引发的悲剧是最无意义的事。”但无论是《好人物夫妇》中的男主人还是《流行感冒》中的男主人，都要求家庭内部必须维持一种完全透明的信赖关系，一旦女佣或其他家庭成员被他们发现了“秘密”或“谎言”，马上就会引起他们精神上极度的不安和焦虑。《流行感冒》中的男主人甚至感到家人都站在女佣这边，自己被排挤和孤立了，这种孤独感刺激着男主人的内心，使他产生了罪恶感，甚至怀疑自己才是家中的“暴君”。男主人无法遏制的自责之念是理智（怀疑女佣说谎）和情感（不该有这样的怀疑）的冲突造成的，此时女佣阿石的存在成为了激发主人公内心矛盾冲突的关键因素。

阿石说谎的行为本身并不可怕，可怕的是男主人发现家中除了自己之外都对阿石抱有信任的态度，原本身为一家之主的自己拥有绝对的权威性，是凝视的主体，女佣不过是被凝视的客体，但周围人表现出的态度使他感到自己才是那个被凝视的客体，这种凝视的倒错是通过家中女佣这面镜子的折射产生的外部视角的扭曲，导致了男主人自身内部视角的崩溃。然而，通过女佣的谎言被揭穿，真相大白之后家人态度的转变使男主人重新确立了自己的主体性和在家中的权威性，此时女佣说谎这点小过失也并非不可原谅了。

> “到底还是去过了。”我一看见妻子的面就这样说。对自己料事如神，我感到很满意。
>
> ……
>
> 因为缺乏人手，白天要干平时一倍以上的工作，而到了夜间，尽管疲乏不堪，连躺一下都办不到，我从心里对阿石产生了好感。这一阵我对她过分地吹毛求疵，不禁觉得抱歉。我之前这么吵闹，结果却是自己把病传染给了大家；差点被解雇的阿石反倒安然无恙地看护着所有人。阿石要是觉得得意也是理所当然的，我要是受人奚落也无话可讲。然而阿石丝毫没有这种心情和表示，只知尽力劳动。平素她的性格是不喜欢劳动的，此时却出乎意料地辛勤工作。关于她的想法虽然不十分清楚，可看起来并不是想为自己过去犯的错误进行补救，而是更直接的心情。我将这一切都理解为善意。我觉得阿石不过是单纯地看到我们遇到困难才尽力劳动的，之前也是因为盼了很久的戏来了，觉得非看不可才撒了谎去的，没想到事情越来越复杂。但她最初的想法应该是单纯的，就像她现在看到我们困难所以拼命干活一样单纯。(P199)

男主人在揭穿了女佣的谎言，证实了自己的判断后对阿石的态度发生了明显的转变，虽然表面上看上去是为阿石辛勤劳动所感动，但之前阿石在照顾左枝子时尽心尽力，却仍然因说谎遭到了人格上的怀疑，究竟为何男主人突然发自内心地相信她，并且为她之前的过失也做出善意的辩护呢？

笔者认为，归根结底还是因为男主人通过揭穿阿石的谎言在家庭内部重建了权威，女佣坦白自己的过错并接受惩罚，这使男主人对自己的掌控力和管理能力重建了自信。原本不可视的女佣的内面所带来的不安和恐惧因真相大白而消解了，家中不透明的空间也被清除了，男主人重新回到了凝视主体的位置。正是因为重新掌握了家庭关系中的主导权，男主人才能够自信且抱有善意地猜测女佣的内心想法，此时的女佣对男主人来说再也不是不可知的他者和危险的存在了。

三、小结

如今阿石依旧在我们家里劳动。她和阿君犯了什么错误，还是照样挨我的骂。预备再过一个星期，她就要回乡下去了，然后再过一个星期，就准备结婚了。我们盼望那个男人是个好人，阿石会成为幸福的女人。（P201-202）

《流行感冒》以女佣阿石的结婚迎来了圆满的结局。女佣原本是家庭小说中不起眼的配角，作者却通过刻画男主人和女佣的冲突，揭示了在城市和农村不同的文化背景下成长的人在道德观念和认知层面上不可忽视的差距。小说刻画了家庭内部因他者的谎言而引发的猜忌和孤独感，凝视的倒错使原本掌握权力的主人公产生了自我怀疑，外部视角的扭曲导致了其自身视角的崩溃。最终作者通过巧妙的设计让男主人揭穿了女佣的谎言，消弭了家庭中不透明的空间，通过他者内心想法的可视化，使失去家人信任的男主人重建了作为家长的权威、恢复了对家庭的掌控力，主仆关系的归位也使家庭内部重新回归了平和安稳的氛围。

第四节　绝望的主妇——志贺直哉《邦子》论

志贺直哉的小说《邦子》发表在 1927 年 10-11 月刊的《文艺春秋》上，后被收入作家全集。作品通过主人公丈夫的第一人称回顾性叙述，刻画了因自己的出轨而感到绝望，最终选择自杀的妻子的心路历程。大多数先行研究将目光集中在主人公剧作家身上，认为这是一个描写文学艺术与现实生活的冲突、家庭与恋爱之间的纠葛、深层探讨中年夫妇生活倦怠现象的作品。也有研究者[①]指出小说中邦子的自杀是作者受到同年 7 月芥川龙之介自杀的刺激，将自己微妙的心理阴影投射在小说中。

与同一时期同样以婚姻婚外恋作为主题的《山科的记忆》系列作品相比，《邦子》的虚构色彩更加浓厚，作者曾在《续创作余谈》中提到这部作品：

---

① 陈秀敏．《日本的“小说之神”——志贺直哉文学世界论》［M］．沈阳：辽宁人民出版社，2012：222

《邦子》是以此前素材中的心灵体验为基础，进行了尽情虚构的作品。在某种程度上是下了大功夫写出的作品。……这篇小说受到某些人欢迎，又不受某些人欢迎，好像以对女人的看法为基准分为两派。大体上说，有“女权主义倾向”的人似乎对这篇小说感到不愉快，想法与此相反的人则在小说中找到了同感。《邦子》是我自己的作品，我喜欢它，认为“这也是个好东西”。邦子喝下水银后，默默回忆起往事，这是二十几年前我从朋友那里听说的关于他夫人干过的事，便将其写了进去。①

引用段落中“此前的素材”指的是“山科恋爱事件”，作者对此进行了深度伦理思考后创作了《邦子》。《邦子》刻画了一个因丈夫婚外恋而产生了强烈的自我否定，最终走上绝路的妻子。小说中的女主人公邦子出身社会底层，幼年过着乞丐般的生活，十三岁失去亲人后做过女佣、替人照看过孩子、当过工厂女工、餐厅服务员，还做过商人的小妾、遭受过性虐待，在山区温泉旅馆打工时遇到了见义勇为的剧作家，两人迅速产生了好感，同居后决定结婚。邦子通过偶然的机会如同灰姑娘的童话一般在极短的时间内完成了从女佣到中产阶级家庭主妇的转变，并且生了三个孩子，与剧作家过上了“至今为止连想都不敢想的”幸福的家庭生活。

然而，满足于平稳的家庭生活的邦子却与渴望精神刺激的丈夫产生了不可调和的矛盾，最终，艺术至上的剧作家为了寻求创作上的刺激，无视邦子的痛苦，不断地与家中女佣、剧团女演员等发生婚外情，并且在妻子自杀后表现出不愿忏悔的态度，认为妻子的死是“无可奈何”的“必然的结局”。有研究者指出②，邦子在婚姻内部的抗争隐喻了当时作家在文坛内部的抗争，而邦子在遗书中没有直接提到丈夫的出轨（自杀的动机），仅仅写下“不堪忍受的寂寞”、“不明原因的神经衰弱”，是为了呼应芥川龙之介遗书中提到的“隐隐的不安”。

本书之所以选择《邦子》作为志贺文学中的女佣书写进行研究，并非基于小说中具体的某个女佣形象，而是聚焦于家庭空间中作为他者的女佣对主妇的心理和家庭地位所造成的威胁，从这一点上看，《邦子》与《好人物夫妇》、《流行

---

① 转引自陈秀敏．《日本的“小说之神”——志贺直哉文学世界论》［M］．沈阳：辽宁人民出版社，2012：222

② 古川裕佳．文坛小说としての「邦子」—妻の死を収夺する「私」［J］．国语と国文学/东京大学国语国文学会编 77（1），40-53

感冒》的主题有着相同的底色。如果说《好人物夫妇》中女佣的“秘密”、《流行感冒》中女佣的“谎言”造成了主人的不安，使原本平稳的家庭内部产生了裂隙，那么《邦子》中丈夫与女佣的“秘密与谎言”则打碎了邦子眼中幸福家庭的幻象，使她失去了作为主妇的自信，陷入了绝望与孤独的地狱。

一、主妇之位保卫战

> 我们充分享受着新婚夫妇的生活。以我自己的年龄来看有些不可思议，两个人仿佛热恋中的情侣一般。
>
> 家中的老女仆经常会一不小心拉开移门，让我们尴尬，仿佛故意说给我们听似的：“你们闹得太厉害了，我实在受不了，并不是不小心拉开的。”
>
> 家里的老女仆和邦子怎么也处不好，这位老婆婆据说原本出生在大寺院的侍卫家庭，是我的乳母，喜欢吹嘘自己将我养大的事，暗地里十分看不起邦子咖啡馆女招待的出身。邦子经常委屈得直哭，我心里也不高兴，但又不能直接表现出来，更做不到斥责自己的乳母。
>
> 家中只有我和乳母时她的态度并不像现在这样，邦子来了之后就不可思议地突然转变了。因为我娶了个女招待，她就像捏住我把柄似的，对我的态度也强硬起来。我不在家时她经常训斥邦子：“原本少爷一个人的时候是这样的”，将邦子好不容易为我整理好的东西一一重新摆放。事后邦子问我，有些情况确实属实，有些却并非如此。我觉得乳母老是对邦子使坏，雇着这么个老婆婆折磨邦子实在没有道理。可是一想到她至今为止对我的照顾，实在没办法火起来把她赶出去。最后还是邦子实在受不了和她撕破了脸，乳母说：“那我不干了。”邦子回答道：“那就请您出去吧。”
>
> 我一边说着承蒙您长年的照顾，但现在这样除了请您离开实在没有办法，终于将乳母解雇了。[①]（P233）

小说中女主人公邦子在新婚后与身为剧作家的丈夫情意相投，无奈丈夫的乳母却对她抱有出身上的偏见。日本上流阶层的家庭中对于常年侍奉主家的老仆人十分看重，有为其养老送终的传统，因此，剧作家虽然也对乳母欺压新妇的行为

---

① 原文引自『志贺直哉集 2』［M］. 日本文学全集 2-9. 东京：河出书房，1969：228-250，中文为笔者自译，下同。

不满，却无论如何做不到自己开口将照顾了自己三十几年的老女仆赶走。此时，邦子表现出了底层穷苦家庭出身的女性所具有的韧劲，并没有一味地忍受老女仆对自己的欺压，也没有太过顾及丈夫的面子，而是通过自己的努力将老仆赶走，从此成为了家中无人干涉的、名正言顺的女主人。

邦子在赶走家中挑剔自己的老女仆后，自述过上了“从未想过自己这辈子还能如此幸福”的生活，在为剧作家生了两个孩子之后，邦子的幸福感达到了人生的巅峰，剧作家却渐渐感到为家庭生活所束缚。此时，剧作家的哥哥和自家女佣发生了婚外情，嫂子的痛苦给邦子幸福的家庭生活蒙上了一层阴影：

> 哥哥和自家的女佣纠缠不清，女佣则通过一些无聊的小事向嫂子示威。
>
> “我也不是嫉妒，你哥也说了没必要干这种无聊的事（吃醋）。但阿藤时不时地向我示威，我实在气得不行……你能劝劝你哥吗?”
>
> ……
>
> “虽然没有现场抓到过，但这事情肯定有。总之，我实在受不了阿藤现在还厚着脸皮和我们同住在一个屋檐下。我并不想追究你哥哥和阿藤之间的关系，只要直接把她赶出去就行了。(P234)

从嫂子的话语中可以看出，她气愤地与其说是自己的丈夫和女佣发生性关系，不如说是女佣仗着自己和男主人的关系向女主人示威——这意味着女佣向主妇的位置发起了挑战，家庭秩序和上下关系发生了混乱。嫂子采取的方法并不是和丈夫大吵大闹，追究他行为上的过失，而是希望通过小叔子婉转的劝说，让丈夫同意将女佣这个威胁到自己家庭稳定的不安定因素排除出去。对嫂子来说，只要确保家庭内部空间的透明性和自己主妇之位的确定性就心满意足了，至于丈夫的内心想法和行为动机，她并不想追究。

圆满处理完哥哥家中的女佣危机后，剧作家告诉邦子自己过去也曾做过与哥哥同样的事——在邦子生第一个孩子入院时，自己在家中与女佣发生过两三次性关系，但在邦子出院前就将女佣辞退了，因此没有留下任何蛛丝马迹。剧作家认为这已经是过去的事了，即便现在讲给妻子听，也不会使她产生烦恼，却没有想到邦子受到了非常的冲击，并在心中埋下了苦恼的种子。

剧作家忽略了邦子的幸福与嫂子并不相同，作为长子的哥哥娶了门当户对的妻子，对媒妁之言的婚姻来说，家庭结构的稳定和家庭成员的再生产比夫妻间的感情更重要。然而，对邦子来说，剧作家是将她从绝望困苦的生活中拯救出来的人，他们的婚姻基于自由恋爱，剧作家能够突破门第的偏见娶自己为妻（之前的商人不过纳她为妾），绝非仅仅贪图自己的美色，必定出于真心相爱。因此，剧作家的告白成了对邦子信仰的家庭幸福生活的背叛，邦子坦言自己绝没有想到丈夫会做出这样的事，在邦子的观念中，自己与丈夫的爱情是排他性的，正因为曾经体验过真正的恋爱，邦子无法仅仅满足于维持家庭表面的平和，做名义上的主妇。

二、家庭生活与艺术创作的冲突

然而，邦子所信仰的排他性的爱情，对剧作家来说却是创作的束缚、艺术的大忌。他不堪忍受周而复始的生活，也无法满足于生活中只有一位女性。有岛武郎曾对艺术家的爱情发表过如下看法，完全能够作为小说中剧作家心理活动的注脚：

> 我不能满足于一个女性，因为无论这个女性如何美好，她一个人也未必能够充分发挥女性具备的所有特色。譬如，假设这里有三个女性，她们各具优点，有不同的个性和特色，那么A无论多么伟大，多么美好，也不可能兼具B与C的全部特色。如此说来，如果仅爱A，则永远不能理解B和C，我的生活就会被缩小、束缚到这种程度。①

同样苦恼于创作瓶颈的剧作家需要新的灵感缪斯来推动自己的事业发展，因此，他很快迷上了某个剧团的女演员，陷入了之前在邦子身上体验到的激情的漩涡，并且经过小报记者的渲染闹的满城风雨。曾经向自己保证“绝不会出轨”的丈夫冷酷地说出：“你是你，我是我，这不是挺好？我埋头于创作，出现这种情况也是理所当然的，你像原来一样生活不就好了。”这番话让邦子感到自己的家成了一盘散沙，对于曾经使她充满幸福的家庭生活完全丧失了信心：

> 我完全丧失了信心。说出这样的话可能又要被你责骂，但是我已经完全不知道该如何待在这个家中了。我曾感到家里每个人都凝聚在一起，现在却

① 有岛武郎．再婚を断る理由．『有岛武郎全集』[M]．东京：筑摩书房，1988：390

变得你是你、我是我、孩子们是孩子们，一个家四分五裂，寂寞得不得了。怎么办呢，我会不会是神经衰弱了呢？（P248）

对邦子来说，家庭就是每个成员紧密地联合在一起，这样的家庭不是一个场所，而是大家心灵的依靠。因为爱而结合，没有谎言和秘密，这样的关于家庭的意识形态牢牢地支配着邦子的生活。可是，现实却让她看清了丈夫的利己主义，以及婚姻关系中的谎言和冷酷，邦子终于在家庭中迷失了自己，选择了自杀。

三、小结

《邦子》中女佣的越界使妻子的主妇地位受到威胁，破坏了夫妻间的信任关系，制造了家庭内部空间的不透明角落，最终导致紧密的家庭关系出现了裂隙。与夫妻关系和血缘关系的确定性相比，女佣作为他者在家庭中的位置是游离的、变化的，这样的不确定性为小说的创作增添了刺激性与悬疑性。志贺在中期作品的创作中正是抓住了女佣这个家庭中的他者、家庭空间边界线上的存在，为原本平淡的家庭小说增添了紧张感和悬疑性，从而创作了一系列经典的家庭小说。

本章小结

本章分析了志贺直哉家庭小说中男主人和女佣的微妙关系。小说中的男主人往往将女佣视作家庭中的“他者”，认为她们缺乏智慧、只懂体力劳动、不诚实、爱占便宜、容易惹麻烦，身为主人必须对她们进行“身体——行为——思想”上的绝对控制，完全消除家庭中不透明、暧昧的空间，这样才能令他们获得身为家长的权力满足感。但小说中的女佣却通过和家中的太太、孩子产生情感链接来获得庇护和安全感，以一种“弱者的抵抗”方式构建了自己的生存空间，消解了男主人的绝对权威性。

与志贺直哉同时代的作家广津和郎①曾指出：志贺的中期作品表现出一种“调和”倾向，因此失去了“对不正的事物的嗅觉”，仅仅安于当一个“好人物世界的主人公”。日本的研究者也普遍认为志贺的中期作品缺乏初期作品中激烈的冲突与对峙，因此缺少一种“紧张感”，给读者留下平淡的印象。但不得不指

---

① 広津和郎．『志贺直哉论』［M］．东京：新潮社，1919（4）：13

出的是，志贺通过女佣这个文学符号，搅乱了家庭内部空间单纯的人际关系，在安稳的日常生活中制造了悬疑性，使夫妻关系中隐藏的危机得以显现。因此，笔者认为志贺在中期作品的创作中尝试利用女佣所具备的家庭中的他者这个特质，来挑战家庭小说中的文化意识形态和传统道德观念，是其成功地完成了商业小说作家的转型以及实现了大正文坛复归的原因之一。

第五章　二战后的女佣

20世纪50年代，日本正处于战败后的经济恢复期，社会大环境安定，人们的衣食住行也宽裕了，城市中产阶级家庭对女佣的需求也高涨了起来。根据社会学调查，日本直至20世纪60年代才开始在一般家庭中普及洗衣机、冰箱、电饭煲等家电，在此之前对主妇来说家务是十分繁重的。根据日本昭和三十（1955）年的人口普查，住家女佣达到了30万人，与纺织工、事务员、销售员一起被列为女子的四大职业之一，中产家庭中有几个女佣人并不稀奇。在大城市的家庭里做工的女佣大多是来自地方上或乡下的姑娘，住家女佣的自由时间很少，需要从早到晚地工作，周围没有同龄朋友，会感到很寂寞。日本在昭和二十九（1954）年诞生了“希交会”这个促进女佣人际交往的联谊团体。希交会是以兴趣和学习为中心的联谊会，并非为了主张或者保护女佣的权益，尽管如此，雇主中还是有不少人不愿意女佣参加这样的聚会。对雇主来说，并不是不愿意给女佣放一天假，而是担心女佣们在一起互相交流工作的心得或是讲主人的坏话，他们希望女佣能够卖力干活，而不是通过交友增长见闻，变得越来越有主见，抱团一起维护自己的权益。①

女作家由起茂子小说《女佣之子》中的梅子夫人便是其中典型的代表，小说中的主家将女佣置于家庭中最底层的位置，连孩子也可以欺负女佣，家中有情况第一个怀疑女佣，不但不将她们当作平等的人来对待，甚至毫不尊重她们的人格，这种严格按照主从关系相处的阶级意识在当时的日本上流阶层中是根深蒂固的。希交会的官方杂志上写着女佣对受到雇主歧视的愤慨：“当别人看不起我是女佣时，我才知道原来所有的职业都是有阶级的。女佣是被人侮辱的职业吗？我是女佣，但是，我也是优秀的独当一面的人。”这些年轻的姑娘们希望人们能够把女佣当作一种职业，尊重她们的工作，这是她们最大的愿望。从女佣的控诉中

① 转引自清水美知子.『〈女中〉イメージの家庭文化史』[M]. 京都：世界思想社，2004：161.

可以看出，直到20世纪中期日本社会对女佣群体的偏见和歧视还是非常普遍的。

但女佣的处境也随着供需关系的倾斜逐渐发生了转变。昭和二十六（1951）年，朝日新闻上刊登了“日本家庭再度急需女佣，招人数量是求职者的两、三倍”的新闻报道，谷崎润一郎的小说《厨房太平记》中，东京的木贺氏（志贺直哉）向关西的千仓磊吉（谷崎润一郎）写信希望介绍女佣的逸闻在现实生活中也发生在这个时期。二战后日本家庭女佣不足的原因主要有以下三点：一、双职工家庭需要帮忙看小孩的育儿嫂；二、妻子的副业能够带来相当的收入，所以需要找人帮忙承担家务；三、希望婆婆或丈母娘帮忙带小孩做家务，但年长的女性也开始有了自己的工作和兴趣爱好，无法满足孩子的要求。

从上述原因中可以看出，战后日本女佣紧缺是由于日本女性逐渐走出了家庭，参与社会劳动和社会分工，这与战前因孩子多、家务负担重而导致的女佣不足有着较大的差别。据昭和三十（1955）年的日本国势调查显示，当时日本住家女佣已经达到了30万人，与纺织工、行政人员、售货员共同成为了日本女性的四大职业；与此同时，日本也面临着“需要女佣的家庭逐渐增多，愿意做女佣的女性逐渐减少”这样的窘境，据同年的职业安定所调查，日本全国的住家女佣人数仅达到了需求人数的一半，在东京这样的大城市更是只满足了20%的家庭，与1920年同样陷入了严重的女佣不足危机。

在这样的社会大背景下，女佣的劳动环境与二战前相比发生了极大的转变。根据日本劳务省1959对札幌、东京、大阪、福冈等20个城市、700多人（包括雇主、女佣）的调查显示，女佣的年龄、就职路径、就职理由等方面与战前并没有很大的差别，但在待遇和要求上却有着天壤之别。第一，战后的女佣不再接受雇主给自己起名，9成以上的女佣使用自己的本名；第二，女佣要求有自己独立房间的占八成以上；第三、女佣要求有固定的劳动时间和休息时间，在自己的休息时间可以自由地听广播、看电视、读新闻等；第四、女佣每个月要求固定的休息日，每天平均有7~8小时的睡眠时间；第五、女佣的现金工资每月平均达到3586日元（不低于社会平均水平），其余还有伙食费和衣物等，74%的主家认可每年给予一定的增加；第六、住家女佣对主家的住宿环境有要求，一户建占一半以上，九成家庭有自来水、煤气、浴室，八成家庭有洗衣机，五成家庭有煤气灶；第七、雇主基本做到不干涉女佣的休息日、私生活，不在生活上对其差别对待，并且对女佣的人格成长、教养技能等方面提供帮助，像家人般对待女佣的优良传统得到了社会舆论的广泛支持。①

第一节　身份的越界者——由起茂子《女佣之子》论

小说《女佣之子》于昭和二十九（1954）年发表在杂志《小说新潮》上，并于次年被拍成电影，成为了日本女作家由起茂子的代表作之一。小说的背景设定在日本战败后的经济高速发展期，描写了一名从山形县来到东京郊区中产阶级家庭中帮佣的少女和受到家人和学校伙伴排挤的问题少年之间发生的故事。电影以不受父母喜爱的孩子和女佣之间的心灵交流为焦点，打出了“比母亲更仰慕女佣的少年……被同学称为女佣之子的少年！紧紧联系在一起的女佣和少年的真心！”这样的宣传标语，在当年的电影排行榜上排在第七位，大获好评。小说中由起茂子除了描写少男少女的心灵交流之外，还从侧面刻画了日本中产阶级家庭中冷漠的人际关系和都市人的利己主义，以及如实地描述了当时人们对女佣的看法和女佣在家庭中的底层地位。

笔者之所以选取由起茂子的这篇作品作为博论研究对象，主要有以下三个原因：首先，由起茂子的作品中大多以女性为主人公、以大正至昭和的日本中产阶级家庭为舞台背景进行创作；其次，由起茂子在成为专职作家之前有 20 年的家庭主妇经历，与女佣有过充分的接触和敏锐的观察；第三，《女佣之子》是作家笔下唯一一篇以女佣作为主人公进行创作的作品，并且被拍成了电影和电视剧，受到了广泛的社会关注；小说较为典型地描写了 20 世纪 50 年代日本中产阶级家庭内部的景象以及当时住家女佣的生存境况，具有较高的研究价值。

由起茂子曾经凭借小说《书的故事》获得 1948 年第 21 届芥川奖，但她的作品在国内几乎没有受到关注，在日本发行的小说单行本也基本绝版了，相关资料及先行研究数量极少。本章将以小说版《女佣之子》为基础进行文本细读，对小说中女佣的处境进行分析，并通过女佣的视角观察日本 20 世纪 50 年代处于经济高速发展期的中产阶级家庭中的错综复杂的人际关系，同时结合当时的社会背景和作家的人生经历，探讨作家以女佣为主人公进行创作的深层含义。

---

① 转引自清水美知子.『<女中>イメージの家庭文化史』［M］. 京都：世界思想社. 2004：147－159

一、由起茂子的人生与创作

由起茂子[①]出生于明治三十三（1900）年12月，本名新饲志，她在家中排行老三，有哥哥、姐姐和一个异母妹妹。新饲家是有着好几个女佣的富裕家庭，亲生母亲在由起10岁时病逝，12岁时迎来了继母，处于青春期的由起无法适应新母亲，她在《指环的故事》（1951）中描述了自己对继母的看法："继母在感情表达上既轻浮又露骨，常常吓到我们姐妹，有着让人无法忍受的野蛮和卑贱。不仅是对待父亲的态度，早晚的寒暄、饭桌的礼仪这些自不必说，在家里的走路方式、笑起来的样子、说话方式、吩咐女佣的态度，无论是理财方法还是待客之道，都让人觉得完全是两个世界的人。"敏感又高傲的由起以自己少女时代的体验为主题，创作了很多相关的作品。

由起的青春期同样充满了坎坷。她从小喜欢音乐，受到教会音乐的启发，立志成为作曲家，但没有得到家人的支持。由起从大阪府立堺高等女学校毕业后，编入了私立女学校的英语别科，于大正七（1918）年拜作曲家山田耕耘为师，毕业后不顾家人的反对，进入了神户女学院音乐部。大正十（1921）年，20岁的由起从神户女学院音乐部中途退学，来到东京继续师从山田学习作曲，但山田严厉地制止由起自由作曲，要求她学习和声和对位法。由起不喜欢受到形式和规则束缚，陷入了烦闷的苦恼中，最终患上了腰椎骨疽，被要求3年的绝对静养，以住院为契机中断了音乐的学习。由起在神户的疗养院中抱着死的觉悟和女佣人两个人生活着，不久却慢慢恢复了健康，经过另一家医院的诊断，发现不是骨髓灰质炎，尽管如此，她不得不放弃了想要成为作曲家的梦想。

大正十四（1925）年，由起茂子25岁，与在东京游学期间认识的伊原宇三郎结婚。伊原当时31岁，毕业于东京美术学校，是一位新锐画家。结婚后不久，丈夫取得了农商务省的海外研修生资格，为了绘画事业只身前往巴黎，次年6月，由起也去了法国，之后3年和丈夫一起在法国生活。那段时间由起不但跟随巴黎音乐院出身的玛格丽特·罗恩学习钢琴，还受到丈夫的影响对绘画等欧洲艺术有了近距离的接触。但好景不长，昭和三（1928）年11月，由起生下长子，开始了以育儿为中心的生活，由于经济原因于1929年7月回国，回国后按照丈夫的意愿成为了一名全职家庭主妇，并且连续诞下了三个孩子。表面上看，由起

---

① 由起しげ子．「接ぎ木の枝—文学自传」［J］．『群像』14巻8号，1959

是著名画家兼大学教授的妻子，被温柔的丈夫和四个孩子包围，过着幸福的主妇生活，但实际上由起和丈夫的性格分歧很大，最终两人还是选择了分居。由起在1963年出版的小说《温柔的丈夫》中详细地描绘了从法国新婚时代到决定分居约20年间的夫妻关系。

1945（昭和20）年12月，45岁的由起带着两个年幼的孩子离开了丈夫，为了生存，她在熟人的介绍下着手翻译《格林童话》和《阿拉伯之夜》，并尝试进行童话创作。1947—1948年间，由起创作了20篇左右的短篇童话小说，因生活上需要照顾生病的姐姐，由起陷入了严重的经济危机，当时杂志《妇女公论》的主编八木冈英治伸出了援手，为由起家送去了两升米，劝她可以靠写小说挣稿费养家，由此正式走上了创作之路。由起第一部出版的小说《书的故事》一举成名，斩获了第21届芥川奖，出席获奖者座谈会时记者问到："是否是以成为小说家为目标?"由起诚实地回答："我做梦也没想过能成为小说家。我不太喜欢写小说。但我每个月都要给生病的姐姐寄钱，所以很高兴能收到稿费，仅此而已。我对自己被认为是能写小说的人，一个接一个地接到约稿感到不可思议。"

由起的作品确实为战后的日本文坛带来了一股清风，但并非没有受到质疑，芥川奖的评论中有如川端康成所说："具有一定的精神高度和准确性，恰如其分地表达"这样善意的评价；也有如宇野浩二那般："到处都是自以为是的叙述，虽然有趣，但也有令人讨厌的地方"、"而且听说她是著名画家的夫人，就更不相信她（能凭自己的实力）得奖了"这样恶意的揣测。面对部分评委的恶意，由起在获奖后记中毫不留情地给予了回击："所谓的评审员，历史上就有让塞尚终身落选的光荣历史。芥川奖错误地颁给了《书的故事》毫不为奇。评论家应该督促权威的芥川奖设立更为可信的评审制度，而不是为难或羞辱获奖的作家。"

芥川奖的获奖者正面回击评论员是从未发生过的事件，由起在从事职业写作的二十多年间发表了一百二十多篇作品，一贯的精神是追求本真的生活方式。由起所描绘的女主人公都具有纯粹的性格，她们对现实的看法有时是片面的，甚至是自以为是的，但是，即使被批判，她们也会堂堂正正地主张自己，不会因此懊恼或自我否定。由起茂子本人同样如此，学生时代虽然遭到家人的反对，但为了继续学习音乐果断退学远赴东京。在日本战败后的混乱时期，她舍弃了著名画家的妻子这样的社会身份，即便遭遇经济困难，仍然选择走上个人自立的道路。在她的生活方式中，能感受到绝不与世俗妥协或屈服于世俗的强烈意志。正是这种纯粹且洁癖地追求人性的强烈个性，才形成了支撑其作品的巨大力量，可以说在当时日本文坛中是独树一帜的。

二、由起茂子与女佣

由起茂子在与丈夫分居之前过着优渥的生活，因此，她的出身阶层和经历使她在作品中描绘的家庭大部分是中产阶级以上的富裕家庭，这样的家庭中一定会有干家务的佣人，也就是所谓的“女佣”。以描写从新婚时代到决定和丈夫分居的自传体小说《温柔的丈夫》① 为例，作品中从大正末期到第二次世界大战末期大约 20 年的时间跨度，主人公千鹤子的家庭中始终雇佣着女佣。当全家在法国居住的时候，千鹤子雇用了不住家的家政服务员，回国后，在东京中野租的房子里描绘了和女佣叶末一起做饭的场景，次子出生不久，趁丈夫住院的机会，千鹤子雇了一个 15 岁的少女当保姆。小说主人公居住的新建的城市郊区的房子里特别设置了“佣人房”，除了这两名女佣之外，在叶末的父母的推荐下，又来了一名叫登记子的女佣。登记子对女主人千鹤子很敬佩，在告假的时候留下了“我过几天结婚后一定会再到东京来，到时候我会住过来帮忙的”这样亲切的话。她走后，表妹政江以女佣的身份住进来帮忙。正因为家中有了多个女佣人，千鹤子虽然有 4 个孩子，却从未手忙脚乱过，既可以弹钢琴，也可以丢下孩子外出。由起茂子从专门雇佣女佣的主妇的角度出发，在众多作品中描绘了女佣，但其中《女佣之子》是唯一一部以受雇方也就是女佣为主人公的作品。

三、阿初的上京动机

《女佣之子》② 的主人公织本初是山形县人，读中学时来东京修学旅行丢了钱包，碰巧路过的加治木家的太太梅子伸出了援手，缓解了阿初的燃眉之急。阿初回山形县后写信向太太致谢，并归还了借款，她在信中提出中学毕业后希望来东京的太太家帮佣，不知太太可否收留她，太太在回信中一口答应。阿初上门的那天太太碰巧外出了，接待她的是加治木家的家庭教师兼打工的若月，若月看着这个不知从哪里找上门的女学生先是质疑阿初是不是离家出走，接着又调侃她肯定做不长久。若月认为现在的女孩子都吃不了做女佣的苦，中学毕业的话也有其他的就业途径，何必来别人家做佣人。她质疑阿初是不是图谋不轨，想要靠做女

① 由起しげ子.『やさしい良人』[M]. 东京：文艺春秋新社，1963

② 由起しげ子.「女中ッ子」[J].『小说新潮』. 第 8 卷 16 号，1954

佣从主人家捞些油水。阿初坦然地回应若月的质疑，她说自己肯吃苦能干活，学校的老师也认为她适合做女佣，并且强调自己绝不会手脚不干净、做出小偷小摸的行为。从若月和阿初的对话中可以看出阿初本性正直、勤劳肯干、没有野心，与城市中的时髦女学生不同，具有传统奉公人老实本分的特质。

作者在太太梅子与阿初的对话中交代了阿初上京的动机。梅子按照当时日本雇佣女佣的惯例问阿初愿不愿意把工资存在她那儿作为出嫁的嫁妆，梅子认为嫁妆是很大一笔开销，阿初做女佣期间吃住都在主人家，工资还是存起来为好，阿初却表示自己希望每月领到工资，即便不嫁人也没关系。事实上阿初上京做女佣真正的目的是给老家贫困的父母寄钱，日本战后女佣的工资比二战前有了大幅度的提高，基本达到了工厂女工的水平，加上吃住都在主人家，比其他工作更能存下钱，这才是阿初中学毕业后想要做住家女佣的真实目的。

四、阿初的主家

阿初帮佣的加治木家共五口人，男主人恭平是公司职员、太太梅子是全职主妇、另有三个子女，14 岁的长子雪夫、9 岁的次子胜见和 6 岁的幼女小光。在阿初上京之前家中有一名女佣广子，是加治木家的远房亲戚，广子白天干家务，晚上上裁缝学校，阿初来了之后广子便能上白天的课了，但她并未因此感激阿初，反而处处排挤阿初，她与阿初同为女佣，却仗着亲戚的身份比家中任何人都更看不起阿初，摆出一副“处处与阿初划清界限”的态度。家庭教师若月时常当面嘲笑阿初的东北口音，孩子们也有样学样，知道阿初是家中地位最低的人，因此经常刁难她，拿她撒气，长子雪夫甚至给阿初起了个外号——猪八戒。

加治木家表面上看是光鲜亮丽的东京中产阶级家庭，实际上家中氛围并不融洽，男主人恭平是个甩手掌柜，从不理家务，在家中存在感微弱；女主人梅子则热衷社交，家务全交给女佣负责，孩子则由家庭教师教导；长男雪夫头脑灵活、身体较弱、从小就受到重视长大；长女亚明是最小的孩子，最受父母疼爱，是一家的女王；次子胜见则是个“问题儿”，在学校里经常丢失便当和学习用品，在家中稍有不顺心便乱扔东西，梅子夫人经常被老师叫去学校谈话，感到很丢面子，为此辞去了家校联合会的董事职务，全家都以这个孩子为耻，对他采取了不闻不问的态度。

五、阿初与胜见的友谊

阿初刚到加治木家便被家中的次男胜见扔了小石子，前节中提到，阿初进入加治木家后便被视为家中最底层的存在，受到众人的侮辱和轻视，而次男胜见同样不受父母待见、被其他家庭成员忽视，两人可以说有同病相怜的地方。小说中提到胜见有个不为人知的秘密，就是夜尿症，为了不让家人发现，胜见一直半夜偷偷自己清理，有一次不小心被阿初看到了，阿初非但没有嘲笑他，反而表扬他：你做得很好。为了缓解胜见的羞耻心，阿初骗他说自己小时候也经常尿床，并且主动帮胜见清理，拿干净的衣服给他替换。阿初的态度卸下了胜见的心扉，解除了他的警戒心，从此胜见便经常拖着湿漉漉的被子来阿初房间，钻进她的被窝一觉睡到天亮，慢慢地夜尿症也奇迹般地消失了。

第二件缩短两人距离的事是胜见偷偷在院子里养了一只小狗，他怕小狗冷便拿了雪夫的睡衣给小狗取暖，被雪夫发现后引起了很大的骚动。梅子夫人勒令胜见丢掉小狗，阿初却主动提出自己不怕狗，可以帮胜见照顾，最终家人同意把狗留下，养在厨房外面。第三件则是学校的秋季运动会，因为家中只有胜见参加，父母都不出席，只有阿初为他加油，两人参加蒙眼赛跑取得了第一名，胜见被同学新吾嘲笑是女佣的孩子，怒而与新吾打架，却被打败了。梅子夫人因新吾是丈夫公司董事的儿子，不但不为胜见打抱不平，反而斥责他，看不过去的阿初第二天跑去学校找新吾比试蒙眼赛跑，新吾临阵脱逃，阿初虽然撞上跳箱失去知觉，却堂堂正正取得了胜利，让新吾认输。

阿初虽然只是一个女佣，但对胜见来说，她是唯一一个真正包容自己、站在自己这边的人。阿初为了胜见的名誉，蒙着眼睛拼命奔跑的样子让胜见第一次知道了什么是真正的温柔，在那之前谁也没有给过他无条件的爱。不被家人接受的胜见在阿初这个加治木家唯一的外人身上感受到了同类般的亲近感。

六、越界的女佣

阿初在农历新年因母亲身体不适而告假回乡，在此期间胜见养的小狗咬坏了男主人的鞋子，梅子夫人再次要求胜见把狗扔了，胜见愤而离家出走。家人听说胜见去上野站送阿初了，便以为次子跟随女佣一起回乡，这件事引起了梅子夫人的警觉，自己的孩子更亲近女佣让她感到丢脸。为此，梅子夫人转变了对胜见的态度，家人也重新接纳了次子，等阿初回到加治木家时，胜见已经重新融入了大家庭，与阿初也不复原本的亲近了。梅子夫人以胜见出走为由，严厉地训斥了阿初不该溺爱胜见，并且警告她："女佣不该越过自己的本分，你的行为让我们很困扰。"

新年四月，加治木家大扫除之际，从阿初的女佣房间中翻出了梅子夫人丢失的外套，阿初刚到加治木家时，梅子夫人外套丢失事件曾引起过骚动，当时大家怀疑是阿初干的，阿初主动让主家翻自己的行李并且同意报警，最终证明了自己的清白。其实梅子的外套是胜见怕小狗受冻偷拿的，他把母亲的外套铺在仓库的狗窝下，被阿初发现了。阿初担心胜见遭到梅子夫人的责骂，便将弄脏的外套偷偷藏在女佣的房间里，没想到大扫除时被翻了出来。如果阿初能如实说明情况或许不会被辞退，但阿初看到胜见好不容易被家人接纳，不想让他因此再遭到偏见，便默不作声地承担了罪名。最终，阿初被梅子夫人以"会对孩子造成不良的影响"为由赶出了加治木家。

阿初想在离开东京前和胜见当面告别，来到学校后胜见却无情地嘲笑她："八戒，你来干吗?"胜见害怕引起了同学的注意，小声对阿初扔下一句："别来学校啊，同学们会嘲笑我是女佣的孩子的"便头也不回地跑开了。阿初独自揽下胜见的罪名，但她的善意却没有得到任何人的理解和回报，但如果不是阿初近乎愚蠢的善良和宽厚的包容心，又怎会敲开胜见禁锢在自己坚硬外壳中的封闭的内心呢?《女佣之子》的结局虽然透露出作者"善意未必会有好报"的冷峻而又现实的价值观，但乡村女孩阿初对待城市少年胜见不计得失、不求回报的赤诚之心与加治木家中伪善、利己而又冷漠的人际关系形成了强烈且鲜明的对比，引发了读者的共鸣与反思。

七、小结

昭和三十（1955）年，《女佣之子》被收录进了新潮社发行的《女佣之子·在这条道路的尽头》短篇小说集中，扉页上刊登了作者的话："今日的我们生活在无法言喻的巨大的不安和恐惧中，然而，我们在日常生活中劳心的还是一些琐碎的小风波。也许有人会不屑一顾这些无关紧要的小事，但我却想把它们放在手掌上好好地看看。"①

---

① 由起しげ子.『女中ッ子・この道の果てに』[M]. 东京：新潮社，1955

《女佣之子》描述了地方中学毕业的少女来到东京郊外的中产家庭中帮佣，通过自己的善良和赤诚打开了雇主家次子封闭的内心，让他重新融入了家庭和学校，最终也因为少年顶罪而被无情解雇的故事。对加治木这样的中产阶级家庭来说，解雇一个女佣不过是“琐碎的小风波”，但对阿初来说或许是改变她生活和命运的“惊涛骇浪”。作者通过对阿初真诚善良的内心和在加治木家艰难的处境的巧妙刻画，衬托出城市中产阶级家庭中冷漠的夫妻关系和淡漠的亲子之情，揭示了纯真少女的自我牺牲在冷酷少年的利己之心面前不堪一击的残酷现实。

作者虽然在小说中刻画了理想的女佣形象，但对于从小在有女佣的家庭中出生长大，结婚后站在雇佣女佣的主妇的立场的由起茂子来说，女佣无疑是卑微的存在。她在获得芥川奖之前的昭和二十四（1949）年6月的杂志《文学界》上发表了名为《逃跑》的短篇小说，小说讲述了一个从大连复员的高等商科学校毕业的年轻男子在人手不足的熟人家帮佣，这个年轻人实际上是个有前科的人，在家人不在的时候偷了衣服和钱逃跑了。作品中主人公讲述了自己对住家女佣的看法，可以视为作者自身的“女佣观”：

> 我不喜欢女佣这类人。我在有女佣的家庭生活了几十年，作为雇佣女佣的人生活了几十年，但我始终不了解女佣，女佣也不了解我。来到我家的女佣们无论年龄多小，都仿佛天生就属于女佣这一阶层，她们的理想就是能够成为被太太这一特权阶级雇佣的人。即使我努力让她们意识到自己作为职业人的位置，并且希望她们能够保有矜持和自由，但她们除了猜疑和轻蔑以外什么也不会接受。她们的脑子里只有一套生活方式：被主人全方位地监视、被尽可能地驱使，在此期间她们又企图巧妙地偷懒——一种没有个性的卑劣又机械的生活方式，除此之外什么也没有。我想对她们说：“20岁的你也是个大小姐啊。如果有妈妈的话，她也想让你像花一样地化妆打扮。所以，请你培养自己的兴趣爱好吧，如果要看书的话，至少读一本能够打开你眼界的书吧。”我从来没有打开过女佣房间的门，但是我这样的太太被认为是个不懂得使用女佣的人，只会被大家嘲笑是个不够格的主妇。①

从小说中这段家庭主妇的独白中可以看出，即使少数中产阶级的太太愿意打

① 由起しげ子．「脱走」．『厄介な女』［M］．东京：时事通信社，1950：163

破阶级的偏见，鼓励女佣能够成为有思想、有责任和有职业道德的人，但她们在生活中接触的女佣却只关心能否轻松地完成工作、愉快度日，丝毫感受不到作为职业人的自尊心和年轻人的上进心。虽然同为女性，但这些中产阶级太太们显然更容易站在与她们同一阶级的知识分子男性的立场去挑剔和指责，却无法发自内心地与女佣这样出身贫寒、没有受过良好教育的底层女性产生共情。

由起茂子的作品中大多数描绘的都是这种“没有个性的卑劣又机械地生活着”的女佣形象。因此，《女佣之子》中对工作有自尊心、不随波逐流、能够坚持贯彻自己的价值观念的女佣阿初显得尤为难能可贵，可以说反映了作家心中理想的劳动女性形象。但在当时的日本，抱着由起茂子这样想法的雇主是绝对的少数派，20 世纪 50 年代的日本社会还不具有将女佣作为一种正当职业来对待的认知，当时的住家女佣仍旧处于被歧视的、弱势的立场。《女佣之子》中坚持自己想法的阿初被主人斥责为“不该做越界的事”，与少年建立起的友谊在世俗的眼光中不堪一击，但阿初的“越界”挑战了主人的权威，让主家从他者的角度重新审视了自己家庭内部存在的问题，从而改善了家庭成员间的关系。虽然阿初付出了失去工作和收入的代价，但这样的结尾如实地反映了 20 世纪 50 年代日本中产阶级家庭中女佣艰难的生存处境，引起了读者与观众的共鸣，使这部作品成为了具有研究价值的经典之作。

第二节　权力的颠覆者
——谷崎润一郎《厨房太平记》论

《厨房太平记》最初名为《女佣列传》，后改名《女佣绮谈》，从动笔至定稿历经三年，由于侵犯他人隐私及作者自身的健康状况等原因多次中断，最终于 1962 年 10 月 28 日以《厨房太平记》为题在《Sunday 每日》报上进行连载，共计 20 回，结束后由中央公论社于 1963 年 4 月结集出版，并被改编为电影于同年上映。小说以作家口述的方式记录了自 1936 年至 1962 年期间家中雇佣过的诸多女佣，叙述者用幽默的口吻刻画了家中年轻女佣的“青春群像”，被评价为记录作家晚年日常生活的小品式作品，并未受到谷崎润一郎研究者们太多的关注。

《厨房太平记》的先行研究数量极少，主要集中在以下几个方向，一是将其定位为《细雪》谱系的后续作品，认为小说是对作家的关西生活的记录与观察，例如同时代的平野谦[①]、谷崎的传记作者野村尚吾[②]等；二是通过作者当时的书信、日记、交谈与小说内容进行对比，企图还原出作者晚年生活的心境及小说中人物的真实面貌，其中的代表有陈龄[③]及伊吹和子[④]等；第三类则是聚焦于作家的创作手法，如武田寅雄[⑤]指出，小说中对“女性心理细节的敏锐观察”、对“每一个人物的生动描写”以及“幽默的笔调”展现了作家深刻的写作功底。本书之所以选取这部小说作为博论的一个章节进行研究，其原因则与中央文库本中《厨房太平记》的解说者阿部昭的观点相近：

不用说作者已经有意提前做了说明，但这并非完全出于对时势的顾虑。《厨房太平记》初看给人一种非常悠长缓慢的感觉，但绝非仅仅是趣味读物，作家的笔触展现出了日语中毫不留情的特质。也就是说，从战前到战后，小说中描写的从“女佣”到“家政妇”的日本女佣衰亡史，同样也是日语本身的衰亡史，作品中蕴含着反时代的真面目。

……

千仓家的情况虽然有些特殊，但战前日本的中产阶级家庭中没有女佣才是特例。这些女佣和现代的家政妇不同，虽然在衣食住各个方面遭到差别对待，但却有着超越经济利益的必须为“家庭”和“家族”献身的大义名分。但随着家庭以及家族中“主人”和“主妇”的实质上的消亡，“女佣”也只能成为单纯的“劳动者”了。[⑥]

正如阿部昭所言，《厨房太平记》中对女佣的描写，并非仅仅为了刻画一个个鲜活的年轻女性形象，其背后是作家对日本旧式大家庭中的主仆相处模式的怀

① 平野谦.「ああ、「细雪」から二十年　谷崎润一郎著『台所太平記』」[J].『週刊朝日』. 朝日新闻社，1963年5月10日号

② 野村尚吾.『传记　谷崎润一郎』[M]. 东京：六兴出版，1972（11）

③ 陈龄.「翰香残し、文豪伉俪はいずこ一新発见資料：『台所太平记』を巡る谷崎润一郎・松子の书简」[J].『Fukuoka JoGakuin University Bulletin. Faculty of International Career Development』. Vol3，2017（3）

④ 伊吹和子.『われよりほかに　谷崎润一郎　最后の十二年』[M]. 东京：讲谈社，1994（2）：398—420

⑤ 武田寅雄.『谷崎潤一郎小论　生活理想と文学理想の融合点に生まれた谷崎文学』[M]. 东京：樱枫社，1985（10）

⑥ 转引自伊吹和子.『われよりほかに　谷崎润一郎　最后の十二年』[M]. 东京：讲谈社，1994（2）：399

念。日本在近代之前，家族的概念并不局限于血缘关系，而是包含了佣人、书生、学徒等一系列“使用人”的庞大体系。从这一点来看，住家女佣的消失不仅意味着女佣作为一种职业被淘汰，更深层的含义则在于日本的“家”的结构本身发生了变化。也就是说，日本战败后“住家女佣”消失了，取而代之的则是以派遣形式存在的“家政妇”，这从表面上来看只是一种叫法上的变化，但其背后却揭示了雇佣这些女佣的“主人”和“主妇”这个阶层的萎缩——日本战后资本主义的不断发展缩小了社会阶级的差距，“主人”的收入不足以负担雇佣住家女佣的开销，“主妇”实质上干着与“女佣”同样的家务活，而“女佣”在结婚后也顺其自然地成为了“主妇”。

因此，谷崎润一郎在小说开篇特意强调了自己描写的千仓家是老派人家，自己笔下的女佣也并非现世中必须以敬称相待的“现代女性”，而是二战前那些第一次从农村来城里打工的小姑娘们。正因为作家在晚年清醒地意识到了时代的变化，才会充满温情地怀念过去那种模拟家人关系的“女佣”，而非现代这些受过教育、经验丰富的“家政服务员”，从这个角度来看，《厨房太平记》可以说是一位对逝去的岁月充满眷恋的老人所吟唱的一首旧时代的挽歌。但本书无意与先行研究同样沉浸在老作家所描绘的美丽温情的旧梦中，而是通过考察作家实际生活中与女佣的交集，以及结合小说中 26 年的时间跨度来对日本社会时代背景的变化进行解读，探讨小说中女佣形象的变迁及住家女佣逐渐消亡的现象背后所隐喻的日本家庭结构的变化和日本女性性别意识的觉醒。

一、谷崎润一郎与女佣

《台所太平记》中有一节提到了“木贺氏”，据先行研究对作家书信的考证发现此人是当时日本文坛的另一位大文豪志贺直哉。两位作家在通信中并未讨论什么文学上的问题，而是志贺就家中女佣人手不足向谷崎求助，谷崎也非常热心地通过家中出身鹿儿岛的女佣为远在关东的志贺寻到了合适的人选。众所周知，志贺直哉一生的文学创作和对女性的审美都与女佣有着深刻的关联，然而，谷崎润一郎也绝非直到晚年才注意到家中女佣这个女性群体的存在，相反，与志贺类似，谷崎的初恋同样是一位女佣，并且他从小对自己的乳母有着非常深切的依恋，这些女性形象在他的文学创作如《幼少时代》、《死火山》等作品中均有所提及。

谷崎润一郎的乳母美代（みよ）原本是在一位在寺庙门前卖线香和鲜花的

五十多岁的寡妇，谷崎的母亲是商贾家的大小姐，家务全交由佣人处理，孩子出生后需要找一位乳母，谷崎的祖父便将美代带回家中，从谷崎出生起一直照看到他 13 岁那年，68 岁时因脑溢血去世。谷崎在《幼小时代》、《原生家庭》及《恋母记》中多次描写自己每晚都要依偎在乳母的胸前才能安眠、外出时经常向乳母撒娇要买零食以及刚上学时下课在走廊上找不到乳母的身影而大哭大闹的景象，可见这位非常疼爱润一郎并且将他细心照料长大的乳母在谷崎心中留下了非常深刻的印象。

谷崎润一郎的初恋则发生在明治 40 年的一高时代，当时谷崎家因不善经营已经家道中落，为了继续求学，谷崎不得不寄宿在北村家，作为书生半工半读。此时处于青春期的谷崎与同为奉公人的北村家的女佣穗積福相恋，两人的恋情因谷崎写给福子的情书被其他女佣发现而败露，明治时期奉公人间的恋爱被视为大忌，因此谷崎和福子被立刻赶出了北村家。这个事件在谷崎家中和学校引起了很大的骚动，谷崎受到了父母的责备，也被迫中断了学费的来源；福子则暂时寄宿在新桥的婶婶家中，等待被父母接回老家。但两人并未因此而中断联系，谷崎在考上大学之后仍企图将福子藏匿在朋友的宿舍中，福子也一边在餐饮店打工一边继续与谷崎交往。然而这段恋情遭到双方父母的强烈反对，福子最终被父母带回老家，谷崎也开始逐渐流连烟花场所，最终福子在明治 45 年因病去世，终年 23 岁，谷崎为纪念福子创作了四首和歌，并以这段恋情为原型写了《我的初恋》和《死火山》两篇小说。

虽然在谷崎润一郎的传记中极少被提及，但谷崎除了初恋之外，在第一段婚姻期间与家中女佣宫田绢枝有过一段恋情，并且在后期披露的 7 封写给绢枝的信中以及当时与谷崎夫妇同住的谷崎最小的弟弟终平的口述中都证实了这段恋情几乎发展到了快要结婚的境地。宫田绢枝出身于姬路的农村，在谷崎家帮佣时 20 岁左右，是位非常热情奔放的女性，会当着全家人的面说出“我最喜欢老爷了”这样令谷崎面红耳赤的话。并且绢枝曾亲口对终平说过自己会与谷崎结婚，终平因将此事告知谷崎当时的夫人千代而引起谷崎的暴怒，最终两人由于周边人的反对及谷崎对第二任夫人丁未子的移情别恋而没能走到一起。但从谷崎的初恋和第一段婚姻中出轨的女佣的性格特质中可以发现，谷崎对如他笔下《痴人之爱》中娜奥密那般情感激烈且性格强势的底层女性有着一定的审美偏好，并且也将她们的形象融入自己的文学创作之中。

二、小说的创作背景

《厨房太平记》并非根据作家本人年轻时与女佣的恋爱经历进行创作，而是半个世纪后站在雇主的立场对家中女佣的生活环境、工作状态以及社交情况、恋爱心理等进行细致的观察和幽默的讲述。小说的创作契机源于 1936 年 7 月谷崎上京后在银座与文学界的友人对谈，辰野隆对谷崎建议："作者在上了年纪之后只写历史小说而不触及现代小说，这是对现代社会的回避，作家不该埋首于书房，而是应该多接触各种阶层的人，甚至有必要了解厨房里的经济问题。西洋小说中有描写厨房生态的小说，但日本却没有这样的作品，你（指谷崎）现在如果能把自己放在男佣女佣的位置，去市场里讨价还价、了解市井民生，利用这样的机会创作一部描写男佣女佣世界的作品怎么样？"① （1936 年 7 月 6 月，写给松子夫人的信，第 154 号）。

受到友人的启发，谷崎开始将创作目光转向身边不同阶层的少男少女，《厨房太平记》中除了女佣之外，主要登场的人物有作家千仓磊吉、妻子赞子、妻子的孩子睦子与妹妹鸠子，这些与作家现实生活中的妻子松子、妻子与前夫的孩子、妻子的妹妹重子等可以一一对应；除此之外，小说中的亲戚飞鸟井次郎、启助、絖（kuang）子，东京的蒲生夫人，经常出入家门的和服店老板，以及作家木贺（志贺直哉）、女明星高岭（高峰秀子）等，基本都取材于作家的现实生活和亲身经历的事件。

小说中登场的女佣总计有 20 名，除去那些只提到名字或一语带过的之外，作为主要人物展开具体描写的有阿初、阿梅、阿驹、阿定、小夜、阿节、阿铃、阿银、百合这九名。这些女佣在谷崎其他作品如《京洛时时》《疏散日记》、《细雪》《梦之浮桥》等中作为同一人物有过多次登场。本书中将这九名女佣大致分为三类进行解读，以日本 1945 年战败为分割线，一类是在小说中较早期登场（战败前），以阿初、阿梅、阿驹、阿定为代表，带有日本传统奉公人特质，与主家以模拟家人关系相处的女佣；另一类则在小说的时间线中较晚登场（战后复兴期），以阿铃、阿银、百合为代表，她们在与主家的相处中充分展现出了开始逐渐具备主体意识的具有新女性特征的女佣；第三类则是小夜与阿节，这对女同性恋的登场为这部记录平淡的日常生活的作品增添了一抹刺激而又异质的色彩，

① 转引自小谷野敦.『谷崎润一郎一堂々たる人生』［M］. 东京：中央公论新社，2006（7）：293

展现出了谷崎润一郎小说一贯的旖旎特质。本书将从女性主义的角度探讨当女佣这类原本被压抑的女性挣脱了性别、阶级、空间的束缚之后，在主人的眼中从被凝视的客体转变为凝视的主体时，会对作家的创作产生怎样的影响。

三、小说中的传统女佣

小说中最先登场的是昭和十一（1936）年来到千仓家帮佣的阿初，那年阿初20岁，是鹿儿岛人，日本的传统中认为称呼女佣的本名是对其父母的不敬，因此小说中早期登场的女佣都由主人亲自取名。阿初不通世故，讲一口鹿儿岛方言，初次见到主人和太太时“啪哒一声跪在走廊上，磕头行礼”，称呼太太为“少奶奶”。阿初容貌虽然普通，身材却极为丰满，主人公磊吉特别中意这名女佣，将她留在家中做工20年，主要有以下三个原因：一是阿初极爱干净，不但打扫卖力，也很注重个人卫生，日本女佣在家一般赤脚干活，她连脚底板都擦拭得干干净净；二是她将家中的账务算得清清楚楚，主人可以放心地将会计交给她，从不需要监督担心；三是她极其擅长做菜，市场里的海产一看就知道新不新鲜，厨房的事也安排得井井有条；当时能够具备这三个优点的女佣受到主人的喜爱也是理所当然的。

在阿初之后登场的阿梅、阿驹等，都是从农村初次来到大户人家务工的乡下姑娘，虽然各有各的特色，也各有各的缺点，如阿梅有癫痫、阿驹有呕吐病等，经常会做出一些令人哭笑不得的举动。但从叙述者对这几位女佣的描写中可以看出她们都具备了日本传统奉公人的诸多特质，例如她们的原生家庭贫困、只接受过小学程度的教育、能够接受主家给自己起名、对于主人的要求和教育言听计从、干活卖力、为人正直、从不反抗。她们对自己的未来除了嫁人之外没有特别的规划，对男女关系也没有清楚的认知，从来不会主动结交男朋友，都是由主家帮忙牵线说媒，征得父母同意后才出嫁的。

面对这样具备传统奉公人老实忠诚特质的女佣，千仓家的男女主人同样按照日本的传统承担起了主人的职责，将她们视作没有血缘关系的亲人般看待。在这些女佣中，阿定是第一个由千仓夫妇介绍结婚对象、并顺利出嫁的女佣。阿定身世凄惨、亲生母亲改嫁、父亲再娶，没有像样的娘家人，因此由千仓家代替女方家长，千仓夫妇的朋友作为证婚人举行了婚礼。必须指出的是，千仓夫妇也并非完全出于主人的责任和义务才照看这些女佣，他们同样从中获得了许多乐趣和温情。例如女佣阿驹虽然出身京都，不是农村人，但极其天真，以为男女接吻便会怀孕，生小孩需要去药房购买男性的精液，因此极为晚婚，32 岁才出嫁。阿驹出嫁之前，太太赞子担心她的洞房之夜，亲自翻出收藏的春画对她进行性教育。在这些女佣出嫁后，千仓夫妇同样与她们保持通信，互相邮寄食品特产，甚至为她们的孩子起名，如同大家长般享受着天伦之乐。

四、小说中的现代女佣

小说中在日本战败后登场的女佣主要有昭和二十七（1952）年进入千仓家的阿铃（21 岁）和百合（20 岁），以及昭和二十八（1953）年的阿银（19 岁）。这三位女佣年龄相仿，家中条件也都不似战前的女佣那般出身贫困，阿铃出生在琵琶湖附近的农家、母亲是城里人；阿银与阿初、阿梅一样来自鹿儿岛，但家中富裕，自己不愿读书才来城里做女佣；百合更是大阪姑娘，从小备受祖母宠爱，养成了娇惯的脾性。三人来千仓家帮佣的目的并非为了减轻家中人口负担或是补贴家用，更多的是以来大户人家学习行事礼仪、体验大城市的生活、开阔自己的眼界为目的。

日本在二战后迅速进入了经济高速发展时期，日本城市家庭重新陷入了女佣不足的状况中，当时女佣的生存环境也得到了极大的改善。因此，小说中阿铃、阿银和百合三位女佣的行事风格和主家对待她们的方式与战前千仓家的女佣相比发生了很大的变化。例如磊吉喜欢带阿铃出门散步、带她出入餐馆品尝美食、甚至教她读书练字，固然有男主人喜欢年轻貌美的女佣陪同在侧的性心理上的需求，但这与当时社会环境以及千仓家的经济条件也有着密不可分的关联。

小说中女佣阿银与出租车司机光雄的恋爱经历令人咋舌，阿银在恋上光雄之后，不但利用主家叫车的契机与他频繁接触，还同其他女佣争风吃醋、限制光雄与异性接触，甚至在光雄沾染上赌博的恶习之后仍然不放弃，用自己的收入替他还债，帮他远离不良的伙伴，最终得到了光雄父母的认可，与心上人喜结连理，成为了饭店的老板娘。阿银虽是女佣，但其对爱情坚定执着、热烈大胆的追求充分体现出了现代女性对自己恋爱、婚姻自主权的毫不让步，阿银身上所展现出的女性在婚恋上的主体意识的觉醒令人敬佩。

小说中另一位令人印象深刻的女佣则是百合，百合虽然有很多城市女孩骄纵任性的坏脾气，却是作品中最会利用自己优势、最清楚自己想要什么以及能够不顾旁人眼光、始终坚定走在自己所选的道路上的现代女性。百合的缺点是生性傲慢，不但对其他女佣颐指气使，甚至经常反抗主人的要求，从不低头认错，因此几次三番被主家遣返；百合的优点则是她谈吐机智、识文断字、擅长书法又精于剪裁，既可以帮助主人处理其他女佣无法处理的书信类事务，也能够通过交谈带给主人精神上的愉悦和享受，因此在千仓家占据了无法取代的地位，也获得了极高的报酬。

但百合并没有满足于做一个女佣，她意识到自己的能力可以在更大的舞台和空间中施展，在帮佣的过程中她抓住机会通过磊吉认识了女明星高岭飞騨子，在磊吉的帮助下成为了女明星的私人助理，飞遍全日本、结识社会名流、过上了自己梦寐以求的上流生活。百合在结束助理工作后也并没有听从家人的劝告相亲结婚、回归家庭，而是在大阪的商社找到了体面的工作，成为了一名“单身贵族”，并且坚持绝不和自己看不上的男人结婚，成为了小说中唯一一个不将结婚视为自己人生归宿的女性角色。

百合之所以能够一次次挣脱自己的境遇，从一个普通的女佣转变为一名成功的职业女性，并且得到身边人的支持和帮助，并非因为她毫无缺点或是懂得为人处世、利用自己的性别优势获取成功。相反，百合性格激烈、缺点明显，但她却能牢牢把握住自己的优势，绝不顺从他人的意见和看法，一步步走上了自己选择的道路，过上了自己渴望的生活。这种对自己的欲望绝不让步的特质在当时的日本女性身上极为罕见，正是自我意识的觉醒使百合摆脱了周边环境的桎梏，散发出不容忽视的耀眼光芒。

五、小说中的异质女佣

小说中令人印象深刻的女佣小夜与女佣阿节是一对女同性恋，小夜大约在昭和二十五（1950）年左右在千仓家帮佣。与其他女佣不同，小夜并非通过熟人或中介介绍，而是通过自己和千仓家的太太、女佣们聊天，相熟之后没有经过保人、也没有进行背景调查就被录用了。小夜与阿节的关系也并非在千仓家帮佣时败露的，在此之前小夜就在磊吉的强烈要求下被辞退了，小说中男主人磊吉几乎对所有的女佣都抱有善意，唯独对小夜流露出明显的不满：

> 来到千仓家后，（小夜）干得还不错，没什么过失，不过磊吉不知道为什么一开始就不喜欢小夜。
>
> “喂，这次来的叫小夜的女佣，能不能想个办法让她走啊。”
>
> “为什么？”

“我也说不上来，就是看着她不满意，让人心里不舒服。”

“可是她刚来，没什么理由怎么让她走？火灾的时候，她不是很卖力的嘛。”[①]（P45）

磊吉在并不知道小夜性取向的时候就多次流露出对小夜的偏见，如第六回中小夜和阿梅在热海大火中立下大功，不顾生命危险连夜抢运主家的财物，避免了极大的损失，然而磊吉回家后看到出来迎接的小夜首先描绘的是她“总是喜欢这样拿腔作势地说话”，在介绍她的身世背景时也流露出明显的怀疑：“后来想想，也许从那时起，她就已经有什么企图，私下在打探千仓家的情况了”。在帮佣的过程中，有一次小夜私自借用了磊吉的铅笔并留下了一张说明的字条，这个举动引来了磊吉的暴怒：

“是你打开抽屉，把这种东西放进来的吧！”

“是的，我想擅自用了您的铅笔，实在是失礼了，所以……”

“谁问你擅自使用铅笔的事情了，我在说擅自打开主人抽屉的事情！谁让你打开的？偷偷翻别人抽屉不觉得失礼吗？”

“实在抱歉！突然要记个东西，以免忘记，所以就……”

……

“你这家伙真奇怪！”

不由得“家伙”这个词脱口而出。

……

磊吉感觉像是被人偷偷塞了情书一样，心里别扭得很。

……

“笨蛋！招人烦！像你这种人不要再待在这里了！”（P47–P48）

小说中磊吉虽然脾气暴躁，但从未有过如此激烈的言辞，千仓家对女佣的管理也并不严格，非但如此，如阿银那般为了私会男友借用主家的电话叫出租车的行为也从未受到责怪。小夜仅仅是借用了一支铅笔，并且还写了纸条说明情况，却引发了磊吉的勃然大怒，当即就被赶出家门，令人匪夷所思。那么，小夜究竟

① 原文引自谷崎润一郎．《厨房太平记》［M］．高洁译．上海：上海译文出版社，2018（10），下同。

为何令男主人感到如此心里不适呢？叙述者在赞子夫人的朋友原田夫人和磊吉的对话中引出了答案：

> "我明白你为什么不喜欢那个女佣。"
>
> ……
>
> "我和她是第一次见面，可是她却自来熟似的凑到我身边，小声对我说：太太您知道这首和歌吗？——此世忧相会，父母均不见。诗句说得很流利！"
>
> ……
>
> "我没有听说过这诗句，就问她：这是谁写的。她告诉我，这是千仓先生的和歌，接着又抑扬顿挫地念给我听。"
>
> ……
>
> "除了这个，她好像还知道您很多事情，包括那些无聊的八卦新闻之类。她说自己是千仓先生的粉丝，一直非常尊敬先生。他对您家里的事情很感兴趣，不停地问我，您和太太结婚几年啦？鸠子夫人夫妇关系和睦吗？睦子小姐是夫人带来的孩子吧。她问个不停，我都敷衍过去了。您为什么不喜欢她，这下我懂了。"（P50、P51）

从上述对话中可以发现，对主家来说佣人的好奇心和窥私行为是大忌，小夜对男主人的过分关注令同为中产阶级的原田夫人感到厌恶，对磊吉一意孤行地将她赶走的行为表示理解。究其原因，无非是女佣关注的视线和热情的举止令主人感受到一种侵犯性。身为一家之主的磊吉原本处于家中凝视主体的位置，肆无忌惮地享受着对女佣这些客体的评论与观察，但小夜对磊吉的过分关注使他感到自己在家中时刻处于被观察的状态，这种凝视的倒错导致了男主人的精神紧张。他只有将小夜赶走，才能重新回归到家中凝视主体的位置，享受作为主人的特权。

六、住家女佣的消失

《厨房太平记》以主人公磊吉举办77岁寿宴，亲朋好友及过去曾在千仓家帮佣过的女性们齐聚一堂，共祝"先生健康长寿！万岁！"这样的大团圆场景为小说画上了圆满的句号。但正如作者在小说开篇便特意说明的：

> 近来世道不同从前，招呼家里的雇工，也不能直呼其名。从前"阿

花”、“阿玉”地叫着，现如今都必须加上敬称，称作“阿花姑娘”、“阿玉姑娘”。

千仓家十分老派，一直都“阿花”、“阿玉”地直呼其名，直到去年有人提醒，这才改口以敬称称呼。

这个故事里出现的女佣人们，如果仍直呼其名，恐怕要被现代的大姑娘们批评了。只是考虑到这个故事开始于战前，也就是昭和十一二年，不沿用以往的叫法，总觉得生分不少，故而仍省去敬称，还望各位见谅。(P3)

作者的寥寥数语揭示了时代的变化，待到小说结尾的昭和三十七年，日本非但早已没有了愿意让主人取名的女佣，连住家女佣本身也已成为很罕见的风景了。日本在战败后虽然迅速进入了经济高速发展期，中产阶级家庭对女佣的需求再次达到高峰，住家女佣的待遇也比战前有了大幅度的提高，但日本女性已经没有了想要做女佣的意愿，根据社会学家的调查，主要有以下三个原因：

首先，希望做女佣的女性的需求发生了变化。过去，成为住家女佣是乡村女性进城最稳妥的路径，既能保证基本生活，又能学习礼仪家务，还能领取工资，虽然有些不自由但也只能忍受。但日本战败后民主意识高涨，即使主家能提供基本生活保障，但没有个人隐私令年轻人难以忍受，她们即便吃苦也希望能过上自由且独立的生活。

其次，女性的就业机会与战败前相比增多了。1945 年之前，对于没有学历的农村、贫家女性来说，想在大城市生活只有做女佣、女工或女招待等少数选择。但日本进入经济高速发展期之后，各类工商业都出现了人手不足，售货员、行政事务等岗位用人需求激增，与这些岗位相比，住家女佣这般任人驱使、缺少自由的工作自然吸引力大减了。

第三，都市化的进程使日本人的生活水平迅速平均化。过去对农村姑娘来说，去大城市的人家做女佣是为结婚成为主妇做准备，也是学习城里人生活方式的方法手段。但进入经济高速成长期之后，城市和农村的生活水平差距缩小了，通信媒体的发达使人们即便在农村也能简单快速地获取都市的资讯。另一方面，传统的风俗习惯逐渐被现代人遗忘，需要学习的家务技能和礼仪规矩也变少了，因此，对农村女性来说，已经没有特意进入城市家庭学习家务的必要了。

综上所述，随着日本进入战后的经济快速发展期后，住家女佣逐渐被派遣制的家政妇取代，家务劳动本身也成为了市场经济的一部分，家政妇被定义为“家务劳动技术人员”，家政服务作为基于契约关系而受到社会认可的一项职业得以保留和发展，日本家庭中住家女佣的身影便逐渐消亡了。

七、小结

《厨房太平记》是一位经历了日本明治、大正、昭和三个时代的老作家基于对日本传统奉公人文化的追缅而创作的一首挽歌。日本同时代的诸多男性文学家、评论家如奥野健男①等同样对日本家庭中女佣的消失表示出一种哀伤的乡愁。他们认为女佣的消失即是家庭中“他者”的消失，曾经日本的家庭中不仅有女佣，还有亲戚、同乡、书生等诸多非血缘关系者的存在，孩子们在这样的家庭中不但能够学到对待他人的方法，理解不同阶层、世代、立场的人们的想法，同时也能学习与他人沟通的技巧。现代社会中仅有父母和子女存在的小家庭里固然不用在意他人的视线，能够轻松愉快地生活，但同时也容易使人以自我为中心，难以把握人与人之间的距离感和分寸感。

但是，如果我们从女性主义的立场来看，女佣的消失无论对从事女佣工作的女性本身还是必须担负起教导、指挥女佣工作的家庭主妇来说，都是一种性别平等上的进步和思想负担上的减轻。作为家中的主妇来说，无须时时担心自己在家中的行为举止是否得体、对女佣的教导是否充分、对待女佣的方式是否能做到既严厉又足够亲切，同时也不用担心是否会使女佣感受到被差别对待。对住家女佣来说，生活的隐私性、人身自由、劳动价值以及生活习惯能否得到尊重，随着社会现代化的进程同样成为了越来越无法回避的问题。

因此，笔者认为女佣的消失虽然在日本传统文化的保留和文学创作的丰富性上造成了无法忽视的损失，但对于女性独立人格的发展、主体意识的觉醒、以及通过将家务劳动市场化来保障女性的生存环境、提高女性的生活质量等方面都有着积极的意义。

本章小结

本章通过对由起茂子的《女佣之子》和谷崎润一郎的《厨房太平记》进行深入解读，梳理了日本文学作品中二战后的女佣从传统奉公人到现代家政妇的形

① 奥野健男．『ねえやが消えて一演劇家庭论』［M］．东京：河出书房新社，1991

象逐渐转变的过程。《女佣之子》中坚持自己想法的阿初“越界”挑战了主人的权威，让主家从他者的角度重新审视了自己家庭内部存在的问题，从而改善了家庭成员间的关系。阿初耿直地坚持自己为人处世的标准和信念，为此付出了失去工作和收入的代价，这样的结尾如实地反映了20世纪50年代日本社会对女佣作为一种职业的轻视和中产阶级家庭中女佣艰难的生存处境，也使这部作品成为了具有研究价值的经典之作。

《厨房太平记》中二战后的女佣在工作和生活中一步步争取自己的权力、建构自己的身份、在规训与偏见下与主家斗智斗勇，利用“模拟家人”的伦理策略和“寻求认同”的情感策略改变家庭中的权力结构，在实现自我身份和社会身份的同时，甚至使雇主的家庭内部出现了“关系倒置”和“权力反转”的现象。小说中女佣小夜的视线令雇主从凝视的主体倒转为被凝视的客体，引发了主人的焦虑和不安；女佣百合能够利用自己的优势向雇主代表的权力方“占便宜”，不着痕迹地利用主人助其达成愿望，以获取更多资本来争取自身的阶层流动，通过改变权力关系实现了自己的“职业梦”。

结　论

在日本近代历史中，对从事家务劳动的底层女性的称呼从“下女”、“下婢”到“女中”，昭和时期演变为了“お手伝いさん”，这不仅体现出社会中女佣的地位随着时代的变化而变化，女佣本身也经历了从奉公人到职业人的意识转变。作为具有独特生活体验的庞大性别群体，女佣却始终被悬置在历史的空洞中，成为被遗忘的角落，即使偶尔功能性地出现在男性作家笔下，也通常被刻板地描绘为不谙世事的贞洁处女或道德堕落的粗鄙荡妇。当作品中一个中产阶级知识分子男性与低于他所属阶级的女性交往时，往往更易将她单方面地性化。在男作家笔下，接受过良好教育的新女性往往被描述为有权利表达对理想爱情的追求或对传统婚姻的拒绝，而与贫穷的低阶层女性之间的问题则倾向于男性是否会屈从诱惑，成为触发其自我嫌恶的契机或接受西方灵肉对立二元论思想的佐证。这种关于女性形象的两极化修辞手法无疑是为了衬托男性主人公的主体刻画。而社会底层劳动女性的真实面目和主体性却在对男性主体形形色色的阐释中被封闭于文化视觉的盲区之中。因此，本书通过对日本近代文学中女佣书写的梳理和研究，揭示出了女佣的真实处境和本来面目，以及作家写作中的性别策略和阶级策略。

石原千秋①曾提到，把子女教育、家庭管理作为主妇的职责，将家政比喻为国政，并将其与国民教育、国运盛衰相关联的意识形态是明治初期启蒙思想家们的共识。为此，日本近代文学作品中对贤妻良母意识规训下的主妇研究及被看作是贤妻良母后备军的女学生研究受到了广泛的关注。然而，明治时期日本虽然推行全民教育，但明治及大正时期接受学校教育的女性占比非常低，特别在广大的农村地区，即使女子拥有接受教育的资格，但由于劳动力缺乏及需要交纳伙食费等经济上的原因，农村女性在接受了小学程度的教育之后（或仅仅是注册在籍，实际并不在学），在出嫁之前普遍采取农忙时务农、闲暇时做女佣补贴家用的生

---

① 石原千秋．「主妇の記号学」．『漱石の记号学』［M］．东京：讲谈社选书，1999：98

活方式。根据明治后期的社会普查数据，达到女子高等教育（相当于男子中等教育）程度的女性仅占女学生总数的5%。由此可以推断出，国家所期待的贤妻良母教育，实质上并不是由学校教育完成的。绝大部分的平民阶层是通过做女佣的方式，在家庭教育的环境中由主妇担任起指导的职责，而当这些女佣成为主妇后，又通过雇佣女佣的方式将家务劳动及家庭管理的方法传承下去。从当时畅销的《女中训》、《女中的使用方法》、《家庭下女读本》、《女中读本》等出版刊物及各大女性杂志、新闻报刊中设立的女佣栏等历史资料中皆可佐证其庞大的人口基数。并且，由于女佣长期处于经济收入低、教育程度差、劳动强度高、易受到性侵害等恶劣的环境中，其成为主妇之路是坎坷的，具有极高的不确定性，容易堕入风俗场所，从此被排出贤妻良母的主流社会价值体系，丧失了国民身份认同的可能性，沦为社会中的边缘群体。因此，从女佣的角度探讨日本所推行的军国主义政策，对现有的贤妻良母研究进行补充与完善是非常有必要的。

其次，日本近代以来的家庭结构由祖父母、父母、子女、远方亲戚、寄宿书生、女佣等众多人口共同居住的家父长制大家庭，逐渐缩小为一对夫妇及其子女、加上一位女佣共同生活的都市中产阶层小家庭，再到战后住家女佣现象的逐渐消亡，最终成为了完全由直系血亲构成的现代日本小家庭。奥野健男①曾指出，对日本的文学家来说，家中存在女佣这样他者的视线是非常重要的，女佣们为日本近代文学，特别是私小说带来了他者的视角，使其具有客观性。女佣处于由传统封建的主从关系向近代雇佣关系转变过程中的日本家庭内部空间，作为当时中产阶层家庭中不可或缺的一员，女佣不仅仅是家务劳动的从事者，她们与家庭内部的事件、情感、伦理意识息息相关，是没有血缘关系的他者，家庭内外部分界线上的存在。因此，以女佣作为研究视角对明治后期至昭和中期的日本家庭小说进行考察，能够为经典文学作品的解读带来新的可能性。

在第一章中，本书结合叙事学理论解读了樋口一叶的《大年夜》和岛崎藤村的《旧东家》这两部小说。这两部作品中叙述者都采用了女佣的叙述视角，从其特殊的身份立场、独特的观察角度对家庭中的登场人物进行描述和刻画。采用家庭小说叙事空间中的“边缘人物”作为叙述视角，这种叙事策略体现出作者有意与当时社会中占统治地位的意识形态话语保持距离，存在着非一致的倾向。两位作家通过描述奉公人对主家的反叛来挑战甚至颠覆社会权力话语体系所

---

① 同注157

规定的个体行为方向，以此对当时统治阶级的社会意识形态提出质疑，抨击权力话语中的等级制度观念，《旧东家》也因此遭到了封禁。这种通过刻画“边缘人物”来挑战和颠覆“主流意识形态”主导的话语权力的创作手法也见证了两位作家从浪漫主义文学创作向现实主义文学创作的成功转型。

在第二章中，本书从精神分析和病理学的角度对夏目漱石作品中主人公与女佣的关系进行了分析。《哥儿》中主人公所欲求的人生是映射在女佣阿清这个他者所构筑的幻想上的一生。哥儿通过与之认同，受到了镜像的蒙蔽，将他者的自我误认为自己的自我，陷入了终身不得不与其争夺自身主体性的悲惨境地。哥儿的神经症就是他无法摆脱他者的幻想，获得真正的自我同一性与身份认同的隐喻。因此只有通过对阿清主体性的剖析，揭开哥儿与阿清这对超越一般主仆之情的温馨面纱，才能发现作品背后隐藏着哥儿注定不能以自己本身来度过自己一生的悲剧。《春分之后》与《行人》中的男主人公没有直面女性自我的勇气，他们之所以对恪守奉公人传统、否定自我意识、具备牺牲奉献精神的女佣抱有极大的好感，是因为这些沉默的女性不会威胁他们脆弱的自我，能给他们焦躁的内心带来平静和安慰。但他们与女佣之间无法产生一种近代的恋爱关系，因为近代的自由恋爱只能发生在两个主体之间，因此女佣只能作为一种前近代的乡愁存在于男主人公的幻想之中，最终他们只能通过宗教、哲学思想来解决婚姻与恋爱的苦恼。

第三章中，本书通过分析白桦派代表作家志贺直哉早期作品中的女佣书写发现，女佣之所以能在这些白桦派的年轻作家笔下获得女主人公的位置，主要有以下几个原因：首先，白桦派作家虽然出身贵族阶级却具有人道主义思想，与和自己不同阶层的女性恋爱是他们反抗自己封建原生家庭的有力武器；其次，白桦派作家大多深受俄国文学的影响，《白桦》的刊名即来源于俄国的国树“白桦树”，俄国作家中给他们带来最强烈思想冲击的当属托尔斯泰，《复活》中的女主人公女佣玛丝洛娃也成为了他们的“缪斯”，激励他们在某个时期大量创作了以女佣为恋爱对象的小说；最后也是最重要的一点，即白桦派作家基本都在青年时期受过基督教思想的强烈感化，基督教最严厉的戒律之一就是“勿奸淫”，然而家中年轻女佣的存在，对这些对自由恋爱充满浪漫幻想的青年来说无疑是巨大的诱惑，基督教教义中的“性恶”色彩和“原罪”意识给这些青年带来了无尽的苦恼和伦理的课题，基督教对性欲的彻底否定使白桦派作家在创作中或多或少带有“性压抑”和“性苦闷”的色彩，宗教与欲望的矛盾、违背教义所带来的罪恶感使他们发现了自我，通过将自己与女佣失败的恋爱经历升华为文学创作的动力，确立了自己的小说在近代文学史中的位置。

在第四和第五章中，本书通过分析昭和时期作家笔下的女佣书写，展现了日本文学作品中女佣从传统奉公人到现代家政妇的形象逐渐转变的过程。通过探究女佣在生活工作中如何一步步争取自己的权力、建构自己的身份、在规训与偏见下与主家斗智斗勇，揭示了女佣利用“模拟家人”的伦理策略和“寻求认同”的情感策略改变家庭中的权力结构，在实现自我身份和社会身份的同时，甚至使雇主的家庭内部出现了“关系倒置”和“权力反转”的现象。日本近代小说中的雇主大部分对女佣存在各种偏见和刻板印象，例如志贺直哉笔下的男主人将女佣视作家庭中的“他者”，认为她们缺乏智慧、只懂体力劳动、不诚实、爱占便宜、容易惹麻烦，身为主人必须对她们进行“身体—行为—思想”上的绝对控制，完全消除家庭中不透明、暧昧的空间，这样才能令他们获得身为家长的权力满足感；但《流行感冒》中的女佣却通过和家中的太太、孩子产生情感链接来获得庇护和安全感，以一种“弱者的抵抗”方式构建了自己的生存空间，将男主人从家庭中凝视的主体倒置为被凝视的客体，消解了男主人的绝对权威性。谷崎润一郎的《厨房太平记》中的女佣百合则善于利用自己的身份、位置向雇主代表的权力方“占便宜”，不着痕迹地利用雇主助其达成愿望，以获取更多资本来争取自身的阶层流动，改变权力关系，实现了自己的“职业梦”。

综上所述，尽管女佣在日本近代文学作品中频繁登场，但主要作为配角，人物造型容易平面化、脸谱化、甚至寂寂无名。女佣在作品中往往起到衬托主人公或是使小说情节合理化的作用，因此经常被评论家忽视，系统性的先行研究数量较少。本书通过对日本近代文学作品中的女佣书写进行梳理、分类，找出其中具有代表性的女佣形象，运用叙事学理论、文本细读、精神分析、女性主义理论、文学伦理学批评等多种研究方法对文本进行分析，开辟了新的文本解读视角与阐释空间；并且结合社会学研究视角，从当时日本社会的历史语境、政治制度、法律文化、道德伦理等层面对女佣的生存处境、生活状态进行剖析。通过将女佣雇佣制度的变化放到日本推行军国主义、国民国家的战争大背景下进行考察，揭示出日本通过对城市贫民和农村女性在家务劳动中剩余价值的剥削，推动了资本主义经济的高速发展，加快了从几代同堂的家父长制大家族向以年轻夫妻为核心的都市小家庭的家庭结构的转变。

日本在战败后进入了经济高速发展时期，社会阶层差距的缩小和年轻人自我意识的觉醒使得住家女佣成为了一道旧日的风景线，原本只能通过做女佣谋生的底层女性群体从乡村走向了城市、从家庭空间走向了公共空间、从被凝视的客体转变为凝视的主体，勇敢地挑战了“结构与主体”的困境。住家女佣的消失虽然在日本文学创作的丰富性上造成了无法忽视的损失，但对于女性独立人格的发展、主体意识的觉醒、以及通过将家务劳动市场化来保障女性的生存环境、提高女性的生活质量等方面都有着积极的意义。

由于篇幅有限，本书中女佣书写研究仅限于家庭内部空间，并且女性作家的作品仅有樋口一叶的《大年夜》和由起茂子的《女佣之子》两篇。在今后的研究中笔者将不仅局限于家庭空间中的女佣，通过对旅馆、咖啡馆、餐厅等公共空间中的女佣进行考察，拓展研究范围；以及进一步对林芙美子、佐多稻子等女性作家笔下的女佣书写进行研究，丰富研究素材；并且通过将女作家笔下的女佣与男性作家笔下的女佣书写进行对比，开辟研究视角、拓宽研究路径。最后，笔者希望能在今后的研究中将女佣置于日本近代文学中女性形象研究的谱系中进行重新定位，挖掘出女佣与主妇、娼妇、女学生等受到作家与研究者重视的女性形象之间的内在关联与差异，进一步探究女佣这个文学符号在日本近代文学作品中的内涵和意义。

参考文献

中文专著

［1］奥托·魏宁格．《性与性格》［M］．肖聿译．北京：外语教学与研究出版社，2017.

［2］柏拉图．《蒂迈欧篇》［M］．谢文郁译．上海：上海人民出版社，2005.

［3］本尼迪克特·安德森．《想象的共同体》［M］．吴叡人译．上海：上海人民出版社，2016.

［4］柄谷行人．《柄谷行人文集》［M］．赵京华主编．北京：中央编译出版社，2017.

［5］厨川白村．《苦闷的象征》［M］．鲁迅译．天津：百花文艺出版社，2000.

［6］陈秀敏．《日本的“小说之神”——志贺直哉文学世界论》［M］．沈阳：辽宁人民出版社，2012.

［7］岛崎藤村．《旧东家》．《日本文学》［M］．卞立强译．长春：吉林人民出版社，1983.

［8］岛崎藤村．《千曲川风情：岛崎藤村散文集》［M］．陈德文译．北京：北京联合出版公司，2020.

［9］戴锦华．《涉渡之舟：新时期中国女性写作与女性文化》［M］．西安：陕西人民教育出版社，2002.

［10］福原泰平．《拉康——镜像阶段》［M］．王小峰译．石家庄：河北教育出版社，2002.

［11］谷崎润一郎．《厨房太平记》［M］．高洁译．上海：上海译文出版社，2018.

［12］荒林．《日常生活价值重建——中国当代女性主义文学思潮研究》［M］．北京：北京大学出版社，2013.

[13] 亨利·伯格森.《物质与记忆》[M]. 姚晶晶译. 北京：北京时代华文书局，2018.

[14] 黑格尔.《精神现象学》[M]. 贺麟 王玖兴译. 上、下. 北京：商务印书馆，1979.

[15] 汉娜·阿伦特.《人的境况》[M]. 王寅丽译. 上海：上海人民出版社，2009.

[16] 凯瑟琳·A·麦金农.《迈向女性主义的国家理论》[M]. 曲广娣译. 北京：中国政法大学出版社，2007.

[17] 康德.《康德美学文集》[M]. 李秋零译. 北京：中国人民大学出版社，2016.

[18] 刘晓芳.《岛崎藤村小说研究》[M]. 北京：北京大学出版社，2012.

[19] 刘立善.《日本白桦派与中国作家》[M]. 沈阳：辽宁大学出版社，1995.

[20] 刘立善.《日本文学的伦理意识》[M]. 沈阳：春风文艺出版社，2002.

[21] 李银河.《女性主义》[M]. 上海：上海文化出版社，2018.

[22] 露西·伊利格瑞.《他者女人的窥镜》[M]. 屈雅君译. 郑州：河南大学出版社，2016.

[23] 露西·伊利格瑞.《性差异的伦理学》[M]. 张念译. 南京：南京大学出版社，2022.

[24] 列维·斯特劳斯《遥远的目光》[M]. 邢克超译. 北京：中国人民大学出版社，2007.

[25] 罗兰·巴特.《S/Z》[M]. 屠友祥译. 上海：上海人民出版社，2016.

[26] 孟悦，戴锦华.《浮出历史地表：现代妇女文学研究》[M]. 北京：中国人民大学出版社，2004.

[27] 马丁·海德格尔.《存在与时间》[M]. 陈嘉映 王庆节译. 北京：生活·读书·新知三联书店，2014.

[28] 米歇尔·福柯.《福柯文选》[M]. 汪民安编. 北京：北京大学出版社，2015.

[29] 梅洛·庞蒂.《知觉现象学》[M]. 姜志辉译. 北京：商务印书馆，2001.

[30] 聂珍钊.《文学伦理学批评导论》[M]. 北京：北京大学出版

社，2014.

[31] 乔治·维加埃罗主编.《身体的历史》[M]. 张竝 赵济鸿译. 上海：华东师范大学出版社，2019.

[32] 申丹.《叙述学与小说文体学研究》 [M]. 北京：北京大学出版社，2005.

[33] 水田宗子.《现代主义与“战后女性诗”的展开》[M]. 王新新译. 北京：北京大学出版社，2015.

[34] 水田宗子.《女性的自我与表现：近代女性文学的历程》[M]. 叶渭渠主编. 北京：中国文联出版社，2000.

[35] 上野千鹤子.《近代家庭的形成和终结》[M]. 吴永梅译. 北京：商务印书馆，2004.

[36] 上野千鹤子.《父权制与资本主义》[M]. 邹韵、薛梅译. 杭州：浙江大学出版社，2020.

[37] 上野千鹤子.《厌女》[M]. 王兰译. 上海：上海三联书店，2015.

[38] 苏珊·斯坦福·弗里德曼.《图绘女性主义与文化交往地理学》[M]. 陈丽译. 南京：译林出版社，2014.

[39] 苏珊·桑塔格.《疾病的隐喻》[M]. 程巍译. 上海：上海译文出版社，2003.

[40] 萨特.《存在与虚无》[M]. 陈宣良等译. 北京：生活·读书·新知三联书店，2014.

[41] 斯拉沃热·齐泽克.《视差之见》[M]. 季广茂译. 杭州：浙江大学出版社，2014.

[42] 樋口一叶.《十三夜》[M]. 林文月译. 南京：译林出版社. 2011.

[43] 唐晶，李静.《生态女性主义文学研究》[M]. 北京：中国社会科学出版社，2019.

[44] 吴光辉.《哲学视域下的东亚——现代日本哲学思想研究》[M]. 厦门：厦门大学出版社，2018.

[45] 汪民安.《身体、空间与后现代性》 [M]. 南京：江苏人民出版社，2006.

[46] 王明丽.《生态女性主义与现代中国文学女性形象》[M]. 北京：中国书籍出版社，2013.

[47] 夏目漱石.《玻璃门内》 [M]. 吴树文译. 上海：上海文艺出版社，2012.

[48] 夏目漱石．《哥儿》[M]. 陈德文译．上海：上海译文出版社，2013.

[49] 夏目漱石．《我是猫》 [M]. 刘振瀛译．上海：上海译文出版社，2011.

[50] 夏目镜子口述．松冈让整理．《我的先生夏目漱石》[M]. 唐辛子译．北京：北京社会科学文献出版社，2019.

[51] 徐艳蕊．《当代中国女性主义文学批评二十年》[M]. 桂林：广西师范大学出版社，2008.

[52] 肖丽华．《后殖民女性主义文学批评研究》[M]. 杭州：浙江大学出版社，2013.

[53] 肖巍．《飞往自由的心灵——性别与哲学的女性主义探索》[M]. 北京：北京大学出版社，2014.

[54] 西蒙娜·德·波伏瓦．《第二性》Ⅰ、Ⅱ [M]. 郑克鲁译．上海：上海译文出版社，2011.

[55] 西格蒙德·弗洛伊德．《性学三论与爱情心理学》[M]. 彭倩 张露译．北京：台海出版社，2016.

[56] 雅克·拉康研讨班．《研讨班七 精神分析的伦理学》[M]. 卢毅译．北京：商务印书馆，2021.

[57] 张念．《性别政治与国家：论中国妇女解放》[M]. 北京：商务印书馆，2014.

[58] 张念．《性别之伤与存在之痛》[M]. 北京：东方出版社，2018.

[59] 佐伯顺子．《爱欲日本》[M]. 韩秋韵译．北京：新星出版社，2016.

[60] 朱迪斯·巴特勒．《性别麻烦——女性主义与身份的颠覆》[M]. 宋素凤译．上海：上海三联书店，2009.

[61] 朱莉娅·克里斯蒂娃．《主体·互文·精神分析》[M]. 祝克懿 黄蓓译．北京：生活·读书·新知三联书店，2016.

中文期刊

[1] 高国菲 吕乐平．“边缘人”再出发：理论重构及其与传播学的对话 [J]. 国际新闻界．2021（02）：61-77.

[2] 黄晶晶．浅谈近代女佣与中国社会 [J]. 兰台世界．2013（04）：88-89.

[3] 胡虹．颠覆权威——《玛莎·奎斯特》中边缘人的狂欢 [J]. 名作欣赏．2002（32）：134-147.

[4] 李卓．家督继承制与近代日本经济的发展［J］．世界历史．1996（04）：51-52.

[5] 李卓．家族国家观——近代日本政治的误区［J］．天津社会科学．1996（06）：105-108.

[6] 李卓．明治民法典论争与日本的家族制度［J］．天津社会科学．1992（06）：65-71.

[7] 李卓．日本的父权家长制与孝的文明［J］．日本研究．1995（04）：56-63.

[8] 李卓．日本妇女社会地位的演变［J］．日本研究．1998（01）：50-57.

[9] 李增．狄更斯小说中的"边缘人物"与维多利亚意识形态的权力话语［J］．外国文学研究．2008（02）：85-92.

[10] 马卫红．试论中国近代女佣和古代婢女的不同［J］．传承．2009（4）：124-125.

[11] 阮兰芳．向都市迁徙的女性部落——有关上海女佣的三个文本考察［J］．文艺理论与批评．2012（2）：65-70.

[12] 宋颖慧．中国现代小说中的女佣叙事［J］．商洛学院学报．2014（6）：37-40.

[13] 宋颖慧．中国现代小说中的女佣形象及其多重意蕴［J］．湖北师范学院学报（哲学社会科学版）．2014（3）：5-7.

[14] 宋颖慧．中国20世纪30年代小说中的女佣形象初探［J］．陕西师范大学学报（哲学社会科学版）．2009（5）：17-21.

[15] 武子惠．"边缘人"的精神混沌与命运悲剧——从精神分析批评的角度解读《米格尔街》［J］．吕梁学院学报．2002（2）：23-27.

[16] 王挺王虹芝．浅析日本明治时代的女佣职业——以《我是猫》作品中的女佣为例［J］．名作欣赏．2016（27）：98-99+126.

[17] 徐德明 薛小平．乡下进城的现代女佣谱系［J］．小说评论．2008（2）：58-63.

[18] 尹彬彬．女佣时代的终曲——浅析1906-1940年日本经济双重结构［J］．经济观察．2013（05）：74.

[19] 赵欣．"边缘人"研究的理论脉络、核心逻辑和研究展望［J］．国外社会科学．2021（04）：116-127.

日文专著

[1] 阿川弘之．『志賀直哉』上・下［M］．東京：岩波書店，1994.

［2］墨堤隠士．『家庭下女読本』［M］．東京：大学館，1907.

［3］千葉俊二　編．『鑑賞日本現代文学　第 8 巻（谷崎潤一郎）』［M］．東京：角川書店，1982.

［4］千葉俊二．『谷崎潤一郎：狐とマゾヒズム』［M］．東京：小沢書店，1994.

［5］陳姃湲．『東アジアの良妻賢母論』［M］．東京：勁草書房，2006.

［6］福謙恒子．『奥様とお女中』［M］．東京：洛陽堂，1916.

［7］古川裕佳．『志賀直哉の<家庭>：女中・不良・主婦』［M］．東京：森話社，2011.

［8］樋口一葉．『樋口一葉』［M］．東京：筑摩書房，2008.

［9］羽仁もと子．『女中訓』［M］．東京：婦人之友社，1912.

［10］濱名篤．「階級としての女中」『近代日本文化論』第五巻［M］．東京：岩波書店，1999.

［11］瀬沼茂樹．『島崎藤村その生涯と作品』［M］．東京：筑摩書房，1987.

［12］瀬沼茂樹．『評伝島崎藤村』［M］．東京：日本図書センター，1981.

［13］本多秋五．『志賀直哉』上・下［M］．東京：岩波書店，1990.

［14］橋本稔．『谷崎潤一郎：そのマゾヒズム』［M］．東京：八木書店，1974.

［15］橋本芳一郎．『谷崎潤一郎の文学（近代の文学；8）』［M］．東京：桜楓社，1965.

［16］伊藤六水．『女中さん読本』［M］．東京：趣味人房，1934.

［17］石原千秋．<夏目漱石『坊ちゃん』をどう読むか>［M］．東京：河出書房新社，2017.

［18］石原千秋．『反転する漱石』［M］．東京：青土社，1997.

［19］石原千秋．『漱石の記号学』［M］．東京：講談社，1999.

［20］石原千秋．『読者はどこにいるのか』［M］．東京：河出ブックス，2009.

［21］伊藤信吉．『島崎藤村の文学』［M］．東京：日本図書センター，1987.

［22］伊藤整．<谷崎潤一郎の生涯と文学>『谷崎潤一郎：文芸読本』［M］．東京：河出書房新社，1977.

［23］伊吹和子．『われよりほかに　谷崎潤一郎　最後の十二年』［M］．東

京：講談社，1994.

［24］加藤常子．『女中の使い方』［M］．東京：婦人之友社，1912.

［25］賀川はる子．『女中奉公と女工生活』［M］．東京：福永書店，1924.

［26］小池民次．『女中と子守』［M］．千葉：千葉県教育会，1906.

［27］小泉和子．『女中がいた昭和』［M］．東京：河出書房新社，2012.

［28］清水美知子．『<女中>イメージの家庭文化史』［M］．京都：世界思想社，2004.

［29］久我真樹．『日本のメイドカルチャー史』上・下［M］．東京：星海社，2017.

［30］久保加津代．『女性雑誌に住まいづくりを学ぶ大正デモクラシーを中心に』［M］．東京：ドメス出版，2002.

［31］江藤淳．『夏目漱石：決定版』［M］．東京：新潮社，1974.

［32］小宮豊隆．『夏目漱石』上・中・下［M］．東京：岩波書店，1986・1987.

［33］小森陽一．<文学研究から文化研究へ：『坊ちゃん』とその時代>［M］．第一法規出版東海支社，1999.

［34］小森陽一芹沢光興編．『漱石作品論集成』第 11 巻［M］．東京：桜楓社，1991.

［35］小森陽一．『夏目漱石を読む』［M］．東京：岩波書店，1993.

［36］亀井勝一郎．『島崎藤村論・作家論』［M］．東京：講談社，1965.

［37］小谷野敦．『谷崎潤一郎一堂々たる人生』［M］．東京：中央公論新社，2006.

［38］小林祐子．新・フェミニズム批評の会編『樋口一葉を読みなおす』［M］．東京：學藝書林．1994.

［39］和田芳惠．『一葉の日記』［M］．東京：講談社，1995.

［40］南間栄高橋保雅．『旅館女中読本』［M］．旅館新聞社編．東京：神田屋商店出版社，1927.

［41］森田素夫．『女中部屋』［M］．東京：小壷天書房，1957.

［42］松井利彦．『女中ことば集の研究：女性語の制度化と展開』［M］．東京：武蔵野書院，2014.

［43］村上信彦．『明治女性史 中巻後編』［M］．東京：理論社，1971.

［44］三好行雄．『森鴎外・夏目漱石 三好行雄著作集』第二巻［M］．東

京：筑摩書房，1993.

［45］三好行雄．『島村藤村論』［M］．東京：至文堂，1966.

［46］前田愛．『樋口一葉の世界』［M］．東京：平凡社．1976.

［47］前田愛．『都市空間のなかの文学』［M］．東京：筑摩学芸文庫，1992.

［48］前田愛．『文学テクスト入門』［M］．東京：筑摩学芸文庫，1993.

［49］前田愛．『大つごもり 十三夜他五篇 解説』［M］．東京：岩波文庫，1979.

［50］実方清．『藤村の文芸世界』［M］．東京：桜楓社，1986.

［51］夏目漱石．『坊つちゃん』［M］．東京：新潮文庫，1950

［52］夏目漱石．『漱石全集』第七巻［M］．東京：岩波書店，1994

［53］夏目漱石．『漱石全集』第八巻［M］．東京：岩波書店，1994

［54］永井荷風．『荷風全集　第 9 巻』［M］．東京：岩波書店，1964.

［55］中島京子．『女中譚』［M］．東京：朝日新聞出版社，2009.

［56］中村光夫．『志賀直哉論』［M］．東京：文芸春秋新社，1954.

［57］野村尚吾．『伝記谷崎潤一郎』［M］．東京：六興出版，1972.

［58］野口武彦．『谷崎潤一郎論』［M］．東京：中央公論社，1973.

［59］中村光夫．『谷崎潤一郎論』［M］．東京：河出書房，1952.

［60］永井善久．『<志賀直哉>の軌跡』［M］．東京：森話社，2014.

［61］奥田暁子．『女と男の時空——日本女性史再考 V』［M］．東京：藤原書店，1995.

［62］尾高煌之助．『日本経済史 6 二重構造』［M］．東京：岩波書店．1989.

［63］奥野健男．『ねえやが消えて——演劇的家庭論』［M］．東京：河出書房新社，1991.

［64］大谷晃一．『仮面の谷崎潤一郎』［M］．東京：創元社，1984.

［64］島村藤村．『島村藤村全集』［M］．東京：新潮社，1952.

［66］志賀直哉．『志賀直哉集 2』［M］．日本文学全集 2-9．東京：河出書房，1969.

［67］志賀直哉．『志賀直哉全集』補巻二［M］．東京：岩波書店，2001.

［68］下田歌子．『婦女家庭訓』［M］．東京：博文館，1898.

［69］阪本博志．『高度成長期の<女中>サークル誌：希交会「あさつゆ」』第 1-8 巻 別巻 1，2［M］．金澤：金沢文圃閣，2017-2019.

［70］鈴木昭一.『島崎藤村論』［M］. 東京：桜楓社，1979.

［71］須藤松雄.『志賀直哉の文学』［M］. 東京：南雲堂桜楓社，1963.

［72］笠原伸夫.『谷崎潤一郎：宿命のエロス』［M］. 東京：冬樹社，1980.

［73］鹿野政直.『近代日本思想案内』［M］. 東京：岩波書店，1999.

［74］塩田良平.『樋口一葉研究』［M. 東京：中央公論社. 1986.

［75］関礼子.『語る女たちの時代：一葉と明治女性表現』［M］. 東京：新曜社，1997.

［76］関礼子.『女性表象の近代 文学・記憶・視覚像』［M］. 東京：翰林書房，2011.

［77］関礼子.『演じられる性差 日本近代文学再読』［M］. 東京：翰林書房，2019.

［78］田中法善.『女中さんを中心としたる家政読本』［M］. 家庭労働婦人共済会出版社，1936.

［79］谷崎潤一郎.『谷崎潤一郎全集』［M］. 東京：中央公論新社，2017.

［80］玉井敬之.『夏目漱石論』［M］. 東京：桜楓社，1976.

［81］滝籐満義.『島崎藤村——小説の方法』［M］. 東京：明治書院，1992.

［82］塚谷晃弘.『谷崎潤一郎：その妖術とミステリー性』［M］. 東京：沖積舎，1991.

［83］武田寅雄.『谷崎潤一郎小論　生活理想と文学理想の融合点に生まれた谷崎文学』［M］. 東京：櫻楓社，1985.

［84］高田知波.『樋口一葉への射程』［M］. 東京：双文社. 1997.

［85］柄谷行人.『日本近代文学の起源』［M］. 東京：講談社，1980.

［86］柄谷行人.『文学論集』［M］. 東京：岩波書店，2016.

［87］鶴田欣也.『日本文学における<他者>』［M］. 東京：新曜社，1994.

［88］土居健郎.『漱石心の世界』［M］. 東京：講談社，1999.

［89］山本欣司.『樋口一葉　豊穣なる世界へ』［M］. 東京：和泉書院. 2009.

［90］由起しげ子.『やさしい良人』［M］. 東京：文藝春秋新社，1963.

［91］由起しげ子.『女中ッ子・この道の果てに』［M］. 東京：新潮社，1955.

［92］由起しげ子.『厄介な女』［M］. 東京：時事通信社，1950.

［93］渡部直己．『谷崎潤一郎：擬態の誘惑』［M］．東京：新潮社，1992.

［94］与謝野晶子．『与謝野晶子全集　第十二巻』［M］．東京：文泉堂書店．1972.

［95］横浜市社会課　編．『女中調査』［M］．横浜：横浜市社会課，1938.

［96］吉村きよ．『女中奉公ひとと筋に生きて』　［M］．東京：草思社，1996.

［97］山岸外史．『夏目漱石』［M］．東京：弘文堂，1958.

［98］吉村義夫．『藤村の精神』［M］．東京：筑摩書房，1979.

［99］吉田精一．『島崎藤村』［M］．東京：桜楓社，1981.

［100］安岡章太郎．『志賀直哉私論』［M］．東京：文芸春秋，1968.

日文期刊

［1］朝野洋．「『大つごもり』の遠近法」［J］．『国文学解釈と鑑賞 60』．至文堂，1995：32-38.

［2］陳齢．「翰香残し、文豪伉儷はいずこ一新発見資料：『台所太平記』を巡る谷崎潤一郎・松子の書簡」［J］．『Fukuoka JoGakuin University Bulletin. Faculty of International Career Development』．Vol3，2017（3）：65-85.

［3］遠藤祐．「坊ちゃん」夏目漱石—語りの位相［J］．学苑，2001：1-16.

［4］古川裕佳．文壇小説としての「邦子」—妻の死を収奪する「私」．国語と国文学［J］／東京大学国語国文学会 編．至文堂，2000（1）：40-53.

［5］樋口邦子．「かきあつめ」［J］．『明治大正文学研究』．東京堂，1956（4）．

［6］星野天知．「嫖蕩児を愍れみて　柳里恭を喚ぶ」［J］．『文学界』．文学界雑誌社，1893（9）：1-8.

［7］本多秋五．「白樺派」の文学［J］．群像，1951（5）：90-101.

［8］本多秋五．「晩拾志賀直哉」1 性欲と戒律［J］．群像第 38 巻第 5 号，1983（5）：186-200.

［9］細江光．「名作鑑賞『大津順吉』——再評価のために」［J］．『甲南国文』，2007（3）：137-272.

［10］平野謙．「ああ、「細雪」から二十年　谷崎潤一郎著『台所太平記』」［J］．『週刊朝日』．朝日新聞社，1963 年 5 月 10 日号．

［11］池内輝雄．「大津順吉」論—志賀直哉の創作意識について［J］．大

妻国文，1970：26~39.

［12］池内輝雄.「『大津順吉』論——志賀直哉の創作意識について——」［J].『大妻国文』第一号．大妻女子大学国文学会，1970（3）：26-39.

［13］北村透谷. 内部生命論［J］.『文学界』. 文学界雑誌社，1893（5）：9-15.

［14］北村透谷.「厭世詩家と女性」［J］. 女学雑誌，1892.

［15］小林祐子.「反転するモラル—『大つごもり論」［J］. 新・フェミニズム批評の会編『樋口一葉を読みなおす』. 學藝書林，1994：123.

［16］木村真佐幸.「『大つごもり』成立の背景：『後の事知りたや』一視点」［J］.『札幌大学教養部・札幌大学女子短期大学部紀要七』. 札幌大学，1975：17-28.

［17］北田幸恵.「大つごもり」論—もう一つの<闇夜>［J］.（樋口一葉—新たな一葉像へ向けて<特集>)『国文学解釈と鑑賞』. 至文堂，1995：43.

［18］小森阳一. 裏表のある言葉-『坊つちやん』における<語り>の構造［J］.『夏目漱石 3（日本文学研究資料叢書）』. 有精堂，1985：50.

［19］小森阳一. 交通する人々——メディア小説としての『行人』——［J］.『日本の文学』第 8 集．有精堂，1996（10）.

［20］小松里江. 志賀直哉『佐々木の場合』論［J］. 国文白百合 / 白百合女子大学国語国文学会 編（43），2012（3）：52-63.

［21］三宅花圃.「女文豪が活躍の面影」［J］.「女学世界」. 博文館，1908（7）.

［22］水村美苗.「見合いか恋愛か——夏目漱石『行人』論」［J］.『日本語で書くということ』. 筑摩書房，2009（4）.

［23］宮越勉. 志賀文学の生誕［J］. 文学第 46 巻第 12 号，1978（12）：1505-1523.

［24］宮越勉. 志賀直哉「好人物の夫婦」考——身体反応、眼のドラマ——［J］. 日本文学，2002：75.

［25］宮越勉. 志賀直哉——その青春の終焉［J］. 文芸研究：明治大学文学部紀要 45，1981：88-117.

［26］中山弘明.「<小諸>という場所---島崎藤村における金銭と言説」［J］. 日本文学，1993：54-66.

［27］中村光夫. 志賀直哉論—「濁つた頭」と「大津順吉」［J］. 文学界，1953（4）：112-129.

［28］大井田義彰．「『文学界』の中の一葉一『大つごもり』と<侠>」［J］．樋口一葉研究会編『論集　樋口一葉Ⅲ』．おうふう，2002：25-46.

［29］田中絵美利．「志賀直哉「濁つた頭」論-<男>の<女>に対する殺 意に関する一考察-」［J］．明治大学文学研究論集（文学・史学・地理学），2004：215.

［30］唐澤聖月．志賀直哉「好人物の夫婦」論——夫婦をめぐる小説の誕生——［J］．文芸研究，107：57-73.

［31］上田穂積．志賀直哉「大津順吉」考—「第一」の意味［J］．徳島文理大学研究紀要（67），2004（3）：27~37.

［32］牛島千尋．「戦間期の東京における新中間層と『女中』——もう一つの郊外化」［J］．社会学評論第五二巻第二号，2001：266-282.

［33］由起しげ子．「接ぎ木の枝—文学自伝」［J］．『群像』14 巻 8 号，1959．

［34］由起しげ子．「女中ッ子」［J］．『小説新潮』．第 8 巻 16 号，1954.

［35］山田有策．「『大つごもり』の演劇性」［J］．『国文学解釈と鑑賞特集樋口一葉第六八巻五号』．至文堂，2003：89.

致　谢

本书出版之际，我首先要感谢我的博导刘晓芳教授，刘教授严谨的治学态度、渊博的知识体系、敏锐的学术思维、精益求精的工作风范、积极进取的科研精神以及诲人不倦的为师之道是我毕生学习的榜样；感谢刘教授在我入学、开题、中期、答辩等各阶段对我的鼓励和指导，感恩刘教授不仅在学习上，在日常生活与工作中同样给予我关心与帮助，带领我克服重重难关，完成了学术论文的写作与发表。

其次，我要感谢同济人文学院的张念教授，念姐是我接触女性主义哲学与精神分析理论的启蒙老师，念姐的女性主义课程、图像学课程与精神分析研讨班拓宽了我的学术视野；对我而言，从汇文楼通往云通楼的樱花大道就是我的哲学小路，使我得以摆脱日常的操劳与倦怠，投身于沉思的生活与积极的行动。

再次，我要感谢上海对外经贸大学的徐曙教授，徐老师见证了我青涩懵懂的大学阶段、海外留学的独立成长、回国就业的焦虑迷茫、以及再次踏上求学之路的坚定决心；这一路上徐老师不仅在学术上引导我、在生活上关心我、更在事业上不断地帮助我，使我能够茁壮成长、扬帆起航。

最后，我要感谢我的父母这三十多年来对我的养育、教导、理解、支持和帮助。我此生最大的幸运是出生在一个幸福、温暖、无私的家庭，我的父母对我疼爱却不溺爱、陪伴却不依赖、能够无条件地支持却不会无底线地包容；他们鼓励我耐心等待不骄不躁、面对胜负荣辱胸怀坦荡、敢于为了崇高的目标孤注一掷、也能勇敢地面对失去不怕重新再来；无论我身在何处，父母永远是我最坚强的后盾，是我心灵永恒的栖息之地。

当下，我们无法回避地生活在一个数据监测和算法治理之下的功绩社会中，所有人都为自己的处境感到忧虑——为了自我实现而殚精竭虑、兢兢业业地学习工作、到头来会不会只是一种自我剥削；因内卷和焦虑而产生的倦怠感只能通过平滑的审美和符号的消费来获得片刻的欢愉——我们还有重建爱欲、凝思生命的勇气吗？正如魏宁格所说，女性的解放之路绝不是通往幸福的道路。面对社会结构性的压迫与个人主体性之间的矛盾，寻求一种确定性的生活早已是不可能的了。毕业并非终点，在推开人生下一阶段的大门时，我渴望直视自己的恐惧、穿越根本的幻象、抱着直面无畏的勇气继续前行，去遭遇他者、而后反观自身，不放弃思考、书写和行动，珍惜此刻、具体、鲜活的生命，向死而生，过一种本真的生活。

谨将此书献给我的母亲

张萱萱

2024 年 7 月